猫城记

老舍 著

江苏人民出版社

图书在版编目（CIP）数据

猫城记 / 老舍著 . — 南京 : 江苏人民出版社，2019.7（2023.5 重印）
ISBN 978-7-214-23435-3

Ⅰ. ①猫… Ⅱ. ①老… Ⅲ. ①长篇小说—中国—现代 Ⅳ. ①I246.5

中国版本图书馆 CIP 数据核字 (2019) 第 078926 号

书　　名　猫城记
著　　者　老 舍
责任编辑　卞清波
出版发行　江苏人民出版社
地　　址　南京市湖南路 1 号 A 楼，邮编：210009
印　　刷　天津旭丰源印刷有限公司
开　　本　880 mm × 1 230 mm　1/32
印　　张　8
插　　页　4
字　　数　173 000
版　　次　2019 年 7 月第 1 版
印　　次　2023 年 5 月第 2 次印刷
标准书号　ISBN 978-7-214-23435-3
定　　价　49.80 元
（江苏人民出版社图书凡印装错误可向承印厂调换）

目录

contents

猫城记

自序

我向来不给自己的作品写序。怕麻烦；很立得住的一个理由。还有呢，要说的话已都在书中说了，何必再絮絮叨叨？再说，夸奖自己吧，不好；咒骂自己吧，更合不着。莫若不言不语，随它去。

此次现代书局嘱令给《猫城记》作序，天大的难题！引证莎士比亚需要翻书；记性向来不强。自道身世说起来管保又臭又长，因为一肚子倒有半肚子牢骚，哭哭啼啼也不像个样子——本来长得就不十分体面。怎办?

好吧，这么说：《猫城记》是个恶梦。为什么写它？最大的原因——吃多了。可是写得很不错，因为二姐和外甥都向我伸大拇指，虽然我自己还有一点点不满意。不很幽默。但是吃多了大笑，震破肚皮还怎再吃？不满意，可也无法。人不为面包而生。是的，火腿面包其庶几乎?

二姐嫌它太悲观，我告诉她，猫人是猫人，与我们不相干，管它悲观不悲观。二姐点头不已。

外甥问我是哪一派的写家？属于哪一阶级？代表哪种人讲话？是否脊椎动物？得了多少稿费？我给他买了十斤苹果，堵上他的嘴。他不再问，我乐得去睡大觉。梦中倘有所见，也许还能写本“狗城记”。是为序。

年月日，刚睡醒，不大记得。

一

飞机是碎了。

我的朋友——自幼和我同学；这次为我开了半个多月的飞机——连一块整骨也没留下！

我自己呢，也许还活着呢？我怎能没死？神仙大概知道。我顾不及伤心了。

我们的目的地是火星。按着我的亡友的计算，在飞机出险以前，我们确是已进了火星的气圈。那么，我是已落在火星上了？假如真是这样，我的朋友的灵魂可以自安了：第一个在火星上的中国人，死得值！但是，这“到底”是哪里？我只好“相信”它是火星吧；不是也得是，因为我无从证明它的是与不是。自然从天文上可以断定这是哪个星球；可怜，我对于天文的知识正如对古代埃及文字，一点也不懂！我的朋友可以毫不迟疑地指示我，但是他，他……噢！我的好友，与我自幼同学的好友！

飞机是碎了。我将怎样回到地球上去？不敢想！只有身上的衣裳——碎得像些挂着的干菠菜——和肚子里的干粮；不要说回去的计划，就是怎样在这里活着，也不敢想啊！言语不通，地方不认识，火星上到底有与人类相似的动物没有？问题多得像……就不想吧；“火星上的漂流者”，还不足以自慰么？使忧虑减去勇敢是多么不上算的事！

这自然是追想当时的情形。在当时，脑子已震昏。震昏的脑子也许会发生许多不相联贯的思念，已经都想不起了；只有这些——怎样回去，和怎样活着——似乎在脑子完全清醒之后还记得很真切，像被海潮打上岸来的两块木板，船已全沉了。

我清醒过来。第一件事是设法把我的朋友，那一堆骨肉，埋葬起来。那只飞机，我连看它也不敢看。它也是我的好友，它将我们俩运到这里来，忠诚的机器！朋友都死了，只有我还活着，我觉得他们俩的不幸好像都是我的过错！两个有本事的倒都死了，只留下我这个没能力的，傻子偏有福气，多么难堪的自慰！我觉得我能只手埋葬我的同学，但是我一定不能把飞机也掩埋了，所以我不敢看它。

我应当先去挖坑，但是我没有去挖，只呆呆地看着四外，从泪中看着四外。我为什么不抱着那团骨肉痛哭一场？我为什么不立刻去掘地？在一种如梦方醒的状态中，有许多举动是我自己不能负责的，现在想来，这或者是最近情理的解释与自恕。

我呆呆地看着四外。奇怪，那时我所看见的我记得清楚极了，无论什么时候我一闭眼，便能又看见那些景物，带着颜色立在我的面前，就是颜色相交处的影线也都很清楚。只有这个与我幼时初次随着母亲去祭扫父亲的坟墓时的景象是我终身忘不了的两张图画。

我说不上来我特别注意到什么；我给四围的一切以均等的“不关切的注意”，假如这话能有点意义。我好像雨中的小树，任凭雨点往我身上落；落上一点，叶儿便动一动。我看见一片灰的天空。不是阴天，这是一种灰色的空气。阳光不能算不强，因为我觉得很热；但是它的热力并不与光亮作正比，热自管热，并没有夺目的光华。我似乎能摸到四围的厚重，热，密，沉闷的灰气。也不是有尘土，远处的东西看得很清楚，决不像有风沙。阳光好像在这灰中折减了，而后散匀，所以处处是灰的，处处还有亮，一种银灰的宇宙。中国北方在夏旱的时候，天上浮着层没作用的灰云，把阳光遮减了一些，可是温度还是极高，便有点与此地相似；不过此地的灰气更暗淡一些，更低重一些，那灰重的云好像紧贴着我的脸。豆腐房在夜间储满了热气，只有一盏油灯在热气中散着点鬼光，便是这个宇宙的雏形。这种空气使我觉着不自在。远处有些小山，也是灰色的，比天空更深一些；因为不是没有阳光，小山上是灰里带着些淡红，好像野鸽脖子上的彩闪。

灰色的国！我记得我这样想，虽然我那时并不知道那里有国家没有。

从远处收回眼光，我看见一片平原，灰的！没有树，没有房子，没有田地，平，平；平得讨厌。地上有草，都擦着地皮长着，叶子很大，可是没有竖立的梗子。土脉不见得不肥美，我想，为什么不种地呢？

离我不远，飞起几只鹰似的鸟，灰的，只有尾巴是白的。这几点白的尾巴给这全灰的宇宙一点变化，可是并不减少那惨淡蒸郁的气象，好像在阴苦的天空中飞着几片纸钱！

鹰鸟向我这边飞过来。看着看着，我心中忽然一动，它们看见了我的朋友，那堆……远处又飞起来几只。我急了，本能地向地下找，没有铁锹，连根木棍也没有！不能不求救于那只飞机了；有根铁棍也可以慢慢地挖一个坑。但是，鸟已经在我头上盘旋了。我不顾得再看，可是我觉得出它们是越飞越低，它们的啼声，一种长而尖苦的啼声，是就在我的头上。顾不得细找，我便扯住飞机的一块，也说不清是哪一部分，疯了似的往下扯。鸟儿下来一只。我拼命的喊了一声。它的硬翅颤了几颤，两腿已将落地，白尾巴一钩，又飞起去了。这个飞起去了，又来了两三只，都像喜鹊得住些食物那样叫着；上面那些只的啼声更长了，好像哀求下面的等它们一等；末了，“扎”地一声全下来了。我扯那飞机，手心粘了，一定是流了血，可是不觉得疼。扯，扯，扯；没用！我扑过它们去，用脚踢，喊着。它们伸开翅膀向四外躲，但是没有飞起去的意思。有一只已在那一堆……上啄了一口！我的眼前冒了红光，我扑过它去，要用手抓它；只顾抓这只，其余的那些环攻上来了；我又乱踢起来。它们扎扎地叫，伸着硬翅往四外躲；只要我的腿一往回收，它们便红着眼攻上来。而且攻上来之后，不愿再退，有意要啄我的脚了。

忽然我想起来：腰中有只手枪。我刚立定，要摸那只枪；什么时候来的？我前面，就离我有七八步远，站着一群人；一眼我便看清，猫脸的人！

二

掏出手枪来，还是等一等？许多许多不同的念头环绕着这两个主张；在这一分钟里，我越要镇静，心中越乱。结果，我把手放下去了。向自己笑了一笑。到火星上来是我自己情愿冒险，叫这群猫人把我害死——这完全是设想，焉知他们不是最慈善的呢——是我自取；

为什么我应当先掏枪呢！一点善意每每使人勇敢；我一点也不怕了。是福是祸，听其自然；无论如何，衅不应由我开。

看我不动，他们往前挪了两步。慢，可是坚决，像猫看准了老鼠那样地前进。

鸟儿全飞起来，嘴里全叼着块……我闭上了眼！

眼还没睁开——其实只闭了极小的一会儿——我的双手都被人家捉住了。想不到猫人的举动这么快；而且这样的轻巧，我连一点脚步声也没听见。

没往外拿手枪是个错误。不！我的良心没这样责备我。危患是冒险生活中的饮食。心中更平静了，连眼也不愿睁了。这是由心中平静而然，并不是以退为进。他们握着我的双臂，越来越紧，并不因为我不抵抗而松缓一些。这群玩艺儿是善疑的，我心中想；精神上的优越使我更骄傲了，更不肯和他们较量力气了。每只胳臂上有四五只手，很软，但是很紧，并且似乎有弹性，与其说是握着，不如说是箍着，皮条似的往我的肉里煞。挣扎是无益的。我看出来：设若用力抽夺我的胳臂，他们的手会箍进我的肉里去；他们是这种人：不光明地把人捉住，然后不看人家的举动如何，总得给人家一种极残酷的肉体上的虐待。设若肉体上的痛苦能使精神的光明减色，惭愧，这时候我确乎有点后悔了；对这种人，假如我的推测不错，是应当采取“先下手为强”的政策；“当”地一枪，管保他们全跑。但是事已至此，后悔是不会改善环境的；光明正大是我自设的陷阱，就死在自己的光明之下吧！我睁开了眼。他们全在我的背后呢，似乎是预定好即使我睁开眼也看不见他们。这种鬼祟的行动使我不由得起了厌恶他们的心；我不怕死；我心里说：“我已经落在你们的手中，杀了我，何必这样偷偷摸摸的呢！”我不由得说出来：“何必这样……”我没往下说；他们决不会懂我的话。胳臂上更紧了，那半句话的效果！我心里想：就是他们懂我的话，也还不是白费唇舌！我连头也不回，凭他们摆布；我只希望他们用绳子拴上我，我的精神正如肉体，同样地受不了这种软，紧，热，讨厌的攥握！

空中的鸟更多了，翅子伸平，头往下钩钩着，预备得着机会便一翅飞到地，去享受与我自幼同学的朋友的……

背后这群东西到底玩什么把戏呢？我真受不了这种钝刀慢锯的办法了！但是，我依旧抬头看那群鸟，残酷的鸟们，能在几分钟内把我的朋友吃净。啊！能几分钟吃净一个人吗？那么，鸟们不能算残酷的了；我羡慕我那亡友，朋友！你死得痛快，消灭得痛快，比较起我这种零受的罪，你的是无上的幸福！

“快着点！”几次我要这么说，但是话到唇边又收回去了。我虽然一点不知道猫人的性情习惯，可是在这几分钟的接触，我似乎直觉地看出来，他们是宇宙间最残忍的人；残忍的人是不懂得“干脆”这个字的，慢慢用锯齿锯，是他们的一种享受。说话有什么益处呢？我预备好去受针尖刺手指甲肉，鼻子里灌煤油——假如火星上有针和煤油。

我落下泪来，不是怕，是想起来故乡。光明的中国，伟大的中国，没有残暴，没有毒刑，没有鹰吃死尸。我恐怕永不能再看那块光明的地土了，我将永远不能享受合理的人生了；就是我能在火星上保存着生命，恐怕连享受也是痛苦吧！？

我的腿上也来了几只手。他们一声不出，可是呼吸气儿热忽忽地吹着我的背和腿；我心中起了好似被一条蛇缠住那样的厌恶。

咯噹的一声，好像多少年的静寂中的一个响声，听得分外清楚，到如今我还有时候听见它。我的腿腕上了脚镣！我早已想到有此一举。腿腕登时失了知觉，紧得要命。

我犯了什么罪？他们的用意何在？想不出。也不必想。在猫脸人的社会里，理智是没用的东西，人情更提不到，何必思想呢。

手腕也锁上了。但是，出我意料之外，他们的手还在我的臂与腿上箍着。过度的谨慎——由此生出异常的残忍——是黑暗生活中的要件；我希望他们锁上我而撤去那些只热手，未免希望过奢。

脖子上也来了两只热手。这是不许我回头的表示；其实谁有那么大的工夫去看他们呢！人——不论怎样坏——总有些自尊的心；我太看低他们了。也许这还是出于过度的谨慎，不敢说，也许脖子后边还有几把明晃晃的刀呢。

这还不该走吗？我心中想。刚这么一想，好像故意显弄他们也有时候会快当一点似的，我的腿上挨了一脚，叫我走的命令。我的腿腕已经箍麻了，这一脚使我不由得向前跌去；但是他们的手像软而硬的钩子似的，钩住我的肋条骨；我听见背后像猫示威时相噗的声音，好几声，这大概是猫人的笑。很满意这样地挫磨我，当然是。我身上不知出了多少汗。他们为快当起见，颇可以抬着我走；这又是我的理想。我确是不能迈步了；这正是他们非叫我走不可的理由——假如这样用不太羞辱了“理由”这两个字。

汗已使我睁不开眼，手是在背后锁着；就是想摇摇头摆掉几个汗珠也不行，他们箍着我的脖子呢！我直挺着走，不，不是走，但是找不到一个字足以表示跳，拐，跌，扭……等等搀合起来的行动。

走出只有几步，我听见——幸而他们还没堵上我的耳朵——那群鸟一齐“扎”的一声，颇似战场上冲锋的“杀”；当然是全飞下去享受……我恨我自己；假如我早一点动手，也许能已把我的同学埋好；我为什么在那块呆呆地看着呢！朋友！就是我能不死，能再到这里来，恐怕连你一点骨头渣儿也找不着了！我终身的甜美记忆的总量也抵不住这一点悲苦惭愧，哪时想起来哪时便觉得我是个人类中最没价值的！

好像在恶梦里：虽然身体受着痛苦，可是还能思想着另外一些事；我的思想完全集中到我的亡友，闭着眼看我脑中的那些鹰，啄食着他的肉，也啄食着我的心。走到哪里了？就是我能睁开眼，我也不顾得看了；还希望记清了道路，预备逃出来吗？我是走呢？还是跳呢？还是滚呢？猫人们知道。我的心没在这个上，我的肉体已经像不属于我了。我只觉得头上的汗直流，就像受了重伤后还有一点知觉那样，渺渺茫茫的觉不出身体在哪里，只知道有些地方往出冒汗，命似乎已不在自己手中了，可是并不觉得痛苦。

我的眼前完全黑了；黑过一阵，我睁开了眼；像醉后刚还了酒的样子。我觉出腿腕的疼痛来，疼得钻心；本能地要用手去摸一摸，手腕还锁着呢。这时候我眼中才看见东西，虽然似乎已经睁开了半天。我已经在一个小船上；什么时候上的船，怎样上去的，我全不知道。大概是上去半天了，因为我的脚腕已缓醒过来，已觉得疼痛。我试着回回头，脖子上的那两只热手已没有了；回过头去看，什么也没有。上面是那银灰的天；下面是条温腻深灰的河，一点声音也没有，可是流得很快；中间是我与一只小船，随流而下。

三

我顾不得一切的危险，危险这两个字在此时完全不会在脑中发现。热，饿，渴，痛，都不足以胜过疲乏——我已坐了半个多月的飞机——不知道怎么会挣扎得斜卧起来，我就那么睡去了；仰卧是不可能的，手上的锁镣不许我放平了脊背。把命交给了这浑腻蒸热的河水，我只管睡；还希望在这种情形里作个好梦吗！？

再一睁眼，我已靠在一个小屋的一角坐着呢；不是小屋，小洞更真实一点；没有窗户，没有门；四块似乎是墙的东西围着一块连草还没铲去的地，顶棚是一小块银灰色的天。我的手已自由了，可是腰中多了一根粗绳，这一头缠着我的腰，虽然我并不需要这么根腰带，那一头我看不见，或者是在墙外拴着；我必定是从天而降地被系下来的。怀中的手枪还在，奇怪！

什么意思呢？绑票？向地球上去索款？太费事了。捉住了怪物，预备训练好了去到动物园里展览？或是送到生物学院去解剖？这倒是近乎情理。我笑了，我确乎有点要疯。口渴得要命。为什么不拿去我的手枪呢？这点惊异与安慰并不能使口中增多一些津液。往四处看，绝处逢生。与我坐着的地方平行的墙角有个石罐。里边有什么？谁去管，我一定过去看看，本能是比理智更聪明的。脚腕还绊着，跳吧。忍着痛往起站，立不起来，试了几试，腿已经不听命令了。坐着吧。渴得胸中要裂。肉体的需要把高尚的精神丧尽，爬吧！小洞不甚宽大，伏在地上，也不过只差几寸吧，伸手就可以摸着那命中希望的希望，那个宝贝罐子。但是，那根腰带在我躺平以前便下了警告，它不允许我躺平，设若我一定要往前去，它便要把我吊起来了。无望。

口中的燃烧使我又起了飞智：脚在前，仰卧前进，学那翻不过身的小硬盖虫。绳子虽然很紧，用力挣扎究竟可以往肋部上匀一匀，肋部总比腿根瘦一些，能匀到胸部，我的脚便可以碰到罐子上，哪怕把肋部都磨破了呢，究竟比这么渴着强。肋部的皮破了，不管；前进，疼，不管；啊，脚碰着了那个宝贝！

脚腕锁得那么紧，两个脚尖直着可以碰到罐子，但是张不开，无从把它抱住；拳起一点腿来，脚尖可以张开些，可是又碰不到罐子了。无望。

只好仰卧观天。不由得摸出手枪来。口渴得紧。看了看那玲珑轻便的小枪。闭上眼，把那光滑的小圆枪口放在太阳穴上；手指一动，我便永不会口渴了。心中忽然一亮，极快地坐起来，转过身来面向墙角，对准面前的粗绳，当，当，两枪，绳子烧糊了一块。手撕牙咬，疯了似的，把绳子终于扯断。狂喜使我忘了脚上的锁镣，猛然往起一立，跌在地上；就势便往石罐那里爬。端起来，里面有些光，有水！也许是水，也许是……顾不得迟疑。石罐很厚，不易喝；可是喝到一口，真凉，胜似仙浆玉露；努力总是有报酬的，好像我明白了一点什么生命的真理似的。

水并不多；一滴也没剩。

我抱着那个宝贝罐子。心中刚舒服一点，幻想便来了：设若能回到地球上去，我必定把它带了走。无望吧？我呆起来。不知有多久，我呆呆地看着罐子的口。

头上飞过一群鸟，简短地啼着，将我唤醒。抬头看，天上起了一层浅桃红的霞，没能把灰色完全掩住，可是天像高了一些，清楚了一些，墙顶也镶上一线有些力量的光。天快黑了，我想。

我应当干什么呢？

在地球上可以行得开的计划，似乎在此地都不适用；我根本不明白我的对方，怎能决定办法呢。鲁滨孙并没有像我这样困难，他可以自助自决，我是要从一群猫人手里逃命；谁读过猫人的历史呢。

但是我必得作些什么？

脚镣必须除去，第一步工作。始终我也没顾得看看脚上拴的是什么东西，大概因为我总以为脚镣全应是铁作的。现在我必须看看它了，不是铁的，因为它的颜色是铅白的。为什么没把我的手枪没收，有了答案：火星上没铁。猫人们过于谨慎，唯恐一摸那不认识的东西受了危害，所以没敢去动。我用手去摸，硬的，虽然不是铁；试着用力扯，扯不动。什么作的呢？趣味与逃命的急切混合在一处。用枪口敲它一敲，有金属应发的响声，可是不像铁声。银子？铅？比铁软的东西，我总可以设法把它磨断；比如我能打破那个石罐，用石棱去磨——把想将石罐带到地球上去的计划忘了。拿起石罐想往墙上碰；不敢，万一惊动了外面的人呢；外面一定有人看守着，我想。不能，刚才已经放过枪，并不见有动静。后怕起来，设若刚才随着枪声进来一群人？可是，既然没来，放胆吧；罐子出了手，只碰下一小块来，因为小所以很锋利。我开始工作。

铁打房梁磨成绣花针，工到自然成；但是打算在很短的时间用块石片磨断一条金属的脚镣，未免过于乐观。经验多数是“错误”的儿女，我只能乐观地去错误；由地球上带来的经验在此地是没有多少价值的。磨了半天，有什么用呢，它纹丝没动，好像是用石片切金刚石呢。

摸摸身上的碎布条，摸摸鞋，摸摸头发，万一发现点能帮助我的东西呢；我已经似乎变成个没理智的动物。啊！腰带下的小裤兜里还有盒火柴，一个小“铁”盒。要不是细心的搜寻真不会想起它来；我并不吸烟，没有把火柴放在身上的习惯。我为什么把它带在身边？想不起。噢，想起来了：朋友送给我的，他听到我去探险，临时赶到飞机场送行，没有可送我的东西，就把这个盒塞在我的小袋里。“小盒不会给飞机添多少重量，我希望！”他这么说来着。我想起来了。好似多少年以前的事了；半个月的飞行不是个使心中平静清楚的事。

我玩弄着那个小盒，试着追想半个月以前的事，眼前的既没有希望，只好回想过去的甜美，生命是会由多方面找到自慰的。

天黑上来了。肚中觉出饿来。划了一根火柴，似乎要看看四下有没有可吃的东西。灭了，又划了一根，无心地可笑地把那点小火放在脚镣上去烧烧看。忽！吱！像写个草书的四字——ത——那么快，脚腕上已剩下一些白灰。一股很好闻的气味，钻入鼻孔，我要呕。

猫人还会利用化学作东西，想不到的事！

四

命不自由，手脚脱了锁镣有什么用呢！但是我不因此而丧气；至少我没有替猫人们看守这个小洞的责任。把枪，火柴盒，都带好；我开始揪着那打断的粗绳往墙上爬。头过了墙，一片深灰，不像是黑夜，而是像没有含着烟的热雾。越过墙头，跳下去。往哪里走？在墙内时的勇气减去十分之八。没有人家，没有灯光，没有声音。远处——也许不远，我测不准距离——似乎有片树林。我敢进树林吗？知道有什么野兽？

我抬头看着星星，只看得见几个大的，在灰空中发着些微红的光。

又渴了，并且很饿。在夜间猎食，就是不反对与鸟兽为伍，我也没那份本事。幸而不冷；在这里大概日夜赤体是不会受寒的。我倚了那小屋的墙根坐下，看看天上那几个星，看看远处的树林。什么也不敢想；就是最可笑的思想也会使人落泪：孤寂是比痛苦更难堪的。

这样坐了许久，我的眼慢慢的失了力量；可是我并不敢放胆地睡去，闭了一会儿，心中一动，努力地睁开，然后又闭上。有一次似乎看见了一个黑影，但在看清之前就又不见了。因疑见鬼，我责备自己，又闭上了眼；刚闭上又睁开了，到底是不放心。哼！又似乎有个黑影，刚看到，又不见了。我的头发根立起来了。到火星上捉鬼不在我的计划之中。不敢再闭眼了。

好大半天，什么也没有。我试着闭上眼，留下一点小缝看着；来了，那个黑影！

不怕了，这一定不是鬼；是个猫人。猫人的视官必定特别的发达，能由远处看见我的眼睛的开闭。紧张，高兴，几乎停止了呼吸，等着；他来在我的身前，我便自有办法；好像我一定比猫人优越似的，不知根据什么理由；或者因为我有把手枪？可笑。

时间在这里是没有丝毫价值的，好似等了几个世纪他才离我不远了；每一步似乎需要一刻，或一点钟，一步带着整部历史遗传下来的谨慎似的。东试一步，西试一步，弯下腰，轻轻地立起来，向左扭，向后退，像片雪花似的伏在地上，往前爬一爬，又躬起腰来……小猫夜间练习捕鼠大概是这样，非常的有趣。

不要说动一动，我猛一睁眼，他也许一气跑到空间的外边去。我不动，只是眼睛留着个极小的缝儿看他到底怎样。

我看出来了，他对我没有恶意，他是怕我害他。他手中没拿着家伙，又是独自来的，不会是要杀我。我怎能使他明白我也不愿意加害于他呢？不动作是最好的办法，我以为，这至少不会吓跑了他。

他离我越来越近了。能觉到他的热气了。他斜着身像接力竞走预备接替时的姿式，用手在我的眼前摆了两摆。我微微地点了点头。他极快地收回手去，保持着要跑的姿式，可是没跑。他看着我；我又轻轻地一点头。他还是不动。我极慢地抬起双手，伸平手掌给他看。他似乎能明白这种“手语”，也点了点头，收回那只伸出老远的腿。我依旧手掌向上，屈一屈指，作为招呼他的表示。他也点点头。我挺起点腰来，看看他，没有要跑的意思。这样极痛苦地可笑磨烦了至少有半点钟，我站起来了。

假如磨烦等于作事，猫人是最会作事的。换句话说，他与我不知磨烦了多大工夫，打手势，点头，撇嘴，纵鼻子，差不多把周身的筋肉全运动到了，表示我们俩彼此没有相害的意思。当然还能磨烦一点钟，哼，也许一个星期，假如不是远处又来了黑影——猫人先看见的。及至我也看到那些黑影，猫人已跑出四五步，一边跑一边向我点手。我也跟着他跑。

猫人跑得不慢，而且一点声音没有。我是又渴又饿，跑了不远，我的眼前已起了金星。但是我似乎直觉地看出来：被后面那些猫人赶上，我与我这个猫人必定得不到什么好处；我应当始终别离开这个新朋友，他是我在火星上冒险的好帮手。后面的人一定追上来了，因为我的朋友脚上加了劲。又支持了一会儿，我实在不行了，心好像要由嘴里跳出来。后面有了声音，一种长而尖酸的嚎声！猫人们必是急了，不然怎能轻易出声儿呢。我知道我非倒在地上不行了，再跑一步，我的命一定会随着一口血结束了。

用生命最后的一点力量，把手枪掏出来。倒下了，也不知道向哪里开了一枪，我似乎连枪声都没听见就昏过去了。

再一睁眼：屋子里，灰色的，一圈红光，地；飞机，一片血，绳子……我又闭上了眼。

隔了多日我才知道：我是被那个猫人给拉死狗似的拉到他的家中。他若是不告诉我，我始终不会想到怎么来到此地。火星上的土是那么的细美，我的身上一点也没有磨破。那些追我的猫人被那一枪吓得大概跑了三天也没有住脚。这把小手枪——只实着十二个子弹——使我成了名满火星的英雄。

五

我一直地睡下去，若不是被苍蝇咬醒，我也许就那么睡去，睡到永远。原谅我用“苍蝇”这个名词，我并不知道它们的名字；它们的样子实在像小绿蝴蝶，很美，可是行为比苍蝇还讨厌好几倍；多的很，每一抬手就飞起一群绿叶。

身上很僵，因为我是在“地”上睡了一夜，猫人的言语中大概没有“床”这个字。一手打绿蝇，一手磨擦身上，眼睛巡视着四围。屋里没有可看的。床自然就是土地，这把卧室中最重要的东西已经省去。希望找到个盆，好洗洗身上，热汗已经泡了我半天一夜。没有。东西既看不到，只好看墙和屋顶，全是泥作的，没有任何装饰。四面墙围着一团臭气，这便是屋子。墙上有个三尺来高的洞，是门；窗户，假如一定要的话，也是它。

我的手枪既没被猫人拿去，也没丢失在路上，全是奇迹。把枪带好，我从小洞爬出来了。明白过来，原来有窗也没用，屋子是在一个树林里——大概就是昨天晚上看见的那片——树叶极密，阳光就是极强也不能透过，况且阳光还被灰气遮住。怪不得猫人的视力好。林里也不凉快，潮湿蒸热，阳光虽见不到，可是热气好像裹在灰气里；没风。

我四下里去看，希望找到个水泉，或是河沟，去洗一洗身上。找不到；只遇见了树叶，潮气，臭味。

猫人在一株树上坐着呢。当然他早看见了我。可是及至我看见了他，他还往树叶里藏躲。这使我有些发怒。哪有这么招待客人的道理呢：不管吃，不管喝，只给我一间臭屋子。我承认我是他的客人，我自己并没意思上这里来，他请我来的。最好是不用客气，我想。走过去，他上了树尖。我不客气地爬到树上，抱住一个大枝用力地摇。他出了声，我不懂他的话，但是停止了摇动。我跳下来，等着他。他似乎晓得无法逃脱，抿着耳朵，像个战败的猫，慢慢地下来。我指了指嘴，仰了仰脖，嘴唇开闭了几次，要吃要喝。他明白了，向树上指了指。我以为这是叫我吃果子；猫人们也许不吃粮食，我很聪明地猜测。树上没果子。他又爬上树去，极小心地揪下四五片树叶，放在嘴中一个，然后都放在地上，指指我，指指叶。

这种喂羊的办法，我不能忍受；没过去拿那树叶。猫人的脸上极难看了，似乎也发了怒。他为什么发怒，我自然想不出：我为什么发怒，他或者也想不出。我看出来了，设若这么争执下去，一定没有什么好结果，而且也没有意味，根本谁也不明白谁。

但是，我不能自己去拾起树叶来吃。我用手势表示叫他拾起送过来。他似乎不懂。我也由发怒而怀疑了。莫非男女授受不亲，在火星上也通行？这个猫人闹了半天是个女的？不敢说，哼，焉知不是男男授受不亲呢！？（这一猜算猜对了，在这里住了几天之后证实了这个。）好吧，因彼此不明白而闹气是无谓的，我拾起树叶，用手擦了擦。其实手是脏极了，被飞机的铁条刮破的地方还留着些血迹；但是习惯成自然，不由得这么办了。送到嘴中一片，很香，汁水很多；因为没有经验，汁儿从嘴角流下点来；那个猫人的手脚都动了动，似乎要过来替我接住那点汁儿；这叶子一定是很宝贵的，我想；可是这么一大片树林，为什么这样的珍惜一两个叶子呢？不用管吧，稀罕事儿多着呢。连气吃了两片树叶，我觉得头有些发晕，可是并非不好受。我觉得到那点宝贝汁儿不但走到胃中去，而且有股麻劲儿通过全身，身上立刻不僵得慌了。肚中麻酥酥地满起来。心中有点发迷，似乎要睡，可是不能睡，迷糊之中又有点发痒，一种微醉样子的刺激。我手中还拿着一片叶，手似乎刚睡醒时那样松懒而舒服。没力气再抬。心中要笑；说不清脸上笑出来没有。我倚住一棵大树，闭了一会儿眼。

极短的一会儿，头轻轻地晃了两晃。醉劲过去了，全身没有一个毛孔不觉得轻松得要笑，假如毛孔会笑。饥渴全不觉得了；身上无须洗了，泥，汗，血，都舒舒服服地贴在肉上，一辈子不洗也是舒服的。

树林绿得多了。四围的灰空气也正不冷不热，不多不少的合适。灰气绿树正有一种诗意的温美。潮气中，细闻，不是臭的了，是一种浓厚的香甜，像熟透了的甜瓜。“痛快”不足以形容出我的心境。“麻醉”，对，“麻醉”！那两片树叶给我心中一些灰的力量，然后如鱼得水地把全身浸渍在灰气之中。

我蹲在树旁。向来不喜蹲着；现在只有蹲着才觉得舒坦。

开始细看那个猫人；厌恶他的心似乎减去很多，有点觉得他可爱了。

所谓猫人者，并不是立着走，穿着衣服的大猫。他没有衣服。我笑了，把我上身的碎布条也拉下去，反正不冷，何苦挂着些零七八碎的呢。下身的还留着，这倒不是害羞，因为我得留着腰带，好挂着我的手枪。其实赤身佩带挂手枪也未尝不可，可是我还舍不得那盒火柴；必须留着裤子，以便有小袋装着那个小盒，万一将来再被他们上了脚镣呢。把靴子也脱下来扔在一边。

往回说，猫人不穿衣服。腰很长，很细，手脚都很短。手指脚指也都很短。（怪不得跑得快而作事那么慢呢，我想起他们给我上锁镣时的情景。）脖子不短，头能弯到背上去。脸很大，两个极圆极圆的眼睛，长得很低，留出很宽的一个脑门。脑门上全长着细毛，一直的和头发——也是很细冗——连上。鼻子和嘴联到一块，可不是像猫的那样俊秀，似乎像猪的，耳朵在脑瓢上，很小。身上都是细毛，很光润，近看是灰色的，远看有点绿，像灰羽毛纱的闪光。身腔是圆的，大概很便于横滚。胸前有四对小乳，八个小黑点。

他的内部构造怎样，我无从知道。

他的举动最奇怪的，据我看是他的慢中有快，快中有慢，使我猜不透他的立意何在；我只觉得他是非常的善疑。他的手脚永不安静着，脚与手一样的灵便；用手脚似乎较用其他感官的时候多，东摸摸，西摸摸，老动着；还不是摸，是触，好像蚂蚁的触角。

究竟他把我拉到此地，喂我树叶，是什么意思呢？我不由得，也许是那两片树叶的作用，要问了。可是怎样问呢？言语不通。

六

三四个月的工夫，我学会了猫话。马来话是可以在半年内学会的，猫语还要简单的多。四五百字来回颠倒便可以讲说一切。自然许多事与道理是不能就这么讲明白的，猫人有办法：不讲。形容词与副词不多，名词也不富裕。凡是像迷树的全是迷树：大迷树，小迷树，圆迷树，尖迷树，洋迷树，大洋迷树……其实这是些决不相同的树。迷树的叶便是那能使人麻醉的宝贝。代名词是不大用的，根本没有关系代名词。一种极儿气的语言。其实只记住些名词便够谈话的了，动词是多半可以用手势帮忙的。他们也有文字，一些小楼小塔似的东西，很不好认；普通的猫人至多只能记得十来个。

大蝎——这是我的猫朋友的名字——认识许多字，还会作诗。

把一些好听的名词堆在一处，不用有任何简单的思想，便可以成一首猫诗。宝贝叶宝贝花宝贝山宝贝猫宝贝肚子……这是大蝎的“读史有感”。猫人有历史，两万多年的文明。会讲话了，我明白过来一切。大蝎是猫国的重要人物，大地主兼政客、诗人与军官。大地主，因为他有一大片迷树，迷叶是猫人食物的食物。他为什么养着我，与这迷叶大有关系。据他说，他拿出几块历史来作证——书都是石头做的，二尺见方半寸来厚一块，每块上有十来个极复杂的字——五百年前，他们是种地收粮，不懂什么叫迷叶。忽然有个外国人把它带到猫国来。最初只有上等人吃得起，后来他们把迷树也搬运了来，于是大家全吃入了瘾。不到五十年的工夫，不吃它的人是例外了。吃迷叶是多么舒服，多么省事的；可是有一样，吃了之后虽然精神焕发，可是手脚不爱动，于是种地的不种了，作工的不作了，大家闲散起来。政府下了令：禁止再吃迷叶。下令的第一天午时，皇后瘾得打了皇帝三个嘴巴子——大蝎搬开一块历史——皇帝也瘾得直落泪。当天下午又下了令：定迷叶为“国食”。在猫史上没有比这件事再光荣再仁慈的，大蝎说。

自从迷叶定为国食以后的四百多年，猫国文明的进展比以前加速了好几倍。吃了迷叶不喜肉体的劳动，自然可以多作些精神事业。诗艺，举个例说，比以前进步多了；两万年来的诗人，没有一个用过“宝贝肚子”的。

可是，这并不是说政治上与社会上便没有了纷争。在三百年前，迷树的种植是普遍的。可是人们越吃越懒，慢慢地连树也懒得种了。又恰巧遇上一年大水——大蝎的灰脸似乎有点发白，原来猫人最怕水——把树林冲去了很多。没有别的东西吃，猫人是可以忍着的；没有迷叶，可不能再懒了。到处起了抢劫。抢案太多了，于是政府又下了最合人道的命令：抢迷叶吃者无罪。这三百年来是抢劫的时代；并不是坏事，抢劫是最足以表现个人自由的，而自由又是猫人自有史以来的最高理想。

（按：猫语中的“自由”，并不与中国话中的相同。猫人所谓自由者是欺侮别人，不合作，捣乱……男男授受不亲即由此而来，一个自由人是不许别人接触他的，彼此见面不握手或互吻，而是把头向后扭一扭表示敬意。）

“那么，你为什么还种树呢？”我用猫语问——按着真正猫语的形式，这句话应当是：脖子一扭（表示“那么”），用手一指（你），眼球转两转（为什么），种（动词）树？“还”字没法表示。

大蝎的嘴闭上了一会儿。猫人的嘴永远张着，鼻子不大管呼吸的工作，偶尔闭上表示得意或深思。他的回答是：现在种树的人只有几十个了，都是强有力的人——政客军官诗人兼地主。他们不能不种树，不种便丢失了一切势力。作政治需要迷叶，不然便见不到皇帝。作军官需要迷树，它是军饷。作诗必定要迷叶，它能使人白天作梦。总之，迷叶是万能的，有了它便可以横行一世。“横行”是上等猫人口中最高尚的一个字。

设法保护迷林是大蝎与其他地主的首要工作。他们虽有兵，但不能替他们作事。猫兵是讲自由的，只要迷叶吃，不懂得服从命令。他们自己的兵常来抢他们，这在猫人心中——由大蝎的口气看得出——是最合逻辑的事。究竟谁来保护迷林呢？外国人。每个地主必须养着几个外国人作保护者。猫人的敬畏外国人是天性中的一个特点。他们的自由不能使五个兵在一块住三天而不出人命，和外人打仗是不可能的事。大蝎附带着说，很得意地，“自相残杀的本事，一天比一天大，杀人的方法差不多与作诗一样巧妙了”。

“杀人成了一种艺术。”我说。猫语中没有“艺术”，经我解释了半天，他还是不能明白，但是他记住这两个中国字。

在古代他们也与外国打过仗，而且打胜过，可是在最近五百年中，自相残杀的结果叫他们完全把打外国人的观念忘掉，而一致地对内。因此也就非常地怕外国人；不经外国人主持，他们的皇帝连迷叶也吃不到嘴。

三年前来过一只飞机。哪里来的，猫人不晓得，可是记住了世界上有种没毛的大鸟。

我的飞机来到，猫人知道是来了外国人。他们只能想到我是火星上的人，想不到火星之外还有别的星球。

大蝎与一群地主全跑到飞机那里去，为是得到个外国人来保护迷林。他们原有的外国保护者不知为什么全回了本国，所以必须另请新的。

他们说好了：请到我之后，大家轮流奉养着，因为外国人在最近是很不易请到的。“请”我是他们的本意，谁知道我并没有长着猫脸，他们向来没见过像我这样的外国人。他们害怕得了不得；可是既而一看我是那么老实，他们决定由“请”改成“捉”了。他们是猫国的“人物”，所以心眼很多，而且遇到必要的时候也会冒一些险。现在想起来，设若我一开首便用武力，准可以把他们吓跑；可是幸而没用武力，因为就是一时把他们吓跑，他们决不会甘心罢休，况且我根本找不到食物。从另一方面说呢，这么被他们捉住，他们纵使还怕我，可是不会“敬”我了。果然，由公请我改成想独占了，大蝎与那一群地主全看出便宜来：捉住我，自然不必再与我讲什么条件，只要供给点吃食便行了，于是大家全变了心。背约毁誓是自由的一部分，大蝎觉得他的成功是非常可自傲的。

把我捆好，放在小船上，他们全绕着小道，上以天作顶的小屋那里去等我。他们怕水，不敢上船。设若半路中船翻了，自然只能归罪于我的不幸，与他们没关系。那个小屋离一片沙地不远，河流到沙地差不多就干了，船一定会停住不动。

把我安置在小屋中，他们便回家去吃迷叶。他们的身边不能带着这个宝贝；走路带着迷叶是最危险的事；因此他们也就不常走路；此次的冒险是特别的牺牲。

大蝎的树林离小屋最近；可是也还需要那么大半天才想起去看我。吃完迷叶是得睡一会儿的。他准知道别人也不会快来。他到了，别人也到了，这完全出乎他的意料之外。“幸而有那艺术”，他指着我的手枪，似乎有些感激它。后来他把不易形容的东西都叫作“艺术”。

我明白了一切，该问他了：那个脚镣是什么作的？他摇头，只告诉我，那是外国来的东西。“有好多外国来的东西，”他说：“很好用，可是我们不屑摹仿；我们是一切国中最古的国！”他把嘴闭上了一会儿：“走路总得带着手镯脚镣，很有用！”这也许是实话，也许是俏皮我呢。

我问他天天晚上住在哪里，因为林中只有我那一间小洞，他一定另有个地方去睡觉。他似乎不愿意回答，跟我要一根艺术，就是将要拿去给皇帝看。我给了他一根火柴，也就没往下问他到底睡在哪里；在这种讲自由的社会中，人人必须保留着些秘密。

有家属没有呢？他点点头。“收了迷叶便回家，你与我一同去。”

他还有利用我的地方，我想，可是：“家在哪里？”

“京城，大皇帝住在那里。有许多外国人，你可以看看你的朋友了。”

“我是由地球上来的，不认识火星上的人。”

“反正你是外国人，外国人与外国人都是朋友。”不必再给他解释；只希望快收完迷叶，好到猫城去看看。

七

我与大蝎的关系，据我看，永远不会成为好朋友的。据“我”看是如此；他也许有一片真心，不过我不能欣赏它；他——或任何猫人——设若有真心，那是完全以自己为中心的，为自己的利益而利用人似乎是他所以交友的主因。三四个月内，我一天也没忘了去看看我那亡友的尸骨，但是大蝎用尽方法阻止我去。这一方面看出他的自私；另一方面显露出猫人心中并没有“朋友”这个观念。自私，因为替他看护迷叶好像是我到火星来的唯一责任；没有“朋友”这个观念，因为他口口声声总是“死了，已经死了，干什么还看他去”？他第一不告诉我到那飞机堕落的地方的方向路径；第二，他老监视着我。其实我慢慢地寻找（我要是顺着河岸走，便不会找不到），总可以找到那个地方，但是每逢我走出迷林半里以外，他总是从天而降地截住我。截住了我，他并不强迫我回去；他能把以自己为中心的事说得使我替他伤心，好像听着寡妇述说自己的困难，一把鼻涕一把泪地使我不由得将自己的事搁在一旁。我想他一定背地里抿着嘴暗笑我是傻蛋，但是这个思想也不能使我心硬了。我几乎要佩服他了。我不完全相信他所说的了；我要自己去看看一切。可是，他早防备着这个。迷林里并不只是他一个人。但是他总不许他们与我接近。我只在远处看见过他们：我一奔过他们去，登时便不见了，这一定是遵行大蝎的命令。

对于迷叶我决定不再吃。大蝎的劝告真是尽委婉恳挚的能事：不能不吃呀，不吃就会渴的，水不易得呀；况且还得洗澡呢，多么麻烦，我们是有经验的。不能不吃呀，别的吃食太贵呀；贵还在其次，不好吃呀。不能不吃呀，有毒气，不吃迷叶便会死的呀……我还是决定不再吃。他又一把鼻涕，一把泪了；我知道这是他的最后手段；我不能心软；因吃迷叶而把我变成个与猫人一样的人是大蝎的计划，我不能完全受他的摆弄；我已经是太老实了。我要恢复人的生活，要吃要喝要洗澡，我不甘心变成个半死的人。设若不吃迷叶而能一样地活着，合理地活着，哪怕是十天半个月呢，我便只活十天半个月也好，半死地活着，就是能活一万八千年我也不甘心干。我这么告诉大蝎了，他自然不能明白，他一定以为我的脑子是块石头。不论他怎想吧，我算打定了主意。

交涉了三天，没结果。只好拿手枪了。但是我还没忘了公平，把手枪放在地上告诉大蝎，“你打死我，我打死你，全是一样的，设若你一定叫我吃迷叶！你决定吧！”大蝎跑出两丈多远去。他不能打死我，枪在他手中还不如一根草棍在外国人手里；他要的是“我”，不是手枪。

折中的办法：我每天早晨吃一片迷叶，“一片，只是那么一小块宝贝，为是去毒气。”大蝎——请我把手枪带起去，又和我面对面地坐下——伸着一个短手指说。他供给我一顿晚饭。饮水是个困难问题。我建议：每天我去到河里洗个澡，同时带回一罐水来。他不认可。为什么天天跑那么远去洗澡，不聪明的事，况且还拿着罐子？为什么不舒舒服服地吃迷叶？“有福不会享”，我知道他一定要说这个，可是他并没说出口来。况且——这才是他的真意——他还得陪着我。我不用他陪着；他怕我偷跑了，这是他所最关切的。其实我真打算逃跑，他陪着我也不是没用吗？我就这么问他，他的嘴居然闭上了十来分钟，我以为我是把他吓死过去了。

“你不用陪着我，我决定不跑，我起誓！”我说。

他轻轻摇了摇头：“小孩子才起誓玩呢！”

我急了，这是脸对脸地污辱我。我揪住了他头上的细毛，这是第一次我要用武力；他并没想到，不然他早会跑出老远的去了。他实在没想到，因为他说的是实话。他牺牲了些细毛，也许带着一小块头皮，逃了出去，向我说明：在猫人历史上，起誓是通行的，可是在最近五百年中，起完誓不算的太多，于是除了闹着玩的时候，大家也就不再起誓；信用虽然不能算是坏事，可是从实利上看是不方便的，这种改革是显然的进步，大蝎一边摸着头皮一边并非不高兴地讲。因为根本是不应当遵守的，所以小孩子玩耍时起誓最有趣味，这是事实。

“你有信用与否，不关我的事，我的誓到底还是誓！”我很强硬地说：“我决不偷跑，我什么时候要离开你，我自然直接告诉你。”

“还是不许我陪着？”大蝎犹疑不定的问。

“随便！”问题解决了。

晚饭并不难吃，猫人本来很会烹调的，只是绿蝇太多，我去掐了些草叶编成几个盖儿，嘱咐送饭的猫人来把饭食盖上，猫人似乎很不以为然，而且觉得有点可笑。有大蝎的命令他不敢和我说话，只微微地对我摇头。我知道不清洁是猫人历史上的光荣；没法子使他明白。惭愧，还得用势力，每逢一看见饭食上没盖盖，我便告诉大蝎去交派。一个大错误：有一天居然没给送饭来；第二天送来的时候，东西全没有盖，而是盖着一层绿蝇。原来因为告诉大蝎去嘱咐送饭的仆人，使大蝎与仆人全看不起我了。伸手就打，是上等猫人的尊荣；也是下等猫人认为正当的态度。我怎样办？我不愿意打人。“人”在我心中是个最高贵的观念。但是设若不打，不但仅是没有人送饭，而且将要失去我在火星上的安全。没法子，只好牺牲了猫人一块（很小的一块，凭良心说）头皮。行了，草盖不再闲着了。这几乎使我落下泪来，什么样的历史进程能使人忘了人的尊贵呢？

早晨到河上去洗澡是到火星来的第一件美事。我总是在太阳出来以前便由迷林走到沙滩，相隔不过有一里多地。恰好足以出点汗，使四肢都活软过来。在沙上，水只刚漫过脚面，我一边踩水，一边等着日出。日出以前的景色是极静美的：灰空中还没有雾气，一些大星还能看得见，四处没有一点声音，除了沙上的流水有些微响。太阳出来，我才往河中去；走过沙滩，水越来越深，走出半里多地便没了胸，我就在那里痛快地游泳一回。以觉得腹中饿了为限，游泳的时间大概总在半点钟左右。饿了，便走到沙滩上去晒干了身体。破裤子，手枪，火柴盒，全在一块大石上放着。我赤身在这大灰宇宙中。似乎完全无忧无虑，世界上最自然最自由的人。太阳渐渐热起来。河上起了雾，觉得有点闭闷；不错，大蝎没说谎，此地确有些毒瘴；这是该回去吃那片迷叶的时候了。

这点享受也不能长久的保持，又是大蝎的坏。大概在开始洗澡的第七天上吧，我刚一到沙滩上便看见远处有些黑影往来。我并未十分注意，依旧等着欣赏那日出的美景。东方渐渐发了灰红色。一会儿，一些散开的厚云全变成深紫的大花。忽然亮起来，星们不见了。云块全连成横片，紫色变成深橙，抹着一层薄薄的浅灰与水绿，带着亮的银灰边儿。横云裂开，橙色上加了些大黑斑，金的光脚极强地射起，金线在黑斑后面还透得过来。然后，一团血红从裂云中跳出，不很圆，似乎晃了几晃，固定了；不知什么时候裂云块变成了小碎片，连成一些金黄的鳞；河上亮了，起了金光。霞越变越薄越碎，渐渐地消灭，只剩下几缕浅桃红的薄纱；太阳升高了，全天空中变成银灰色，有的地方微微透出点蓝色来。

只顾呆呆地看着，偶一转脸，喝！离河岸有十来丈远吧，猫人站成了一大队！我莫名其妙。也许有什么事，我想，不去管，我去洗我的。我往河水深处走，那一大队也往那边挪动。及至我跳在河里，我听见一片极惨的呼声。我沉浮了几次，在河岸浅处站起来看看，又是一声喊，那队猫人全往后退了几步。我明白了，这是参观洗澡呢。

看洗澡，设若没看见过，也不算什么，我想。猫人决不是为看我的身体而来，赤体在他们看不是稀奇的事；他们也不穿衣服。一定是为看我怎样游泳。我是继续地泅水为他们开开眼界呢？还是停止呢？这倒不好决定。在这个当儿，我看见了大蝎，他离河岸最近，差不多离着那群人有一两丈远。这是表示他不怕我，我心中说。他又往前跳了几步，向我挥手，意思是叫我往河里跳。从我这三四个月的经验中，我可以想到，设若我要服从他的手势而往河里跳，他的脸面一定会增许多的光。但是我不能受这个，我生平最恨假外人的势力而欺侮自家人的。我向沙滩走去。大蝎又往前走了，离河岸差不多有四五丈，我从石上拿起手枪，向他比了一比。

八

我把大蝎拿住；看他这个笑，向来没看见过他笑得这么厉害。我越生气，他越笑，似乎猫人的笑是专为避免挨打预备着的。我问他叫人参观我洗澡是什么意思，他不说，只是一劲地媚笑。我知道他心中有鬼，但是不愿看他的贱样子，只告诉他：以后再有这种举动，留神你的头皮！

第二天我依旧到河上去。还没到沙滩，我已看见黑忽忽的一群，比昨天的还多。我决定不动声色地洗我的澡，以便看看到底是怎么回事，回去再和大蝎算帐。太阳出来了，我站在水浅处，一边假装打水，一边看着他们。大蝎在那儿呢，带着个猫人，双手大概捧着一大堆迷叶，堆得顶住下巴。大蝎在前，拿迷叶的猫人在后，大蝎一伸手，那猫人一伸手，顺着那队猫人走；猫人手中的迷叶渐渐地减少了。我明白了，大蝎借着机会卖些迷叶，而且必定卖得很贵。

我本是个有点幽默的人，但是一时的怒气往往使人的行为失于偏急。猫人的怎样怕我——只因为我是个外国人——我是知道的；这一定全是大蝎的坏主意，我也知道。为惩罚大蝎一个人而使那群无辜的猫人联带地受点损失，不是我的本意。可是，在那时，怒气使我忘了一切体谅。我必须使大蝎知道我的厉害，不然，我永远不用再想安静地享受这早晨的运动。自然，设若猫人们也在早晨来游泳，我便无话可讲，这条河不是我独有的；不过，一个人泅水，几百人等着看，而且有借此作买卖的，我不能忍受。

我不想先捉住大蝎，他不告诉我实话；我必须捉住一个参观人，去问个分明。我先慢慢地往河岸那边退，背朝着他们，以免他们起疑。到了河岸，我想，我跑个百码，出其不备地捉住个猫人。

到了河岸，刚一转过脸来，听见一声极惨的呼喊，比杀猪的声儿还难听。我的百码开始，眼前就如同忽然地震一般，那群猫人要各自逃命，又要往一处挤，跑的，倒的，忘了跑的，倒下又往起爬的，同时并举；一展眼，全没了，好像被风吹散的一些落叶，这里一小团，那里一小团，东边一个，西边两个，一边跑，一边喊，好像都失了魂。及至我的百码跑完，地上只躺着几个了，我捉了一个，一看，眼已闭上，没气了！我的后悔比闯了祸的恐怖大的多。我不应当这么利用自己的优越而杀了人。但是我并没呆住，好似不自觉地又捉住另一个，腿坏了，可是没死。在事后想起来，我真不佩服我自己，分明看见人家腿坏了，而还去捉住他审问；分明看见有一个已吓死，而还去捉个半死的，设若“不自觉”是可原谅的，人性本善便无可成立了。

使半死的猫人说话，向个外国人说话，是天下最难的事；我知道，一定叫他出声是等于杀人的，他必会不久的也被吓死。可怜的猫人！我放了他。再看，那几个倒着的，身上当然都受了伤，都在地上爬呢，爬得很快。我没去追他们。有两个是完全不动了。

危险我是不怕的：不过，这确是惹了祸。知道猫人的法律是什么样的怪东西？吓死人和杀死人纵然在法律上有分别，从良心上看还不是一样？我想不出主意来。找大蝎去，解铃还是系铃人，他必定有办法。但是，大蝎决不会说实话，设若我去求他；等他来找我吧。假如我乘此机会去找那只飞机，看看我的亡友的尸骨，大蝎的迷林或者会有危险，他必定会找我去；那时我再审问他，他不说实话，我就不回来！要挟？对这不讲信用，不以扯谎为可耻的人，还有什么别的好办法呢？

把手枪带好，我便垂头丧气地沿着河岸走。太阳很热了，我知道我缺乏东西，妈的迷叶！没它我不能抵抗太阳光与这河上的毒雾。

猫国里不会出圣人，我只好咒骂猫人来解除我自己的不光荣吧。我居然想去由那两个死猫人手里搜取迷叶了！回到迷林，谁能拦住我去折下一大枝子呢？懒得跑那几步路！果然，他们手中还拿着迷叶，有一片是已咬去一半的。我全掳了过来。吃了一片，沿着河岸走下去。

走了许久，我看见了那深灰色的小山。我知道这离飞机坠落的地方不远了，可是我不知道那里离河岸有几里，和在河的哪一边上。真热，我又吃了两片迷叶还觉不出凉快来。没有树，找不到个有阴凉的地方休息一会儿。但是我决定前进，非找到那飞机不可。

正在这个当儿，后面喊了一声，我听得出来，大蝎的声儿。我不理他，还往前走。跑路的本事他比我强，被他追上了。我想抓住他的头皮把他的实话摇晃出来，但是我一看他那个样子，不好意思动手了。他的猪嘴肿着，头上破了一块，身上许多抓伤，遍体像是水洗过的，细毛全粘在皮肤上，不十分不像个成精的水老鼠。我吓死了人，他挨了打，我想想猫人不敢欺侮外人，可是对他们自己是勇于争斗的。他们的谁是谁非与我无关，不过对吓死的受伤的和挨打的大蝎，我一视同仁地起了同情心。大蝎张了几次嘴才说出一句话来：快回去，迷林被抢了！

我笑了，同情心被这一句话给驱逐得净尽。他要是因挨打而请我给他报仇，虽然也不是什么好事，可是从一个中国人的心理看，我一定立刻随他回去。迷林被抢了，谁愿当这资本家走狗呢！抢了便抢了，与我有什么关系。“快回去，迷林被抢了！”大蝎的眼珠差一点努出来。迷林似乎是一切，他的命分文不值。

“先告诉我早晨的事，我便随你回去。”我说。

大蝎几乎气死过去，脖子伸了几伸，咽下一大团气去：“迷林被抢了！”他要有那个胆子，他一定会登时把我掐死！我也打定了主意：他不说实话，我便不动。

结果还是各自得到一半的胜利：登时跟他回去，在路上他诉说一切。

大蝎说了实话：那些参观的人是他由城里请来的，都是上等社会的人。上等社会的人当然不能起得那么早，可是看洗澡是太稀罕的事，况且大蝎允许供给他们最肥美的迷叶。每人给他十块“国魂”——猫国的一种钱名——作为参观费，迷叶每人两片——上等肥美多浆的迷叶——不另算钱。

好小子，我心里说，你拿我当作私产去陈列呀！但是大蝎还没等我发作，便很委婉地说明："你看，国魂是国魂，把别人家的国魂弄在自己的手里，高尚的行为！我虽然没有和你商议过，"他走得很快，但是并不妨碍他委曲婉转地陈说，"可是我这点高尚的行为，你一定不会反对的。你照常地洗澡，我借此得些国魂，他们得以开眼，面面有益的事，有益的事！""那吓死的人谁负责任？"

"你吓死的，没事！我要是打死人，"大蝎喘着说，"我只须损失一些迷叶，迷叶是一切，法律不过是几行刻在石头上的字；有迷叶，打死人也不算一回事。你打死人，没人管，猫国的法律管不着外国人，连'一'个迷叶也不用费；我自恨不是个外国人。你要是在乡下打死人，放在那儿不用管，给那白尾巴鹰一些点心；要是在城里打死人，只须到法厅报告一声，法官还要很客气地给你道谢。"大蝎似乎非常的羡慕我，眼中好像含着点泪。我的眼中也要落泪，可怜的猫人，生命何在？公理何在？

"那两个死去的也是有势力的人。他们的家属不和你捣乱吗？"

"当然捣乱，抢迷叶的便是他们；快走！他们久已派下人看着你的行迹，只要你离开迷林远了，他们便要抢；他们死了人，抢我的迷叶作为报复，快走！"

"人和迷叶的价值恰相等，啊？"

"死了便是死了，活着的总得吃迷叶！快走！"

我忽然想起来，也许因为我受了猫人的传染，也许因为他这两句话打动了我的心，我一定得和他要些国魂。假如有朝一日我离开大蝎——我们俩不是好朋友——我拿什么吃饭呢？他请人参观我洗澡得钱，我有分润一些的权利。设若不是在这种环境之下，自然我不会想到这个，但是环境既是如此，我不能不作个准备——死了便是死了，活着的总得吃迷叶！有理！

离迷林不远了，我站住了。“大蝎，你这两天的工夫一共收了多少钱？”

大蝎愣了，一转圆眼珠：“五十块国魂，还有两块假的；快走！”

我向后转，开步走。他追上来：“一百，一百！”我还是往前走。他一直添到一千。我知道这两天参观的人一共不下几百，决不能只收入一千，但是谁有那么大的工夫作这种把戏。“好吧，大蝎，分给我五百。不然，咱们再见！”大蝎准知道：多和我争执一分钟，他便多丢一些迷叶；他随着一对眼泪答应了个“好！”

“以后再有不告诉我而拿我生财的事，我放火烧你的迷林。”我拿出火柴盒拍了拍！

他也答应了。

到了迷林，一个人也没有，大概我来到了之前，他们早有侦探报告，全跑了。迷林外边上的那二三十棵树，已差不多全光了。大蝎喊了声，倒在树下。

九

迷林很好看了：叶已长得比手掌还大一些，厚，深绿，叶缘上镶着一圈金红的边；那最肥美的叶起了些花斑，像一林各色的大花。日光由银灰的空中透过，使这些花叶的颜色更深厚静美一些，没有照眼的光泽，而是使人越看越爱看，越看心中越觉得舒适，好像是看一张旧的图画，颜色还很鲜明，可是纸上那层浮光已被年代给减除了去。

迷林的外边一天到晚站着许多许多参观的人。不，不是参观的，因为他们全闭着眼；鼻子支出多远，闻着那点浓美的叶味；嘴张着，流涎最短的也有二尺来长。稍微有点风的时候，大家全不转身，只用脖子追那股小风，以便吸取风中所含着的香味，好像些雨后的蜗牛轻慢地作着项部运动。偶尔落下一片熟透的大叶，大家虽然闭着眼，可是似乎能用鼻子闻到响声——一片叶子落地的那点响声——立刻全睁开眼，嘴唇一齐吧唧起来；但是大蝎在他们决定过来拾起那片宝贝之前，总是一团毛似的赶到将它捡起来；四围一声怨鬼似的叹息！

大蝎调了五百名兵来保护迷林，可是兵们全驻扎在二里以外，因为他们要是离近了迷林，他们便先下手抢劫。但是不能不调来他们，猫国的风俗以收获迷叶为最重大的事，必须调兵保护；兵们不替任何人保护任何东西是人人知道的，可是不调他们来作不负保护责任的保护是公然污辱将士，大蝎是个漂亮人物，自然不愿被人指摘，所以调兵是当然的事，可是安置在二里以外以免兵馋自乱。风稍微大一点，而且是往兵营那面刮，大蝎立刻便令后退半里或一里，以免兵们随风而至，抢劫一空。兵们为何服从他的命令，还是因为有我在那里；没有我，兵早就哗变了。“外国人咳嗽一声，吓倒猫国五百兵”是个谚语。

五百名兵之外，真正保护迷林的是大蝎的二十名家将。这二十位都是深明大义，忠诚可靠的人；但是有时候一高兴，也许把大蝎捆起来，而把迷林抢了。到底还是因为我在那里，他们因此不敢高兴，所以能保持着忠诚可靠。

大蝎真要忙死了：看着家将，不许偷食一片迷叶；看着风向，好下令退兵；看着林外参观的，以免丢失一个半个的落叶。他现在已经一气吃到三十片迷叶了。据说，一气吃过四十片迷叶，便可以三天不睡，可是第四天便要呜呼哀哉。迷叶这种东西是吃少了有精神而不愿干事；吃多了能干事而不久便死。大蝎无法，多吃迷叶，明知必死，但是不能因为怕死而少吃；虽然他极怕死，可怜的大蝎！

我的晚饭减少了。晚上少吃，夜间可以警醒，大蝎以对猫人的方法来对待我了。迷林只仗着我一人保护，所以我得夜间警醒着，所以我得少吃晚饭，功高者受下赏，这又是猫人的逻辑。我把一份饭和家伙全摔了，第二天我的饭食又照常丰满了，我现在算知道怎样对待猫人了，虽然我心中觉得很不安。

刮了一天的小风，这是我经验中的第一次。我初到此地的时候，一点风没有；迷叶变红的时候，不过偶然有阵小风；继续地刮一天，这是头一回。迷叶带着各种颜色轻轻地摆动，十分好看。大蝎和家将们，在迷林的中心一夜间赶造成一个大木架，至少有四五丈高。这原来是为我预备的。这小风是猫国有名的迷风，迷风一到，天气便要变了。猫国的节气只有两个，上半年是静季，没风。下半年是动季，有风也有雨。

早晨我在梦中听见一片响声，正在我的小屋外边。爬出来一看，大蝎在前。二十名家将在后，排成一队。大蝎的耳上插着一根鹰尾翎，手中拿着一根长木棍。二十名家将手中都拿着一些东西，似乎是乐器。见我出来，他将木棍往地上一戳，二十名家将一齐把乐器举起。木棍在空中一摇，乐器响了。有的吹，有的打，二十件乐器放出不同的声音，吹的是谁也没有和谁调和的趋向，尖的与粗的一样难听，而且一样的拉长，直到家将的眼珠几乎努出来，才换一口气；换气后再吹，身子前后俯仰了几次，可是不肯换气，直到快憋死为止，有两名居然憋得倒在地上，可是还吹。猫国的音乐是讲究声音长而大的。打的都是像梆子的木器，一劲地打，没有拍节，没有停顿。吹的声音越尖，打的声音越紧，好像是随着吹打而丧了命是最痛快而光荣的事。吹打了三通，大蝎的木棍一扬，音乐停止。二十名家将全蹲在地上喘气。大蝎将耳上的翎毛拔下，很恭敬地向我走来说：“时间已到，请你上台，替神明监视着收迷叶。”我似乎被那阵音乐给催眠过去，或者更正确地说是被震晕了，心中本要笑，可是不由得随着大蝎走去。他把翎毛插在我的耳上，在前领路，我随着他，二十名音乐家又在我的后面。到了迷林中心的高架子，大蝎爬上去，向天祷告了一会儿，下面的音乐又作起来。他爬下来，请我上去。我仿佛忘了我是成人，像个贪玩的小孩被一件玩物给迷住，小猴似的爬了上去。大蝎看我上到了最高处，将木棍一挥，二十名音乐家全四下散开，在林边隔着相当的距离站好，面向着树。大蝎跑了。好大半天，他带来不少的兵。他们每个人拿着一根大棍，耳上插着一个鸟毛。走到林外，大队站住，大蝎往高架上一指，兵们把棍举起，大概是向我致敬。事后我才明白，我原来是在高架上作大神的代表，来替大蝎——他一定是大神所宠爱的贵人了——保护迷叶，兵们摘叶的时候，若私藏或偷吃一片，大蝎告诉他们，我便会用张手雷劈了他们。张手雷便是那把“艺术”。那二十名音乐家原来便是监视员，有人作弊，便吹打乐器，大蝎听到音乐便好请我放张手雷。

敬完了神，大蝎下令叫兵们两人一组散开，一人上树去摘，一人在下面等着把摘下来的整理好。离我最近的那些株树没有人摘，因为大蝎告诉他们：这些株离大神的代表太近，代表的鼻子一出气，他们便要瘫软在地上，一辈子不能再起来，所以这必须留着大蝎自己来摘。猫兵似乎也都被大蝎催眠过去，全分头去工作。大蝎大概又一气吃了三十片带花斑的上等迷叶，穿梭似的来回巡视，木棍老预备着往兵们的头上捶。听说每次收迷叶，地主必须捶死一两个猫兵；把死猫兵埋在树下，来年便可丰收。有时候，地主没预备好外国人作大神的代表，兵们便把地主埋在树下，抢了树叶，把树刨了都作成军器——就是木棍；用这种军器的是猫人视为最厉害的军队。

我大鹦鹉似的在架上拳着身，未免要发笑，我算干什么的呢？但是我不愿破坏了猫国的风俗，我来是为看他们的一切，不能不逢场作戏，必须加入他们的团体，不管他们的行为是怎样的可笑。好在有些小风，不至十分热，况且我还叫大蝎给我送来个我自己编的盖饭食的草盖暂当草帽，我总不致被阳光给晒晕过去。

猫兵与普通的猫人一点分别也没有，设若他们没那根木棍与耳上的鸟翎。这木棍与鸟翎自然会使他们比普通人的地位优越，可是在受了大蝎的催眠时，他们大概还比普通人要多受一点苦。像眠后的蚕吃桑叶，不大的工夫，我在上面已能看见原来被密叶遮住的树干。再过了一刻，猫兵已全在树尖上了。较比离我近一些的，全一手摘叶，一手遮着眼，大概是怕看见我而有害于他们的。

原来猫人并不是不能干事，我心中想，假如有个好的领袖，禁止了吃迷叶，这群人也可以很有用的。假如我把大蝎赶跑，替他作地主，作将领……但这只是空想，我不敢决定什么，我到底还不深知猫人。我正在这么想，我看见（因为树叶稀薄了我很能看清下面）大蝎的木棍照着一个猫兵的头去了。我知道就是我跳下去不致受伤，也来不及止住他的棍子了；但是我必须跳下去，在我眼中大蝎是比那群兵还可恶的，就是来不及救那个兵，我也得给大蝎个厉害。我爬到离地两丈多高的地方，跳了下去。跑过去，那个兵已躺在地上，大蝎正下令，把他埋在地下。一个不深明白他四围人们的心理的，是往往由善意而有害于人的。我这一跳，在猫兵们以为我是下来放张手雷，我跳在地上，只听霹咚噗咚四下里许多兵全掉下树来，大概跌伤的不在少数，因为四面全悲苦地叫着。我顾不得看他们，便一手捉住大蝎。他呢，也以为我是看他责罚猫兵而来帮助他，因为我这一早晨处处顺从着他，他自然地想到我完全是他的爪牙了。我捉住了他，他莫名其妙了，大概他一点也不觉得打死猫兵是不对的事。

我问大蝎，“为什么打死人？”

“因为那个兵偷吃了一个叶梗。”

“为吃一个叶梗就可以……”我没往下说；我又忘了我是在猫人中，和猫人辩理有什么用呢！我指着四国的兵说：“捆起他来。”大家你看着我，我看着你，似乎不明白我的意思。“把大蝎捆起来！”

我更清晰地说。还是没人上前。我心中冷了。设若我真领着这么一群兵，我大概永远不会使他们明白我。他们不敢上前，并不是出于爱护大蝎，而是完全不了解我的心意——为那死兵报仇，在他们的心中是万难想到的。这使我为难了：我若放了大蝎，我必定会被他轻视；我若杀了他，以后我用他的地方正多着呢；无论他怎不好，对于我在火星上——至少是猫国这一部分——所要看的，他一定比这群兵更有用一些。我假装镇静——问大蝎："你是愿意叫我捆在树上，眼看着兵们把迷叶都抢走呢？还是愿意认罚？"

兵们听到我说叫他们抢，立刻全精神起来，立刻就有动手的，我一手抓着大蝎，一脚踢翻了两个。大家又不动了。大蝎的眼已闭成一道线，我知道他心中怎样地恨我：他请来的大神的代表，反倒当着兵们把他惩治了，极难堪的事，自然他决不会想到因一节叶梗而杀人是他的过错。但是他决定不和我较量，他承认了受罚。我问他，兵们替他收迷叶，有什么报酬。他说，一人给两片小迷叶。这时候，四围兵们的耳朵都在脑勺上立起来了，大概是猜想，我将叫大蝎多给他们一些迷叶。我叫他在迷叶收完之后，给他们一顿饭吃，像我每天吃的晚饭。兵们的耳朵都落下去了，却由嗓子里出了一点声音，好像是吃东西噎住了似的，不满意我的办法。对于死去那个兵，我叫大蝎赔偿他的家小一百个国魂。大蝎也答应了。但是我问了半天，谁知道他的家属在哪里？没有一个人出声。对于别人有益的事，哪怕是说一句话呢，猫人没有帮忙的习惯。这是我在猫国又住了几个月才晓得的。大蝎的一百个国魂因此省下了。

十

迷叶收完，天天刮着小风，温度比以前降低了十几度。灰空中时时浮着些黑云，可是并没落雨。动季的开始，是地主们带着迷叶到城市去的时候了。大蝎心中虽十二分的不满意我，可是不能不假装着亲善，为是使我好同他一齐到城市去；没有我，他不会平安的走到那里：因为保护迷叶，也许丢了他的性命。

迷叶全晒干，打成了大包。兵丁们两人一组搬运一包，二人轮流着把包儿顶在头上。大蝎在前，由四个兵丁把他抬起，他的脊背平平的放在四个猫头之上，另有两个高身量的兵托着他的脚，还有一名在后面撑住他的脖子，这种旅行的方法在猫国是最体面的，假如不是最舒服的。二十名家将全拿着乐器，在兵丁们的左右，兵丁如有不守规则的，比如说用手指挖破叶包，为闻闻迷味，便随时奏乐报告大蝎。什么东西要在猫国里存在必须得有用处，音乐也是如此，音乐家是兼作侦探的。

我的地位是在大队的中间，以便前后照应。大蝎也给我预备了七个人；我情愿在地上跑，不贪图这份优待。大蝎一定不肯，引经据典地给我说明：皇帝有抬人二十一，诸王十五，贵人七……这是古代的遗风，身分的表示，不能，也不许，破坏的。我还是不干。“贵人地上走，”大蝎引用谚语了：“祖先出了丑。”我告诉他我的祖先决不因此而出了丑。他几乎要哭了，又引了两句诗：“仰面吃迷叶，平身作贵人。”“滚你们贵人的蛋！”我想不起相当的诗句，只这么不客气地回答。大蝎叹了一口气，心中一定把我快骂化了，可是口中没敢骂出来。

排队就费了两点多钟的工夫，大蝎躺平又下来，前后七次，猫兵们始终排不齐；猫兵现在准知道我不完全帮忙大蝎，大蝎自然不敢再用木棍打裂他们的猫头，所以任凭大蝎怎么咒骂他们，他们反正是不往直里排列。大蝎投降了，下令前进，不管队伍怎样的乱了。

刚要起程，空中飞来几只白尾鹰，大蝎又跳下来，下令：出门遇鹰大不祥，明日再走！我把手枪拿出来了，“不走的便永远不要走了！”大蝎的脸都气绿了，干张了几张嘴，一句话没说出来。他知道与我辩驳是无益的，同时他知道犯着忌讳出行是多么危险的事。他费了十几分钟才又爬到猫头上去，浑身颤抖着。大队算是往前挪动了。不知道是被我气得躺不稳了，还是抬的人故意和他开玩笑，走了不大的工夫，大蝎滚下来好几次。但是滚下来，立刻又爬上去，大蝎对于祖先的遗风是极负保存之责的。

沿路上凡是有能写字的地方，树皮上，石头上，破墙上，全写上了大白字：欢迎大蝎，大蝎是尽力国食的伟人，大蝎的兵士执着正义之棍，有大蝎才能有今年的丰收……这原来都是大蝎预先派人写好给他自己看的。经过了几个小村庄，村人们全背倚破墙坐着，军队在他们眼前走过，他们全闭着眼连看也不看。设若他们是怕兵呢，为何不躲开？不怕呢，为何又不敢睁眼看？我弄不清楚。及至细一看，我才明白过来，这些原来是村庄欢迎大蝎的代表，因为他们的头上的细灰毛里隐隐绰绰地也写着白字，每人头上一个字，几个人合起来成一句“欢迎大蝎”等等字样。因为这也是大蝎事先派人给他们写好的，所以白色已经残退不甚清楚了。虽然他们全闭着眼，可是大蝎还真事似的向他们点头，表示致谢的意思。这些村庄是都归大蝎保护的。村庄里的破烂污浊，与村人们的瘦，脏，没有精神，可以证明他们的保护人保护了他们没有。我更恨大蝎了。

要是我独自走，大概有半天的工夫总可以走到猫城了。和猫兵们走路最足以练习忍耐性的。猫人本来可以走得很快，但是猫人当了兵便不会快走了，因为上阵时快走是自找速死，所以猫兵们全是以稳慢见长，慢慢地上阵，遇见敌人的时候再快快地——后退。

下午一点多了，天上虽有些黑云，太阳的热力还是很强，猫兵们的嘴都张得很宽，身上的细毛都被汗粘住，我没有见过这样不体面的一群兵。远处有一片迷林，大蝎下令绕道穿着林走。我以为这是他体谅兵丁们，到林中可以休息一会儿。及至快到了树林，他滚下来和我商议，我愿意帮助他抢这片迷林不愿意。“抢得一些迷叶还不十分重要，给兵们一些作战的练习是很有益的事。”大蝎说。没回答他，我先看了看兵们，一个个的嘴全闭上了，似乎一点疲乏的样子也没有了；随走随抢是猫兵们的正当事业，我想。我也看出来：大蝎与他的兵必定都极恨我，假如我拦阻他们抢劫。虽然我那把手枪可以抵得住他们，但是他们要安心害我，我是防不胜防的。况且猫人互相劫夺是他们视为合理的事，就是我不因个人的危险而舍弃正义，谁又来欣赏我的行为呢？我知道我是已经受了猫人的传染，我的勇气往往为谋自己的安全而减少了。我告诉大蝎随意办吧，这已经是退步的表示了，哪知我一退步，他就立刻紧了一板，他问我是否愿意领首去抢呢？对于这一点我没有迟疑地拒绝了。你们抢你们的，我不反对，也不加入，我这样跟他说。

兵们似乎由一往树林这边走便已嗅出抢夺的味儿来，不等大蝎下令，已经把叶包全放下，拿好木棍，有几个已经跑出去了。我也没看见大蝎这样勇敢过，他虽然不亲自去抢，可是他的神色是非常的严厉，毫无恐惧，眼睛瞪圆，头上的细毛全竖立起来。他的木棍一挥，兵们一声喊，全扑过迷林去。到了迷林，大家绕着林飞跑，好像都犯了疯病。我想，这大概是往外诱林中的看护人。跑了三圈，林中不见动静，大蝎笑了，兵们又是一声喊，全闯入林里去。

林中也是一声喊，大蝎的眼不那么圆了，眨巴了几下。他的兵退出来，木棍全撒了手，双手捂着脑勺，狼嚎鬼叫地往回跑："有外国人！有外国人！"大家一齐喊。大蝎似乎不信，可是不那么勇敢了，自言自语地说："有外国人？我知道这里一定没有外国人！"他正这么说着。林中有人追出来了。大蝎慌了："真有外国人！"林中出来不少的猫兵。为首的是两个高个子，遍体白毛的人，手中拿着一条发亮的棍子。这两个一定是外国人了，我心中想；外国人是会用化学制造与铁相似的东西的。我心中也有点不安，假如大蝎请求我去抵挡那两个白人，我又当怎办？我知道他们手中发亮的东西是什么？抢人家的迷林虽不是我的主意，可是我到底是大蝎的保护人；看着他们打败而不救他，至少也有失我的身分，我将来在猫国的一切还要依赖着他。

"快去挡住！"大蝎向我说，"快去挡住！"

我知道这是义不容辞的，我顾不得思虑，拿好手枪走过去。出我意料之外，那两个白猫见我出来，不再往前进了。大蝎也赶过来，我知道这不能有危险了。"讲和！讲和！"大蝎在我身后低声地说。我有些发糊涂：为什么不叫我和他们打呢？讲和？怎样讲呢？事情到头往往不像理想的那么难，我正发糊涂。那两个白人说了话：“罚你六包迷叶。归我们三个人用！”我看了看，只有两个白人。怎么说三个呢？大蝎在后面低声地催我：“和他们讲讲！”我讲什么呢？傻子似的我也说了声：“罚你六包迷叶。归我们三个人用！”两个白人听我说了这句，笑着点了点头，似乎非常的满意。我更莫名其妙了。大蝎叹了口气。吩咐搬过六包迷叶来。六包搬到，两个白人很客气地请我先挑两包。我这才明白。原来三个人是连我算在内的。我自然很客气地请他们先挑。他们随便地拿了四包交给他们的猫兵，而后向我说：“我们的迷叶也就收完。我们城里再见。”我也傻子似的说了声：“城里再见。”他们走回林里去了。

我心中怎么想怎么糊涂。这是什么把戏呢？

直到我到了猫城以后，与外国人打听，才明白了其中的曲折。猫国人是打不过外人的。他们唯一的希望是外国人们自己打起来。立志自强需要极大的努力，猫人太精明，不肯这样傻卖力气。所以只求大神叫外国人互相残杀，猫人好得个机会转弱为强，或者应说，得个机会看别国与他们自己一样的弱了。外国人明白这个，他们在猫国里的利害冲突是时时有的。但是他们决不肯互相攻击让猫国得着便宜。他们看得清清楚楚，他们自己起了纷争是硬对硬的。就是打胜了的也要受很大的损失；反之，他们若是联合起来一同欺侮猫国，便可以毫无损失地得到很大好处。不但国际间的政策是如此，就是在猫国作事的个人也守着这个条件。保护迷林是外国人的好职业。但是大家约定：只负替地主抵抗猫国的人。遇到双方都有外国人保护的时候，双方便谁也不准侵犯谁；有不守这个条件的，便由双方的保护人商议惩罚地主或为首的人。这样，既能避免外国人与外国人因猫国人的事而起争执，又能使保护人的地位优越，不致受了猫国人的利用。

为保护人设想这是不错的办法。从猫国人看呢？我不由得代大蝎们抱不平了。可是继而一想：大蝎们甘心忍受这个，甘心不自强，甘心请求外人打自己家的人。又是谁的过错呢？有同等的豪横气的才能彼此重视，猫国人根本失了人味。难怪他们受别人这样的戏弄。我为这件事心中不痛快了好几天。

往回说：大蝎受了罚，又郑重其事地上了猫头，一点羞愧的神气没有，倒好似他自己战胜了似的。他只向我说，假如我不愿要那两包迷叶——他知道我不大喜欢吃它——他情愿出二十个国魂买回去。我准知道这包迷叶至少也值三百国魂，可是我没说卖，也没说不卖，我只是不屑于理他，我连哼一声也没哼。

太阳平西了，看见了猫城。

十一

一眼看见猫城，不知道为什么我心中形成了一句话：这个文明快要灭绝！我并不晓得猫国文明的一切；在迷林所得的那点经验只足以引起我的好奇心，使我要看个水落石出，我心目中的猫国文明决不是个惨剧的穿插与布景；我是希望看清一个文明的底蕴，从而多得一些对人生的经验。文明与民族是可以灭绝的，我们地球上人类史中的记载也不都是玫瑰色的。读历史设若能使我们落泪，那么，眼前摆着一片要断气的文明，是何等伤心的事！

将快死去的人还有个回光返照，将快寿终的文明不必是全无喧嚣热闹的。一个文明的灭绝是比一个人的死亡更不自觉的；好似是创造之程已把那毁灭的手指按在文明的头上，好的——就是将死的国中总也有几个好人罢——坏的，全要同归于尽。那几个好的人也许觉出呼吸的紧促，也许已经预备好了绝命书，但是，这几个人的悲吟与那自促死亡的哀乐比起来，好似几个残蝉反抗着狂猛的秋风。

猫国是热闹的，在这热闹景象中我看见那毁灭的手指，似乎将要剥尽人们的皮肉，使这猫城成个白骨的堆积场。

啊！猫城真热闹！城的构造，在我的经验中，是世上最简单的。无所谓街衢，因为除了一列一眼看不到边的房屋，其余的全是街——或者应当说是空场。看见兵营便可以想象到猫城了：极大的一片空场，中间一排缺乏色彩的房子，房子的外面都是人，这便是猫城。人真多。说不清他们都干什么呢。没有一个直着走道的，没有一个不阻碍着别人的去路的。好在街是宽的，人人是由直着走，渐渐改成横着走，一拥一拥，设若拿那列房子作堤，人们便和海潮的激荡差不很多。我还不知道他们的房子有门牌没有。假如有的话，一个人设若要由五号走到十号去，他须横着走出——至少是三里吧，出了门便被人们挤横了，随着潮水下去；幸而遇见潮水改了方向，他便被大家挤回来。他要是走运的话，也许就到了十号。自然，他不能老走好运，有时候挤来挤去，不但离十号是遥遥无期，也许这一天他连家也回不去了。

城里为什么只有一列建筑是有道理的。我想：当初必定是有许多列房子，形成许多条较窄的街道。在较窄的街道中人们的拥挤必定是不但耽误工夫，而且是要出人命的：让路，在猫人看，是最可耻的事；靠一边走是与猫人爱自由的精神相背的；这样，设若一条街的两面都是房，人们只好永远挤住，不把房子挤倒了一列是无法解决的。因此，房子往长里一直地盖，把街道改成无限的宽；虽然这样还免不了拥挤，可是到底不会再出人命；挤出十里，再挤回十里，不过是多走一些路，并没有大的危险的；猫人的见解有时候是极人道的；况且挤着走，不见得一定不舒服，被大家把脚挤起来，分明便是坐了不花钱的车。这个设想对不对，我不敢说。以后我必去看看有无老街道的遗痕，以便证明我的理论。

要只是拥挤，还算不了有什么特色。人潮不只是一左一右地动，还一高一低地起伏呢。路上有个小石子，忽的一下，一群人全蹲下了，人潮起了个旋涡。石子，看小石子，非看不可！蹲下的改成坐下，四外又增加了许多蹲下的。旋涡越来越大。后面的当然看不见那石子，往前挤，把前面坐着的挤起来了几个，越挤越高，一直挤到人们的头上。忽然大家忘了石子，都仰头看上面的人。旋涡又填满了。这个刚填满，旁边两位熟人恰巧由天意遇到一块，忽的一下，坐下了，谈心。四围的也都跟着坐下了，听着二位谈心。又起了个旋涡。旁听的人对二位朋友所谈的参加意见了，当然非打起来不可。旋涡猛孤丁地扩大。打来打去，打到另一旋涡——二位老者正在街上摆棋。两个旋涡合成一个，大家不打了，看着二位老者下棋，在对摆棋发生意见以前，这个旋涡是暂时没有什么变动的。

要只是人潮起伏，也还算不得稀奇。人潮中间能忽然裂成一道大缝，好像古代以色列人的渡过红海。要不是有这么一招儿，我真想不出，大蝎的叶队怎能整队而行；大蝎的房子是在猫城的中间。离猫城不远，我便看见了那片人海，我以为大蝎的队伍一定是绕着人海的边上走。可是，大蝎在七个猫人头上，一直地冲入人群去。奏乐了。我以为这是使行人让路的表示。可是，一听见音乐，人们全向队伍这边挤，挤得好像要装运走的豆饼那么紧。我心里说：大蝎若能穿过去，才怪！哼，大蝎当然比我心中有准。只听啪哒啪哒啪哒，兵丁们的棍子就像唱武戏打鼓的那么起劲，全打在猫人的头上。人潮裂了一道缝。奇怪的是人们并不减少参观的热诚，虽是闪开了路，可依旧笑嘻嘻的，看着笑嘻嘻的！棍子也并不因此停止，还是啪哒啪哒地打着。我留神看了看，城里的猫人和乡下的有点不同，他们的头上都有没毛而铁皮了的一块，像鼓皮的中心，大概是为看热闹而被兵们当作鼓打是件有历史的事。经验不是随便一看便能得有的。我以为兵们的随走随打只是为开路。其实还另有作用：两旁的观众原来并没老实着，站在后面的谁也不甘居后列，推，踢，挤，甚至于咬，非达到“空前”的目的不可。同时，前面的是反踹，肘顶，后倒，作着“绝后”的运动。兵丁们不只打最前面的，也伸长大棍“啪哒”后面的猫头。头上真疼，彼此推挤的苦痛便减少一些，因而冲突也就少一些。这可以叫作以痛治痛的方法。

我只顾了看人们，老实地说，他们给我一种极悲惨的吸诱力，我似乎不能不看他们。我说，我只顾了看人，甚至于没看那列房子是什么样子。我似乎心中已经觉到那些房子决不能美丽，因为一股臭味始终没离开我的鼻子。设若污浊与美丽是可以调和的，也许我的判断是错误的，但是我不能想象到阿房宫是被黑泥臭水包着的。路上的人也渐渐地不许我抬头了：自要我走近他们，他们立刻是一声喊叫，猛地退出老远，然后紧跟着又拥上了。城里的猫人对于外国人的畏惧心，据我看，不像乡下人那么厉害，他们的惊异都由那一喊倾泻出来，然后他们要上来仔细端详了。设若我在路上站定，准保我永远不会再动，他们一定会把我围得水泄不通。一万个手指老指着我，猫人是爽直的，看着什么新鲜便当面指出。但是我到底不能把地球上人类的好体面心除掉，我真觉得难受！一万个手指，都小手枪似的，在鼻子前面伸着，每个小手枪后面睁着两个大圆眼珠，向着我发光。小手枪们向上倾，都指着我的脸呢；小手枪们向下斜，都指着我的下部呢。我觉得非常的不安了，我恨不得一步飞起，找个清静地方坐一会儿。我的勇气没有了，简直的不敢抬头了。我虽不是个诗人，可是多少有点诗人的敏锐之感，这些手指与眼睛好似快把我指化看化了，我觉得我已经不是个有人格的东西。可是事情总得两面说着，我不敢抬头也自有好处，路上的坑坎不平和一滩滩的臭泥，设若我是扬着头走，至少可以把我的下半截弄成瘸猪似的。猫人大概没修过一回路，虽然他们有那么久远的历史。我似乎有些顶看不起历史，特别是那古远的。

幸而到了大蝎的家，我这才看明白，猫城的房子和我在迷林住的那间小洞是大同小异的。

十二

大蝎的住宅正在城的中心。四面是高墙，没门，没窗户。

太阳已快落了，街上的人渐渐散去。我这才看清，左右的房子也全是四方的，没门，没窗户。

墙头上露出几个猫头来，大蝎喊了几声，猫头们都不见了。待了一会儿，头又上来了，放下几条粗绳来把迷叶一包一包地都用绳子拉上去。天黑了。街上一个人也不见了。迷叶包只拉上多一半去，兵们似乎不耐烦了，全显出不安的神气。我看出来：猫人是不喜欢夜间干活的，虽然他们的眼力并不是不能在黑处工作的。

大蝎对我又很客气了：我肯不肯在房外替他看守一夜那未拉完的迷叶？兵们一定得回家，现在已经是很晚了。

我心里想：假如我有个手电灯，这倒是个好机会，可以独自在夜间看看猫城。可惜，两个手电灯都在飞机上，大概也都摔碎了。我答应了大蝎；虽然我极愿意看看他的住宅的内部，可是由在迷林住着的经验推测，在房子里未必比在露天里舒服。大蝎喜欢了，下令叫兵们散去。然后他自己揪着大绳上了墙头。

剩下我一个人，小风还刮着，星比往常加倍的明亮，颇有些秋意，心中觉得很爽快。可惜，房子外边一道臭沟叫我不能安美地享受这个静寂的夜晚。扯破一个迷叶包，吃了几片迷叶，一来为解饿，二来为抵抗四围的臭气，然后独自走来走去。

不由得我想起许多问题来：为什么猫人白天闹得那么欢，晚间便全藏起来呢？社会不平安的表示？那么些个人都钻进这一列房子去，不透风，没有灯光，只有苍蝇，臭气，污秽，这是生命？房子不开门？不开窗户？噢，怕抢劫！为求安全把卫生完全忘掉，疾病会自内抢劫了他们的生命！又看见那毁灭的巨指，我身上忽然觉得有点发颤。假如有像虎列拉、猩红热等的传染病，这城，这城，一个星期的工夫可以扫空人迹！越看这城越难看，一条丑大的黑影站在星光之下，没有一点声音，只发着一股臭气。我搬了几包迷叶，铺在离臭沟很远的地方，仰卧观星，这并不是不舒服的一个床。但是，我觉得有点凄凉。我似乎又有点羡慕那些猫人了。脏，臭，不透空气……到底他们是一家老幼住在一处，我呢？独自在火星上与星光作伴！还要替大蝎看着迷叶！我不由得笑了，虽然眼中笑出两点泪来。

我慢慢地要睡去，心中有两个相反的念头似乎阻止着我安然地入梦：应当忠诚地替大蝎看着迷叶；和管他作什么呢。正在这么似睡非睡的当儿，有人拍了拍我的肩头。我登时就坐起来了，可是还以为我是作梦。无意义地揉了揉眼睛，面前站着两个猫人。在准知道没人的地方遇见人，不由得使我想到鬼，原人的迷信似乎老这么冷不防地吓吓我们这“文明”的人一下。

我虽没细看他们，已经准知道他们不是平常的猫人，因为他们敢拍我肩头一下。我也没顾得抓手枪，我似乎忘了我是在火星上。“请坐！”我不知道怎么想起这么两个字来，或者因为这是常用的客气话，所以不自觉地便说出来了。

这两位猫人很大方地坐下来。我心中觉得非常舒适；在猫人里处了这么多日子，就没有见过大大方方接受我的招待的。

“我们是外国人。”两个中的一个胖一些的人说：“你知道我为什么提出‘外国人’的意思？”

我明白他的意思。

“你也是外国人，”那个瘦些的说——他们两个不像是把话都预先编好才来的，而是显出一种互相尊敬的样子，决不像大蝎那样把话一个人都说了，不许别人开口。“我是由地球上来的。”我说。

“噢！”两个一同显出惊讶的意思：“我们久想和别的星球交通，可是总没有办到。我们太荣幸了！遇见地球上的人！”两个一同立起来，似乎对我表示敬意。

我觉得我是又入了“人”的社会，心中可是因此似乎有些难过，一句客气话也没说出来。

他们又坐下了，问了我许多关于地球上的事。我爱这两个人。他们的话语是简单清楚，没有多少客气的字眼，同时处处不失朋友间的敬意，“恰当”是最好的形容字。恰当的话设若必须出于清楚的思路，这两个人的智力要比大蝎——更不用提其余的猫人——强着多少倍。

他们的国——光国，他们告诉我，是离此地有七天的路程。他们的职业和我的一样，为猫国地主保护迷林。在我问了他们一些光国的事以后，他们说，“地球先生，”（他们这样称呼我似乎是带着十二分的敬意）那个胖子说，“我们来有两个目的：第一是请你上我们那里去住，第二是来抢这些迷叶。”

第二个目的吓了我一跳。

“你向地球先生解说第二个问题，”胖子向瘦子说，“因为他似乎还不明白咱们的意思。”

“地球先生，”瘦子笑着说，“恐怕我们把你吓住了吧？请先放心，我们决不用武力，我们是来与你商议。大蝎的迷叶托付在你手里，你忠心给他看守着呢，大蝎并不分外的感激你；你把它们没收了呢，大蝎也不恨你；这猫国的人，你要知道，是另有一种处世的方法的。”

“你们都是猫人！”我心里说。

他好像猜透我心中的话，他又笑了：“是的，我们的祖先都是猫，正如——”

“我的祖先是猴子。”我也笑了。

“是的，咱们都是会出坏主意的动物，因为咱们的祖先就不高明。”他看了看我，大概承认我的样子确像猴子，然后他说：“我们还说大蝎的事吧。你忠心替他看着迷叶，他并不感激你。反之，你把这一半没收了，他便可以到处声张他被窃了，因而提高他的货价。富人被抢，穷人受罚，大蝎永不会吃亏。”

“但是，那是大蝎的事；我既受了他的嘱托，就不应骗他；他的为人如何是一回事，我的良心又是一回事。”我告诉他们。

“是的，地球先生。我们在我们的国里也是跟你一样的看事，不过，在这猫国里，我们忠诚，他们狡诈，似乎不很公平。老实地讲，火星上还有这么一国存在，是火星上人类的羞耻。我们根本不拿猫国的人当人待。”

“因此我们就应该更忠诚正直；他们不是人，我们还要是人。”我很坚决地说。

那个胖子接了过去：“是的，地球先生。我们不是一定要叫你违背着良心作事。我们的来意是给你个警告，别吃了亏。我们外国人应当彼此照应。”

“原谅我，”我问，“猫国的所以这样贫弱是否因为外国的联合起来与他为难呢？”

“有那么一点。但是，在火星上，武力缺乏永远不是使国际地位失落的原因。国民失了人格，国便慢慢失了国格。没有人愿与没国格的国合作的。我们承认别国有许多对猫国不讲理的地方，但是，谁肯因为替没有国格的国说话而伤了同等国家的和气呢？火星上还有许多贫弱国家，他们并不因为贫弱而失去国际地位。国弱是有多种原因的，天灾，地势都足以使国家贫弱；但是，没有人格是由人们自己造成的，因此而衰弱是惹不起别人的同情的。以大蝎说吧，你是由地球上来的客人，你并不是他的奴隶，他可曾请你到他家中休息一刻？他可曾问你吃饭不吃？他只叫你看着迷叶！我不是激动你，以便使你抢劫他，我是要说明我们外国人为什么小看他们。现在要说到第一个问题了。”胖子喘了口气，把话交给瘦子。

“设若明天，你地球先生，要求在大蝎家里住，他决定不收你。为什么？以后你自己会知道。我们只说我们的来意：此地的外国人另住在一个地方，在这城的西边。凡是外国人都住在那里，不分国界，好像是个大家庭似的。现在我们两个担任招待的职务，知道那个地方的，由我们两个招待，不知道的，由我们通知，我们天天有人在猫城左右看着，以便报告我们。我们为什么组织这个团体呢，因为本地人的污浊的习惯是无法矫正的，他们的饭食和毒药差不多，他们的医生便是——噢，他们就没有医生！此外还有种种原因，现在不用细说，我们的来意完全出于爱护你，这大概你可以相信，地球先生？”

我相信他们的真诚。我也猜透一点他们没有向我明说的理由。但是我既来到猫城便要先看看猫城。也许先看别的国家是更有益的事；由这两个人我就看出来，光国一定比猫国文明的多，可是，看文明的灭亡是不易得的机会。我决不是拿看悲剧的态度来看历史，我心中实在希望我对猫城的人有点用处。我不敢说我同情于大蝎，但是大蝎不足以代表一切的人。我不疑心这两个外国人的话，但是我必须亲自去看过。他们两个猜着我的心思，那个胖的说："我们现在不用决定吧。你不论什么时候愿去找我们，我们总是欢迎你的。从这里一直往西去——顶好是夜间走，不拥挤——走到西头，再走，不大一会儿便会看见我们的住处。再见，地球先生！"

他们一点不带不喜欢的样子，真诚而能体谅，我真感激他们。

"谢谢你们！"我说，"我一定上你们那里去，不过我先要看看此地的人们。"

"不要随便吃他们的东西！再见！"他们俩一齐说。

不！我不能上外国城去住！猫人并不是不可造就的，看他们多么老实：被兵们当作鼓打，还是笑嘻嘻的；天一黑便去睡觉，连半点声音也没有。这样的人民还不好管理？假如有好的领袖，他们必定是最和平，最守法的公民。

我睡不着了。心中起了许多许多色彩鲜明的图画：猫城改建了，成了一座花园似的城市，音乐，雕刻，读书声，花，鸟，秩序，清洁，美丽……

十三

大蝎把迷叶全运进去，并没说声"谢谢"。

我的住处，他管不着；在他家里住是不行的，不行，一千多个理由不行。最后他说：“和我们一块住，有失你的身分呀！你是外国人，为何不住在外国城去？”他把那两个光国人不肯明说的话说出来了——不要脸的爽直！

我并没动气，还和他细细地说明我要住在猫城的原因。我甚至于暗示出，假如他的家里不方便，我只希望看看他的家中是什么样子，然后我自己会另找住处去。看看也不行。这个拒绝是预料得到的。在迷林里几个月的工夫，他到底住在哪里？我始终没探问出来；现在迷叶都藏在家里，被我知道了岂不是危险的事。我告诉大蝎，我要是有意抢劫他的迷叶，昨天晚上就已下手了，何必等他藏好我再多费事。他摇头：他家中有妇女，不便招待男客，这是个极有力的理由。但是，看一看并不能把妇女看掉一块肉呀——噢，我是有点糊涂，那不是大蝎的意思。

墙头上露出个老猫头来，一脑袋白毛，猪嘴抽抽着好像个风干的小木瓜。老猫喊起来：“我们不要外国人！不要外国人！不要，不要！”这一定是大蝎的爸爸。

我还是没动气，我倒佩服这个干木瓜嘴的老猫，他居然不但不怕，而且敢看不起外国人。这个看不起人也许出于无知，但是据我看，他总比大蝎多些人味。

一个青年的猫人把我叫到一旁，大蝎乘机会爬上墙去。

青年猫人，这是我最希望见一见的。这个青年是大蝎的儿子。我更欢喜了，我见着了三辈。木瓜嘴的老猫与大蝎，虽然还活着，也许有很大的势力，究竟是过去的人物了；诊断猫国病症的有无起色，青年是脉门。

“你是由远处来的？”小蝎——其实他另有名字，我这么叫他，为是省事——问我。

“很远很远！告诉我，那个老年人是不是你的祖父？”我问。

“是。祖父以为一切祸患都是外国人带来的，所以最恨外国人。”

“他也吃迷叶？”

“吃。因为迷叶是自外国传来的，所以他觉得吃迷叶是给外国人丢脸，不算他自己的错处。”

四围的人多了，全瞪着圆眼，张着嘴，看怪物似的看着我。

“我们不能找着清静地方谈一谈？”

“我们走到哪里，他们跟到哪里；就在这里谈吧。他们并不要听我们说什么，只要看看你怎么张嘴，怎么眨眼就够了。”我很喜爱小蝎的爽直。

“好吧。”我也不便一定非找清静地方不可了。“你的父亲呢？”

“父亲是个新人物，至少是二十年前的新人物。二十年前他反对吃迷叶，现在他承袭了祖父的迷林。二十年前他提倡女权，现在他不许你进去，因为家中有妇女。祖父常说，将来我也是那样：少年的脾气喜新好奇，一到中年便回头看祖宗的遗法了。祖父一点外国事不懂，所以拿我们祖先遗传下来的规法当作处世的标准。父亲知道一些外国事，在他年青的时候，他要处处仿效外国人，现在他拿那些知识作为维持自己利益的工具。该用新方法的地方他使用新方法，不似祖父那样固执；但是这不过是处世方法上的运用，不是处世的宗旨的变动，在宗旨上父亲与祖父是完全相同的。”

我的眼闭上了；由这一片话的光亮里我看见一个社会变动的图画

的轮廓。这轮廓的四外，也许是一片明霞，但是轮廓的形成线以内确是越来越黑。这团黑气是否再能与那段明霞联合成一片，由阴翳而光明，全看小蝎身上有没有一点有力的光色。我这样想，虽然我并不知道小蝎是何等的人物。

“你也吃迷叶？”我突然地问出来，好似我是抓住迷叶，拿它作一切病患的根源了，我并回答不出为什么这样想的理由。

“我也吃。”小蝎回答。

我心眼中的那张图画完全黑了，连半点光明也没有了。

“为什么？”我太不客气了——“请原谅我的这样爽直！”

“不吃它，我无法抵抗一切！”

“吃它便能敷衍一切？”

小蝎老大半天没言语。

“敷衍，是的！我到过外国，我明白一点世界大势。但是在不想解决任何的问题的民众中，敷衍；不敷衍怎能活着呢？”小蝎似笑非笑地说。

“个人的努力？”

“没用！这样多糊涂，老实，愚笨，可怜，贫苦，随遇而安，快活的民众；这么多只拿棍子，只抢迷叶与妇女的兵；这么多聪明，自私，近视，无耻，为自己有计划，对社会不关心的政客；个人的努力？自己的脑袋到底比别人的更值得关切一些！”

“多数的青年都这么思想吗？”我问。

“什么？青年？我们猫国里就没有青年！我们这里只有年纪的分别，设若年纪小些的就算青年，由这样青年变成的老人自然是老——”他大概是骂人呢，我记不得那原来的字了。“我们这里年纪小的人，有的脑子比我祖父的还要古老；有的比我父亲的心眼还要狭窄；有的——”

“环境不好也是不可忽略的事实，”我插嘴说，“我们不要太苛了。”

“环境不好是有恶影响的，可是从另一方面说，环境不好也正是使人们能醒悟的；青年总应当有些血性；可是我们的青年生下来便是半死的。他们不见着一点小便宜，还好；只要看见一个小钱的好处，他们的心便不跳了。平日他们看一切不合适；一看到便宜，个人的利益，他们对什么也觉得顺眼了。”

“你太悲观了，原谅我这么说，你是个心里清楚而缺乏勇气的悲观者。你只将不屑于努力的理由作为判断别人的根据，因此你看一切是黑色的，是无望的；事实上或者未必如此。也许你换一个眼光去看，这个社会并不那么黑暗的可怕？”

“也许；我把这个观察的工作留给你。你是远方来的人，或者看得比我更清楚更到家一些。”小蝎微微地笑了笑。

我们四围的人似乎已把我怎样张嘴，怎样眨眼看够了——看明白了没有还很可疑——他们开始看我那条破裤子了。我还有许多许多问题要问小蝎，但是我的四围已经几乎没有一点空气了，我求小蝎给我找个住处。他也劝我到外国城去住，不过他的话说得非常有哲学味：“我不希望你真作那份观察的工作，因为我怕你的那点热心与期望全被浇灭了。不过，你一定主张在这里住，我确能给你找个地方。这个地方没有别的好处，他们不吃迷叶。”

“有地方住便不用说别的了，就请费心吧！”我算是打定了主意，决不到外国城去住。

十四

我的房东是作过公使的。公使已死去好几年，公使太太除了上过外国之外，还有个特点——“我们不吃迷叶”，这句话她一天至少要说百十多次。不管房东是谁吧，我算达到爬墙的目的了。我好像小猫初次练习上房那么骄傲，到底我可以看看这四方房子里是怎样的布置了。

爬到半截，我心中有点打鼓了。我要说墙是摇动，算我说谎；随着手脚所触一劲儿落土，决一点不假。我心里说：这酥饽饽式的墙也许另有种作用。爬到墙头，要不是我眼晕，那必定是墙摇动呢。

房子原来没顶。下雨怎办呢？想不出，因而更愿意在这里住一住了。离墙头五尺来深有一层板子，板子中间有个大窟窿。

公使太太在这个窟窿中探着头招待我呢。公使太太的脸很大，眼睛很厉害，不过这不足使我害怕；那一脸白粉，虽然很厚，可是还露着脸上的细灰毛，像个刺硬霜厚带着眼睛的老冬瓜，使我有点发怵。

“有什么行李就放在板子上吧。上面统归你用，不要到下面来。天一亮吃饭，天一黑吃饭，不要误了。我们不吃迷叶！拿房钱来！”公使太太确是懂得怎么办外交。

我把房钱付过。我有大蝎给我的那五百国魂在裤兜里装着呢。

这倒省事：我自己就是行李，只要我有了地方住，什么也不必张心了。房子呢，就是一层板，四面墙，也用不着搬桌弄椅地捣乱。只要我不无心中由窟窿掉下去，大概便算天下太平。板子上的泥至少有二寸多厚，泥里发出来的味道，一点也不像公使家里所应有的。上面晒着，下面是臭泥，我只好还得上街去。我明白了为什么猫人都白天在街上过活了。

我还没动身，窟窿中爬出来了：公使太太，同着八个冬瓜脸的妇女。八位女子先爬出墙去，谁也没敢正眼看我。末后，公使太太身在墙外，头在墙上发了话："我们到外边去，晚上见！没有法子，公使死了，责任全放在我身上，我得替他看着这八个东西！没钱，没男子，一天到晚得看着这八个年青的小妖精！我们不吃迷叶！丈夫是公使，公使太太，到过外国，不吃迷叶，一天到晚得看着八个小母猫！"

我希望公使太太快下去吧，不然这八位妇女在她口中不定变成什么呢！公使太太颇知趣，忽的一下不见了。

我又掉在迷魂阵里。怎么一回事呢？八个女儿？八个小姑？八个妾？对了，八个妾。大蝎不许我上他家去，大概也因为这个。板子下面，没有光，没有空气，一个猫人，带着一群母猫——引用公使太太的官话——臭，乱，淫，丑……我后悔了，这种家庭看与不看没什么重要。但是已交了房钱，况且，我到底得设法到下面去看看，不管是怎样的难堪。

她们都出去了，我是否应当现在就下去看看？不对，公使太太嘱咐我不要下去，偷偷地窥探是不光明的。正在这么犹豫，墙头上公使太太的头又回来了："快出去，不要私自往下面看，不体面！"

我赶紧地爬下去。找谁去呢？只有小蝎可以谈一谈，虽然他是那么悲观。但是，上哪里去找他呢？他当然不会在家里；在街上找人和海里摸针大概一样的无望。我横着挤出了人群，从远处望望那条街。我看清楚：城的中间是贵族的住宅与政府机关，因为房子比左右的高着很多。越往两边去越低越破，一定是贫民的住处和小铺子。记清了这个大概就算认识猫城了。

正在这个当儿，从人群挤出十几个女的来。白脸的一定是女的，从远处我也能认清了。她们向着我来了。我心中有点不得劲：由公使太太与大蝎给我的印象，我以为此地的妇女必定是极服从，极老实，极不自由的。随便乱跑，像这十几个女的，一定不会是有规矩的。我初到此地，别叫人小看了我，我得小心着点。我想到这里，便开始要跑。

“开始作观察的工作吗？”小蝎的声音。

我仔细一看，原来他在那群女郎的中间裹着呢。

我不用跑了。一展眼的工夫，我与小蝎被围在中间。“来一个？”小蝎笑着说。眼睛向四围一转：“这是花，这是迷，比迷叶还迷的迷，这是星……”他把她们的名字都告诉给我，可是我记不全了。

迷过来向我挤了挤眼，我打了个冷战。我不知道怎样办好了：这群女子是干什么的，我不晓得。设若都是坏人，我初来此地，不应不爱惜名誉；设若她们都是好人，我不应得罪她们。说实话，我虽不是个恨恶妇女的人，可是我对女子似乎永远没什么好感。我总觉得女子的好擦粉是一种好作虚伪的表示。自然，我也见过不擦粉的女子，可是，她们不见得比别的女子少一点虚伪。这点心理并不使我对女子减少应有的敬礼，敬而远之是我对女性的态度。因此我不肯得罪了这群女郎。

小蝎似乎看出我的进退两难了。他闹着玩似的用手一推她们，“去！去！两个哲学家遇见就不再要你们了。”她们唧唧地笑了一阵，很知趣地挤入人群里去。我还是发愣。

“旧人物多娶妾，新人物多娶妻，我这厌旧恶新的人既不娶妻，又不纳妾，只是随便和女子游戏游戏。敷衍，还是敷衍。谁敢不敷衍女的呢？”

“这群女的似乎——”我不知道怎样说好。

“她们？似乎——”小蝎接过去，“似乎——是女子。压制她们也好，宠爱她们也好，尊敬她们也好，迷恋她们也好，豢养她们也好；这只随男人的思想而异，女子自己永远不改变。我的曾祖母擦粉，我的祖母擦粉，我的母亲擦粉，我的妹妹擦粉，这群女子擦粉，这群女子的孙女还要擦粉。把她们锁在屋里要擦粉，把她们放在街上还要擦粉。”

“悲观又来了！”我说。

“这不是悲观，这是高抬女子，尊敬女子，男子一天到晚瞎胡闹，没有出息，忽而变为圣人，忽而变为禽兽；只有女子，惟独女子，是始终纯洁，始终是女子，始终奋斗：总觉得天生下来的脸不好，而必擦些白粉。男子设若也觉得圣人与禽兽的脸全欠些白润，他们当然不会那么没羞没耻，他们必定先顾脸面，而后再去瞎胡闹。”

这个开玩笑似的论调又叫我默想了。

小蝎很得意地往下说：“刚才这群女的，都是‘所谓’新派的女子。她们是我父亲与公使太太的仇敌。这并非说她们要和我父亲打架；而是我父亲恨她们，因为他不能把她们当作迷叶卖了，假如她们是他的女儿；也不能把她们锁在屋里，假如她们是他的妻妾。这也不是说她们比我的母亲或公使太太多些力量，多些能干，而是她们更像女子，更会不作事，更会不思想——可是极会往脸上擦粉。她们都顶可爱，就是我这不爱一切的人也得常常敷衍她们一下。”

“她们都受过新教育？”我问。

小蝎乐得半天说不出话来。

“教育？噢，教育，教育，教育！”小蝎似乎有点发疯：“猫国除了学校里‘没’教育，其余处处‘都是’教育！祖父的骂人，教育；父亲的卖迷叶，教育；公使太太的监管八个活的死母猫，教育；大街上的臭沟，教育；兵丁在人头上打鼓，教育；粉越擦越厚，女子教育；处处是教育，我一听见教育就多吃十片迷叶，不然，便没法不呕吐！”

“此地有很多学校？”

“多。你还没到街那边去看？”

“没有。”

“应当看看去。街那边全是文化机关。”小蝎又笑了。“文化机关与文化有关系没有，你不必问，机关确是在那里。”他抬头看了看天：“不好，要下雨！”

天上并没有厚云，可是一阵东风刮得很凉。

“快回家吧！”小蝎似乎很怕下雨。“晴天还在这里见。”

人潮遇见暴风，一个整劲往房子那边滚。我也跟着跑，虽然我明知道回到家中也还是淋着，屋子并没有顶。看人们疯了似的往墙上爬也颇有意思，我看见过几个人作障碍竞走，但是没有见过全城的人们一齐往墙上爬的。

东风又来了一阵，天忽然地黑了。一个扯天到地的大红闪，和那列房子交成一个大三角。鸡蛋大小的雨点随着一声雷拍打下来。远处刷刷地响起来，雨点稀少了，天低处灰中发亮，一阵凉风，又是一个大闪，听不见单独的雨点响了，一整排雨道从天上倒下来。天看不见了。一切都看不见了。只有闪光更厉害了。雨道高处忽然横着截开，一条惊蛇极快地把黑空切开一块，颤了两颤不见了；一切全是黑的了。跑到墙根，我身上已经完全湿了。

哪个是公使太太的房？看不清。我后退了几步，等着借闪光看看。又是一个大的，白亮亮的，像个最大的黑鬼在天上偶尔一睁眼，极快地眨巴了几下似的。不行，还是看不清。我急了，管它是谁的房呢，爬吧；爬上去再说。爬到半中腰，我摸出来了，这正是公使太太的房，因为墙摇动呢。

一个大闪，等了好像有几个世纪，整个天塌来了似的一声大雷。我和墙都由直着改成斜着的了。我闭上眼，又一声响，我到哪里去了？谁知道呢！

十五

雷声走远了。这是我真听见了呢，还是作梦呢？不敢说。我一睁眼；不，我不能睁眼，公使太太的房壁上的泥似乎都在我脸上贴着呢。是的，是还打雷呢，我确醒过来了。我用手摸；不能，手都被石头压着呢。脚和腿似乎也不见了，觉得像有人把我种在泥土里了。

把手拔出来，然后把脸扒开。公使太太的房子变成了一座大土坟。我一边拔腿，一边疯了似的喊救人；我是不要紧的，公使太太和八位小妖精一定在极下层埋着呢！空中还飞着些雨点，任凭我怎样喊，一个人也没来：猫人怕水，当然不会在天完全晴了之前出来。

把我自己埋着的半截拔脱出来，我开始疯狗似的扒那堆泥土，也顾不得看身上有伤没有。天晴了，猫人全出来。我一边扒土，一边喊救人。人来了不少，站在一旁看着。我以为他们误会了我的意思，开始给他们说明：不是救我，是救底下埋着的九个妇人。大家听明白了，往前挤了过来，还是没人动手。我知道只凭央告是无效的，摸了摸裤袋里，那些国魂还在那里呢。“过来帮我扒的，给一个国魂！”大家愣了一会，似乎不信我的话，我掏出两块国魂来，给他们看了看。行了，一窝蜂似的上来了。可是上来一个，拿起一块石头，走了；又上来一个，搬起一块砖，走了；我心里明白了：见便宜便捡着，是猫人的习惯。好吧，随你们去吧；反正把砖石都搬走，自然会把下面的人救出来。很快！像蚂蚁运一堆米粒似的，叫人想不到会能搬运得那么快。底下出了声音，我的心放下去一点。但是，只是公使太太一个人的声音，我的心又跳上了。全搬净了：公使太太在中间，正在对着那个木板窟窿那溜儿，坐着呢。其余的八位女子，都在四角卧着，已经全不动了。我要先把公使太太扶起来，但是我的手刚一挨着她的胳臂，她说了话：“哎哟！不要动我，我是公使太太！抢我的房子，我去见皇上，老老实实地把砖给我搬回来！”其实她的眼还被泥糊着呢；大概见倒了房便抢，是猫人常干的事，所以她已经猜到。

四围的人还轻手蹑脚地在地下找呢。砖块已经完全搬走了，有的开始用手捧土；经济的压迫使人们觉得就是捧走一把土也比空着手回家好，我这么想。

公使太太把脸上的泥抓下来，腮上破了两块，脑门上肿起一个大包，两眼睁得像冒着火。她挣扎着站起来，一瘸一点地奔过一个猫人去，不知道怎会那么准确，一下子便咬住他的耳朵，一边咬一边从嘴角啰啰地叫，好似猫捉住了老鼠。那个被咬的嚎起来，拼命用手向后捶公使太太的肚子。两个转了半天，公使太太忽然看见地上卧着的妇女，她松了嘴，那个猫人像箭头似的跑开，四围的人喊了一声，也退出十几尺远。公使太太抱住一个妇女痛哭起来。

我的心软了，原来她并不是个没人心的人，我想过去劝劝，又怕她照样咬我的耳朵，因为她确乎有点发疯的样子。哭了半天，她又看见了我。

“都是你，都是你，你把我的房爬倒了！你跑不了，他们抢我的东西也跑不了；我去见皇上，全杀了你们！”

“我不跑，”我慢慢地说，“我尽力帮着你便是了。”

“你是外国人，我信你的话。那群东西，非请皇上派兵按家搜不可，搜出一块砖也得杀了！我是公使太太！”公使太太的吐沫飞出多远去，啪地一声唾出一口血来。

我不知道她是否有那么大的势力。我开始安慰她，唯恐怕她疯了。“我们先把这八个妇女——”我问。

“你这里来，把这八个妖精怎么着？我只管活的，管不着死的，你有法子安置她们？”

这把我问住了，我知道怎么办呢，我还没在猫国办过丧事。

公使太太的眼睛越发的可怕了，眼珠上流着一层水光，可是并不减少疯狂的野火，好像泪都在眼中炼干，白眼珠发出磁样的浮光来。

“我跟你说说吧！”她喊，“我无处去诉苦，没钱，没男子，不吃迷叶，公使太太，跟你说说吧！”

我看出她是疯了，她把刚才所说的事似乎都忘了，而想向我诉委屈了。

“这个，”她揪住一个死妇人的头皮，“这个死妖精。十岁就被公使请来了。刚十岁呀，筋骨还没长全，就被公使给收用了。一个月里，不要天黑，一到黑天呀，她，这个小死妖精，她便嚎啊，嚎啊，爹妈乱叫，拉住我的手不放，管我叫妈，叫祖宗，不许我离开她。但是，我是贤德的妇人，我不能与个十岁的丫头争公使呀；公使要取乐，我不能管，我是太太，我得有太太的气度。这个小妖精，公使一奔过她去，她就呼天喊地，嚎得不像人声。公使取乐的时候，看她这个央告，她喊哪：公使太太！公使太太！好祖宗，来救救我！我能禁止公使取乐吗？我不管。事完了，她躺着不动了，是假装死呢，是真晕过去？我不知道，也不深究。我给她上药，给她作吃食，这个死东西，她并一点不感念我的好处！后来，她长成了人，看她那个跋扈，她恨不能把公使整个地吞了。公使又买来了新人，她一天到晚地哭哭啼啼，怨我不拦着公使买人；我是公使太太，公使不多买人，谁能看得起他？这个小妖精，反怨我不管着公使，浪东西，臊东西，小妖精！”公使太太把那个死猫头推到一边，顺手又抓住另一个。“这个东西是妓女，她一天到晚要吃迷叶，还引诱着公使吃；公使有吃迷叶的瘾怎么再上外国？看她那个闹！叫我怎办，我不能拦着公使玩妓女，我又不能看着公使吃迷叶，而不能上外国去。我的难处，你不会想到作公使太太的难处有多么大！我白天要监视着不叫她偷吃迷叶，到晚上还得防备着她鼓动公使和我捣乱，这个死东西！她时时刻刻想逃跑呢，我的两只眼简直不够用的了，我老得捎着她一眼，公使的妾跑了出去，大家的脸面何在？”公使太太的眼睛真像发了火，又抓住一个死妇人的头：

“这个东西，最可恶的就是她！她是新派的妖精！没进门之前她就叫公使把我们都撵出去，她好作公使太太，哈哈，那如何作得到。她看上了公使，只因为他是公使。别的妖精是公使花钱买来的，这个东西是甘心愿意跟他，公使一个钱没花，白玩了她。她把我们妇人的脸算丢透了！她一进门，公使连和我们说话都不敢了。公使出门，她得跟着，公使见客，她得陪着，她俨然是公使太太了。我是干什么的？公使多买女人，该当的；公使太太只能有我一个！我非惩治她不行了，我把她捆在房上，叫雨淋着她，淋了三回，她支持不住了，小妖精！她要求公使放她回家，她还说公使骗了她；我能放了她？自居后补公使太太的随便与公使吵完一散？没听说过。想再嫁别人？没那么便宜的事。难哪！作公使太太不是件容易的事。我昼夜看着她。幸而公使又弄来了这个东西，”她转身从地上挑选出一个死妇人，“她算是又和我亲近了，打算联合我，一齐反对这个新妖精。妇人都是一样的，没有男人陪着就发慌；公使和这新妖精一块睡，她一哭便是一夜。我可有话说了：你还要作公使太太？就凭你这样离不开公使？你看我这真正公使太太！要作公使太太就别想独占公使，公使不是卖东西的小贩子，一辈子只抱着一个老婆！”

公使太太的眼珠子全红了。抱住了一个死妇人的头在地上撞了几下。笑了一阵，看了看我——我不由得往后退了几步。

“公使活着，她们一天不叫我心静，看着这个，防备着那个，骂这个，打那个，一天到晚不叫我闲着。公使的钱，全被她们花了。公使的力量都被她们吸干了。公使死了，连一个男孩子也没留下。不是没生过呀，她们八个，都生过男孩子，一个也没活住。怎能活住呢，一个人生了娃娃，七个人昼夜设法谋害他。争宠呀，唯恐有男孩子的升作公使太太。我这真作太太的倒没像她们那么嫉妒，我只是不管，谁把谁的孩子害了，是她们的事，与我不相干；我不去害小孩子，也不管她们彼此谋害彼此的娃娃，太太总得有太太的气度。“公使死了，没钱，没男子，把这八个妖精全交给了我！有什么法子，我能任凭她们逃跑去嫁人吗？我不能，我一天到晚看着她们，一天到晚苦口地相劝，叫她们明白人生的大道理。她们明白吗？未必！但是我不灰心，我日夜地管着她们。我希望什么？没有可希望的，我只望皇上明白我的难处，我的志向，我的品行，赏给我些恤金，赐给我一块大匾，上面刻上‘节烈可风’。可是，你没听见我刚才哭吗？你听见没有？”

我点点头。

“我哭什么？哭这群死妖精？我才没工夫哭她们呢！我是哭我的命运，公使太太，不吃迷叶，现在会房倒屋塌，把我的成绩完全毁灭！我再去见皇上，我有什么话可讲。设若皇上坐在宝座上问我：公使太太你有什么成绩来求赏赐？我说什么？我说我替死去的公使管养着八个女人，没出丑，没私逃。皇上说，她们在哪里呢？我说什么？

说她们都死了？没有证据能得赏赐吗？我说什么？公使太太！”她的头贴在胸口上了。我要过去，又怕她骂我。

她又抬起头来，眼珠已经不转了：“公使太太，到过外国……不吃迷叶……恤金！大匾……公使太太……”

公使太太的头又低了下去，身子慢慢地向一边倒下来，躺在两个妇人的中间。

十六

我难过极了！公使太太的一段哀鸣，使我为多少世纪的女子落泪，我的手按着历史上最黑的那几页，我的眼不敢再往下看了。

不到外国城去住是个错误。我又成了无家之鬼了。上哪里去？那群帮忙的猫人还看着我呢，大概是等着和我要钱。他们抢走了公使太太的东西，不错，但是，那恐怕不足使他们扔下得个国魂的希望吧？我的头疼得很厉害，牙也摔活动了两个。我渐渐地不能思想了，要病。我的心中来了个警告。我把一裤袋的国魂，有十块一个的，有五块一个的，都扔在地上，让他们自己分吧，或是抢吧，我没精神去管。那八个妇人是无望了；公使太太呢，也完了，她的身下流出一大汪血，眼睛还睁着，似乎在死后还关心那八个小妖精。我无法把她们埋起来，旁人当然不管；难堪与失望使我要一拳把我的头击碎。

我在地上坐了一会儿。虽然极懒得动，到底还得立起来，我不能看着这些妇人在我的眼前臭烂了。我一瘸一拐地走，大概为外国人丢脸不少。街上又挤满了人。有些少年人，手中都拿着块白粉，挨着家在墙壁上写字呢，墙还很潮，写过以后，经小风一吹，特别的白。“清洁运动”“全城都洗过”……每家墙壁上都写上了这么一句。虽然我的头是那么疼，我不能不大笑起来。下完雨提倡洗过全城，不必费人们一点力量，猫人真会办事。是的，臭沟里确乎被雨水给冲干净了，清洁运动，哈哈！莫非我也有点发疯么？我恨不能掏出手枪打死几个写白字的东西们！

我似乎还记得小蝎的话：街那边是文化机关。我绕了过去，不是为看文化机关，而是希望找个清静地方去忍一会儿。我总以为街市的房子是应当面对面的，此处街上的房子恰好是背倚背的，这个新排列方法使我似乎忘了点头疼。可是，这也就是不大喜欢新鲜空气与日光的猫人才能想出这个好主意，房背倚着房背，中间一点空隙没有，这与其说是街，还不如说是疾病酿造厂。我的头疼又回来了。在异国生病使人特别的悲观，我似乎觉得没有生还中国的希望了。我顾不得细看了，找着个阴凉便倒了下去。

睡了多久？我不知道。一睁眼我已在一间极清洁的屋子中。我以为这是作梦呢，或是热度增高见了幻象，我摸摸了头，已不十分热！我莫名其妙了。身上还懒，我又闭上了眼。有点极轻的脚步声，我微微的睁开眼：比迷叶还迷的迷！她走过来，摸了摸我的头，微微地点点头：“好啦！”她向自己说。

我不敢再睁眼，等着事实来说明事实吧。过了不大的工夫，小蝎来了，我放了心。

“怎样了？”我听见他低声地问。

没等迷回答，我睁开了眼。

“好了？”他问我。我坐起来。

“这是你的屋子？”我又起了好奇心。

“我们俩的，”他指了指迷，“我本来想让你到这里来住，但是恐怕父亲不愿意，你是父亲的人，父亲至少这么想；他不愿意我和你交朋友，他说我的外国习气已经太深。”

“谢谢你们！”我又往屋中扫了一眼。

“你纳闷我们这里为什么这样干净？这就是父亲所谓的外国习气。”小蝎和迷全笑了。

是的，小蝎确是有外国习气。以他的言语说，他的比大蝎的要多用着两倍以上的字眼，大概许多字是由外国语借来的。

“这是你们俩的家？”我问。

“这是文化机关之一。我们俩借住。有势力的人可以随便占据机关的房子。我们俩能保持此地的清洁便算对得起机关；是否应以私人占据公家的地方，别人不问，我们也不便深究。敷衍，还得用这两个最有意思的字！迷，再给他点迷叶吃。”

“我已经吃过了吗？”我问。

“刚才不是我们灌你一些迷叶汁，你还打算再醒过来呀？迷叶是真正好药！在此地，迷叶是众药之王。它能治的，病便有好的希望；它不能治的，只好等死。它确是能治许多的病。只有一样，它能把‘个人’救活，可是能把‘国家’治死，迷叶就是有这么一点小缺点！”小蝎又来了哲学家的味了。

我又吃了些迷叶，精神好多了，只是懒得很。我看出来光国和别的外国人的智慧。他们另住在一处，的确是有道理的。猫国这个文明是不好惹的；只要你一亲近它，它便一把油漆似的将你胶住，你非依着它的道儿走不可。猫国便是个海中的旋涡，临近了它的便要全身陷入。要入猫国便须不折不扣地作个猫人，不然，干脆就不要粘惹它。我尽力地反抗吃迷叶，但是，结果？还得吃！在这里必须吃它，不吃它别在这里，这是绝对的。设若这个文明能征服了全火星——大概有许多猫国人抱着这样的梦想——全火星的人类便不久必同归于尽：浊秽，疾病，乱七八糟，糊涂，黑暗，是这个文明的特征；纵然构成这个文明的分子也有带光的，但是那一些光明决抵抗不住这个黑暗的势力。这个势力，我看出来，必须有朝一日被一些真光，或一些毒气，好像杀菌似的被剪除净尽。不过，猫人自己决不这么想。小蝎大概看到这一步，可是因为看清这局棋已经是输了，他便信手摆子，而自己笑自己的失败了。至于大蝎和其余的人只是作梦而已。

我要问小蝎的问题多极了。政治，教育，军队，财政，出产，社会，家庭……

“政治我不懂，”小蝎说，“父亲是专门作政治的，去问他。其余的事我有知道的，也有不知道的，顶好你先自己去看，看完再问我。只有文化事业我能充分帮忙，因为父亲对什么事业都有点关系，他既不能全照顾着，所以对文化事业由我作他的代表。你要看学校，博物院，古物院，图书馆，只要你说话，我便叫你看得满意。”

我心里觉得比吃迷叶还舒服了：在政治上我可以去问大蝎；在文化事业上问小蝎，有这二蝎，我对猫国的情形或者可以知道个大概了。

但是我是否能住在这里呢？我不敢问小蝎。凭良心说，我确是半点离开这个清洁的屋子的意思也没有。但是我不能摇尾乞怜，等着吧！

小蝎问我先去看什么，惭愧，我懒得动。

“告诉我点你自己的历史吧！”我说，希望由他的言语中看出一点大蝎家中的情形。

小蝎笑了。每逢他一笑，我便觉得他可爱又可憎。他自己知道他比别的猫人优越，因而他不肯伸一伸手去拉扯他们一把——恐怕弄脏了他的手！他似乎觉得他生在猫国是件大不幸的事，他是荆棘中唯一的一朵玫瑰。我不喜欢这个态度。

“父母生下我来，”小蝎开始说，迷坐在他一旁，看着他的眼。“那不关我的事。他们极爱我，也不关我的事。祖父也极爱我，没有不爱孙子的祖父，不算新奇。幼年的生活似乎没有什么可说的。”小蝎扬头想了想，迷扬着头看他。“对了，有件小事也许值得你一听，假如不值得我一说。我的乳母是个妓女。妓女可以作乳母，可是不准我与任何别的小孩子一块玩耍。这是我们家的特别教育。为什么非请妓女看护孩子呢？有钱。我们有句俗话：钱能招鬼。这位乳娘便是鬼中之一。祖父愿意要她，因为他以为妓女看男孩，兵丁看女孩，是最好的办法，因为她们或他们能教给男女小孩一切关于男女的知识。有了充分的知识，好早结婚，早生儿女，这样便是对得起祖宗。妓女之外，有五位先生教我读书，五位和木头一样的先生教给我一切猫国的学问。后来有一位木头先生忽然不木头了，跟我的乳母逃跑了。那四位木头先生也都被撵了出去。我长大了，父亲把我送到外国去。父亲以为凡是能说几句外国话的，便算懂得一切，他需要一个懂得一切的儿子。在外国住了四年，我当然懂得一切了，于是就回家来。出乎父亲意料之外，我并没懂得一切，只是多了一些外国习气。可是，他并不因此而不爱我，他还照常给我钱花。我呢，乐得有些钱花，和星，花，迷，大家一天到晚凑凑趣。表面上我是父亲的代表，主办文化事业，其实我只是个寄生虫。坏事我不屑于作，好事我作不了，敷衍——这个宝贝字越用越有油水。”小蝎又笑了，迷也随着笑了。

“迷是我的朋友，”小蝎又猜着了我的心思，“一块住的朋友。这又是外国习气。我家里有妻子，十二岁就结婚了，我六岁的时候，妓女的乳母便都教会了我，到十二岁结婚自然外行不了的。我的妻子什么也会，尤其会生孩子，顶好的女人，据父亲说。但是我愿意要迷。父亲情愿叫我娶迷作妾，我不肯干。父亲有十二个妾，所以看纳妾是最正当的事。父亲最恨迷，可是不大恨我，因为他虽然看外国习气可恨，可是承认世界上确乎有这么一种习气，叫作外国习气。祖父恨迷，也恨我，因为他根本不承认外国习气。我和迷同居，我与迷倒没有什么，可是对猫国的青年大有影响。你知道，我们猫国的人以为男女的关系只是‘那么’着。娶妻，那么着；娶妾，那么着；玩妓女，那么着；现在讲究自由联合，还是那么着；有了迷叶吃，其次就是想那么着。我是青年人们的模范人物。大家都是先娶妻，然后再去自由联合，有我作前例。可是，老人们恨我入骨，因为娶妻妾是大家可以住在一处的，专为那么着，那么着完了就生一群小孩子。现在自由联合呢，既不能不要妻子，还得给情人另预备一个地方，不然，便不算作足了外国习气。这么一来，钱要花得特别的多，老人们自然供给不起，老人们不拿钱，青年人自然和老人们吵架。我与迷的罪过真不小。”

“不会完全脱离了旧家庭？”我问。

“不行呀，没钱！自由联合是外国习气，可是我们并不能舍去跟老子要钱的本国习气。这二者不调和，怎能作足了‘敷衍’呢？”

“老人们不会想个好方法？”

“他们有什么方法呢？他们承认女子只是为那么着预备的。他们自己娶妾，也不反对年青的纳小，怎能禁止自由联合呢？他们没方法，我们没方法，大家没方法。娶妻，娶妾，自由联合，都要生小孩；生了小孩谁管养活着？老人没方法，我们没方法，大家没方法。我们只管那么着的问题，不管子女问题。老的拼命娶妾，小的拼命自由，表面上都闹得挺欢，其实不过是那么着，那么着的结果是多生些没人照管没人养活没人教育的小猫人，这叫作加大的敷衍。我祖父敷衍，我的父亲敷衍，我敷衍，那些青年们敷衍；‘负责’是最讨厌的一个名词。”

“女子自己呢？难道她们甘心承认是为那么着的？”我问。

“迷，你说，你是女的。”小蝎向迷说。

“我？我爱你。没有可说的。你愿意回家去看那个会生小孩的妻子，你就去，我也不管。你什么时候不爱我了，我就一气吃四十片迷叶，把迷迷死！”

我等着她往下说，她不再言语了。

十七

我没和小蝎明说，他也没留我，可是我就住在那里了。

第二天，我开始观察的工作。先看什么，我并没有一定的计划；出去遇见什么便看什么似乎是最好的方法。

在街的那边，我没看见过多少小孩子，原来小孩子都在街的这边呢。我心里喜欢了，猫人总算有这么一点好处：没忘了教育他们的孩子，街这边既然都是文化机关，小孩子自然是来上学了。

猫小孩是世界上最快活的小人们。脏，非常的脏，形容不出的那么脏；瘦，臭，丑，缺鼻短眼的，满头满脸长疮的，可是，都非常的快活。我看见一个脸上肿得像大肚罐子似的，嘴已肿得张不开，腮上许多血痕，他也居然带着笑容，也还和别的小孩一块跳，一块跑。我心里那点喜欢气全飞到天外去了。我不能把这种小孩子与美好的家庭学校联想到一处。快活？正因为家庭学校社会国家全是糊涂蛋，才会养成这样糊涂的孩子们，才会养成这种脏，瘦，臭，丑，缺鼻短眼的，可是还快活的孩子们。这群孩子是社会国家的索引，是成人们的惩罚者。他们长大成人的时候不会使国家不脏，不瘦，不臭，不丑；我又看见了那毁灭的巨指按在这群猫国的希望上，没希望！多妻，自由联合，只管那么着，没人肯替他的种族想一想。爱的生活，在毁灭的巨指下讲爱的生活，不知死的鬼！

我先不要匆忙地下断语，还是先看了再说话吧。我跟着一群小孩走。来到一个学校：一个大门，四面墙围着一块空地。小孩都进去了。我在门外看着。小孩子有的在地上滚成一团，有的往墙上爬，有的在墙上画图，有的在墙角细细检查彼此的秘密，都很快活。没有先生。我等了不知有多久，来了三个大人。他们都瘦得像骨骼标本，好似自从生下来就没吃过一顿饱饭，手扶着墙，慢慢地蹭，每逢有一阵小风他们便立定哆嗦半天。他们慢慢地蹭进校门。孩子们照旧滚，爬，闹，看秘密。三位坐在地上，张着嘴喘气。孩子们闹得更厉害了，他们三位全闭上眼，堵上耳朵，似乎唯恐得罪了学生们。又过了不知多少时候，三位一齐立起来，劝孩子们坐好。学生们似乎是下了决心永不坐好。又过了大概至少有一点钟吧，还是没坐好。幸而三位先生——他们必定是先生了——一眼看见了我，"门外有外国人！"只这么一句，小孩子全面朝墙坐好，没有一个敢回头的。

三位先生的中间那一位大概是校长，他发了话："第一项唱国歌。"谁也没唱，大家都愣了一会儿，校长又说："第二项向皇上行礼。"谁也没行礼，大家又都愣了一会儿。"向大神默祷。"这个时候，学生们似乎把外国人忘了，开始你挤我，我挤你，彼此叫骂起来。"有外国人！"大家又安静了。"校长训话。"校长向前迈了一步，向大家的脑勺子说：

"今天是诸位在大学毕业的日子，这是多么光荣的事体！"

我几乎要晕过去，就凭这群……大学毕业？但是，我先别动情感，好好地听着吧。

校长继续地说：

"诸位在这最高学府毕业，是何等光荣的事！诸位在这里毕业，什么事都明白了，什么知识都有了，以后国家的大事便全要放在诸位的肩头上，是何等的光荣的事！"校长打了个长而有调的呵欠。"完了！"

两位教员拼命地鼓掌，学生又闹起来。

“外国人！”安静了。“教员训话。”

两位先生谦逊了半天，结果一位脸瘦得像个干倭瓜似的先生向前迈了一步。我看出来，这位先生是个悲观者，因为眼角挂着两点大泪珠。他极哀婉地说：“诸位，今天在这最高学府毕业是何等光荣的事！”他的泪珠落下一个来。“我们国里的学校都是最高学府，是何等光荣的事！”又落下一个泪珠来。“诸位，请不要忘了校长和教师的好处。我们能作诸位的教师是何等的光荣，但是昨天我的妻子饿死了，是何等的……”他的泪像雨点般落下来。挣扎了半天，他才又说出话来：“诸位，别忘了教师的好处，有钱的帮点钱，有迷叶的帮点迷叶！诸位大概都知道，我们已经二十五年没发薪水了？诸位……”他不能再说了，一歪身坐在地上。

“发证书。”

校长从墙根搬起些薄石片来，石片上大概是刻着些字，我没有十分看清。校长把石片放在脚前，说：“此次毕业，大家都是第一，何等的光荣！现在证书放在这里，诸位随便来拿，因为大家都是第一，自然不必分前后的次序。散会。”

校长和那位先生把地下坐着的悲观者搀起，慢慢地走出来。学生并没去拿证书，大家又上墙的上墙，滚地的滚地，闹成一团。

什么把戏呢？我心中要糊涂死！回去问小蝎。

小蝎和迷都出去了。我只好再去看，看完一总问他吧。

在刚才看过的学校斜旁边又是一处学校，学生大概都在十五六岁的样子。有七八个人在地上按着一个人，用些家伙割剖呢。旁边还有些学生正在捆两个人。这大概是实习生理解剖，我想。不过把活人捆起来解剖未免太残忍吧？我硬着心看着，到底要看个水落石出。一会儿的工夫，大家把那两个人捆好，都扔在墙根下，两个人一声也不出，大概是已吓死过去。那些解剖的一边割宰，一边叫骂："看他还管咱们不管，你个死东西！"扔出一只胳膊来！"叫我们念书？不许招惹女学生？社会黑暗到这样，还叫我念书？！还不许在学校里那么着？挖你的心，你个死东西！"鲜红的一块飞到空中！

"把那两个死东西捆好了？抬过一个来！"

"抬校长，还是历史教员？"

"校长！"

我的心要从口中跳出来了！原来这是解剖校长与教员！

也许校长教员早就该杀，但是我不能看着学生们大宰活人。我不管谁是谁非，从人道上想，我不能看着学生们——或任何人——随便行凶。我把手枪掏出来了。其实我喊一声，他们也就全跑了，但是，我真动了气，我觉得这群东西只能以手枪对待，其实他们哪值得一枪呢。邦！我放了一枪。哗啦，四面的墙全倒了下来。大雨后的墙是受不住震动的，我又作下一件错事。想救校长，把校长和学生全砸在墙底了！我心中没了主意。就是杀校长的学生也是一条命，我不能甩手一走。但是怎样救这么些人呢？幸而，墙只是土堆成的；我不知道近来心中怎么这样卑鄙，在这百忙中似乎想到：校长大概确是该杀，看这校址的建筑，把钱他全自己赚了去，而只用些土堆成围墙。办学校的而私吞公款，该杀。虽然是这么猜想，我可是手脚没闲着，连拉带扯，我很快地拉出许多人来。每逢拉出一个土鬼，连看我一眼也不看便疯了似的跑去，像是由笼里往外掏放生的鸽子似的。并没有受重伤的，我心中不但舒坦了，而且觉得这个把戏很有趣。最后把校长和教员也掏出来，他们的手脚全捆着呢，所以没跑。我把他们放在一旁；开始用脚各处地踢，看土里边还有人没有，大概是没有了；可是我又踢了一遍。确乎觉得是没有人了，我回来把两位捆着的土鬼都松了绑。

待了好大半天，两位先生睁开了眼。我手下没有一些救急的药，和安神壮气的酒类，只好看着他们两个，虽然我急于问他们好多事情，可是我不忍得立刻问他们。两位先生慢慢地坐起来，眼睛还带着惊惶的神气。我向他们一微笑，低声地问："哪位是校长？"

两人脸上带出十二分害怕的样子，彼此互相指了一指。神经错乱了，我想。

两位先生偷偷地，慢慢地，轻轻地，往起站。我没动。我以为他们是要活动活动身上。他们立起来，彼此一点头，就好像两个雌雄相逐的蜻蜓在眼前飞过那么快，一眨眼的工夫，两位先生已跑出老远。追是没用的，和猫人竞走我是没希望得胜的。我叹了一口气，坐在土堆上。

怎么一回事呢？噢，疑心！藐小！狡猾！谁是校长？他们彼此指了一指。刚活过命来便想牺牲别人而保全自己，他们以为我是要加害于校长，所以彼此指一指。偷偷地，慢慢地立起来，像蜻蜓飞跑了去！哈哈！我狂笑起来！我不是笑他们两个，我是笑他们的社会：处处是疑心，藐小，自利，残忍。没有一点诚实，大量，义气，慷慨！学生解剖校长，校长不敢承认自己是校长……黑暗，黑暗，一百分的黑暗！难道他们看不出我救了他们？噢，黑暗的社会里哪有救人的事。我想起公使太太和那八个小妖精，她们大概还在那里臭烂着呢！

校长，先生，教员，公使太太，八个小妖精……什么叫人生？我不由得落了泪。

到底是怎么回事？想不出，还得去问小蝎。

十八

下面是小蝎的话：

在火星上各国还是野蛮人的时候，我们已经有了教育制度，猫国是个古国。可是，我们的现行教育制度是由外国抄袭来的。这并不是说我们不该摹仿别人，而是说取法别人并不是件容易的事。互相摹仿是该当的，而且是人类文明改进的一个重要动力。没有人采行我的老制度，而我们必须学别人的新制度，这已见出谁高谁低。但是，假如我能摹仿得好，使我们的教育与别国的并驾齐驱，我们自然便不能算十分低能。我们施行新教育制度与方法已经二百多年，可是依然一塌糊涂，这证明我们连摹仿也不会；自己原有的既行不开，学别人又学不好，我是个悲观者，我承认我们的民族的低能。

低能民族的革新是个笑话，我们的新教育，所以，也是个笑话。

你问为什么一点的小孩子便在大学毕业？你太诚实了，或者应说太傻了，你不知道那是个笑话吗？毕业？那些小孩都是第一天入学的！要闹笑话就爽快闹到家，我们没有其他可以自傲的事，只有能把笑话闹得彻底。这过去二百年的教育史就是笑话史，现在这部笑话史已到了末一页，任凭谁怎样聪明也不会再把这个大笑话弄得再可笑一点。在新教育初施行的时候，我们的学校也分多少等级，学生必须一步一步地经过试验，而后才算毕业。经过二百年的改善与进步，考试慢慢地取消了，凡是个学生，不管他上课与否，到时候总得算他毕业。可是，小学毕业与大学毕业自然在身分上有个分别，谁肯甘心落个小学毕业的资格呢，小学与大学既是一样的不上课？所以我们彻底地改革了，凡是头一天入学的就先算他在大学毕业，先毕业，而后——噢，没有而后，已经毕业了，还要什么而后？

这个办法是最好的——在猫国。在统计上，我们的大学毕业生数目在火星上各国中算第一，数目第一也就足以自慰，不，自傲了；我们猫人是最重实际的。你看，屈指一算，哪一国的大学毕业生人数也跟不上我们的，事实，大家都满意地微笑了。皇上喜欢这个办法，要不是他热心教育，怎能有这么多大学毕业生？他对得起人民。教员喜欢这个办法，人人是大学教师，每个学校都是最高学府，每个学生都是第一，何等光荣！家长喜欢这个办法，七岁的小泥鬼，大学毕业；子弟聪明是父母的荣耀。学生更不必说了，只要他幸而生在猫国，只要他不在六七岁的时期死了，他总可以得个大学毕业资格。从经济上看呢，这个办法更妙得出奇：原先在初办学校的时候，皇上得年年拿出一笔教育费，而教育出来的学生常和皇上反对为难，这岂不是花钱找麻烦？现在呢，皇上一个钱不要往外拿，而年年有许多大学毕业生，这样的毕业生也不会和皇上过不去。饿死的教员自然不少，大学毕业生人数可增加了呢。原先校长教员因为挣钱，一天到晚互相排挤，天天总得打死几个，而且有时候鼓动学生乱闹，闹得大家不安；现在皇上不给他们钱，他们还争什么？他们要索薪吧，皇上不理他们，招急了皇上，皇上便派兵打他们的脑勺。他们的后盾是学生，可是学生现在都一入学便毕业，谁去再帮助他们呢。没有人帮助他们闹事，他们只好等着饿死，饿死是老实的事，皇上就是满意教师们饿死。

家长的儿童教育费问题解决了，他们只须把个小泥鬼送到学校里，便算没了他们的事。孩子们在家呢，得吃饭；孩子们入学校呢，也得吃饭；有饭吃，谁肯饿着小孩子；没饭吃呢，小孩也得饿着；上学与不上学是一样的，为什么不去来个大学毕业资格呢？反正书笔和其他费用是没有的，因为入学并不为读书，也就不读书，因为得资格，而且必定得资格。你说这个方法好不好？

为什么还有人当校长与教员呢，你问？

这得说二百年来历史的演进。你看，在原先，学校所设的课程不同，造就出来的人材也就不一样，有的学工，有的学商，有的学农……可是这些人毕业后，干什么呢？学工的是学外国的一点技巧，我们没给他们预备下外国的工业；学商的是学外国的一些方法，我们只有些个小贩子，大规模的事业只要一开张便被军人没收了；学农的是学外国的农事，我们只种迷叶，不种别的；这样的教育是学校与社会完全无关，学生毕业以后可干什么去？只有两条出路：作官与当教员。要作官的必须有点人情势力，不管你是学什么的，只要朝中有人便能一步登天。谁能都有钱有势呢？作不着官的，教书是次好的事业；反正受过新教育的是不甘心去作小工人小贩子的，渐渐的社会上分成两种人：学校毕业的和非学校毕业的。前者是抱定以作官作教员为职业，后者是作小工人小贩子的。这种现象对于政治的影响，我今天先不说；对于教育呢，我们的教育便成了轮环教育。我念过书，我毕业后便去教你的儿女，你的儿女毕业了，又教我的儿女。在学识上永远是那一套东西，在人格上天天有些退步，这怎样讲呢？毕业的越来越多了，除了几个能作官的，其余的都要教书，哪有那么多学校呢？只好闹笑话。轮环教育本来只是为传授那几本不朽之作的教科书，并不讲什么仁义道德，所以为争一个教席，有时候能引起一二年的内战，杀人流血，好像大家真为教育事业拼命似的，其实只为那点薪水。

慢慢地教育经费被皇上，政客，军人，都拿了去，大家开始专作索薪的运动，不去教书。学生呢，看透了先生们是什么东西，也养成了不上课的习惯，于是开始刚才我说的不读书而毕业的运动。这个运动断送了教育经费的命。皇上，政客，军人，家长，全赞助这个运动；反正教育是没用的东西，而教员是无可敬畏的玩艺，大家乐得省几个钱呢。但是，学校不能关门；恐怕外国人耻笑；于是入学便算大学毕业的运动成熟了。学校照旧开着，大学毕业人数日见增加，可是一个钱不要花。这是由轮环教育改成普及教育，即等于无教育，可是学校还开着。天大的笑话。

这个运动成熟的时候，作校长与教师的并不因此而减少对于教育的热心，大家还是一天到晚打得不可开交。为什么？原先的学校确是像学校的样子，有桌椅，有财产，有一切的设备；有经费的时候，大家尽量赚钱，校长与教员只好开始私卖公产。争校产：校产少的争校产多的，没校产的争有校产的，又打了个血花乱溅。皇上总是有人心的，既停止了教育经费，怎再好意思禁止盗卖校产，于是学校一个一个地变成拍卖场，到了现在，全变成四面墙围着一块空地。那么，现在为什么还有人愿意作校长教员呢？不干是闲着，干也是闲着，何必不干呢？再说，有个校长教员的名衔到底是有用的，由学生升为教员，由教员升为校长，这本来是轮环教育的必遵之路；现在呢，校长教员既无钱可拿，只好借着这个头衔作升官的阶梯。这样，我们的学校里没教育，可是有学生有教员有校长，而且任何学校都是最高学府。学生一听说自己的学校是最高学府，心眼里便麻那么一下，而后天下太平。

学校里既没有教育，真要读书的人怎办呢？恢复老制度——聘请家庭教师教子弟在家中念书。自然，这只有富足的人家才能办到，大多数的儿童还是得到学校里去失学。这个教育的失败把猫国的最后希望打得连影子也没有了。新教育的初一试行是污蔑新学识的时期。新制度必须与新学识一同由外国搬运过来，学识而名之曰新的，显然是学识老在往前进展，日新月异地搜求真理。可是新制度与新学识到了我们这里便立刻长了白毛，像雨天的东西发霉。本来吗，采取别人家的制度学识最容易像由别人身上割下一块肉补在自己身上，自己觉得只要从别人身上割来一块肉就够了，大家只管割取人家的新肉，而不管肌肉所需的一切养分。取来一堆新知识，而不晓得研究的精神，势必走到轮环教育上去不可。这是污辱新知识，可是，在这个时期，人们确是抱着一种希望，虽然他们以为从别人身上割取一块新肉便会使自己长生不老是错误的，可是究竟他们有这么一点迷信，他们总以为只要新知识一到——不管是多么小的一点——他们立刻会与外国一样的兴旺起来。这个梦想与自傲还是可原谅的，多少是有点希冀的。到了现在，人们只知道学校是争校长，打教员，闹风潮的所在，于是他们把这个现象与新知识煮在一个锅里咒骂了：新知识不但不足以强国，而且是毁人的，他们想。这样，由污蔑新知识时期进而为咒骂新知识时期。现在家庭聘请教师教读子弟，新知识一概除外，我们原有的老石头书的价钱增长了十倍。我的祖父非常的得意，以为这是国粹战胜了外国学问。我的父亲高兴了，他把儿子送到外国读书，以为这么一办，只有他的儿子可以明白一切，可以将来帮助他利用新知识去欺骗那些抱着石头书本的人。父亲是精明强干的，他总以为外国的新知识是有用的，可是只要几个人学会便够了，有几个学会外国的把戏，我们便会强盛起来。可是一班的人还是同情于祖父：新知识是种魔术邪法，只会使人头晕目眩，只会使儿子打父亲，女儿骂母亲，学生杀教员，一点好处也没有。这咒骂新知识的时期便离亡国时期很近了。

你问，这新教育崩溃的原因何在？我回答不出。我只觉得是因为没有人格。你看，当新教育初一来到的时候，人们为什么要它？是因为大家想多发一点财，而不是想叫子弟多明白一点事，是想多造出点新而好用的东西，不是想叫人们多知道一些真理。这个态度已使教育失去养成良好人格和启发研究精神的主旨的一部分。及至新学校成立了，学校里有人，而无人格，教员为挣钱，校长为挣钱，学生为预备挣钱，大家看学校是一种新式的饭铺；什么是教育，没有人过问。又赶上国家衰弱，社会黑暗，皇上没有人格，政客没有人格，人民没有人格，于是这学校外的没人格又把学校里的没人格加料地洗染了一番。自然，在这贫弱的国家里，许多人们连吃还吃不饱，是很难以讲到人格的，人格多半是由经济压迫而堕落的。不错。但是，这不足以作办教育的人们的辩护。为什么要教育？救国。怎样救国？知识与人格。这在一办教育的时候便应打定主意，这在一愿作校长教师的时候便应该牺牲了自己的那点小利益。也许我对于办教育的人的期许过重了。人总是人，一个教员正和一个妓女一样的怕挨饿。我似乎不应专责备教员，我也确乎不肯专责备他们。但是，有的女人纵然挨饿也不肯当妓女，那么，办教育的难道就不能咬一咬牙作个有人格的人？自然，政府是最爱欺侮老实人的，办教育的人越老实便越受欺侮；可是，无论怎样不好的政府，也要顾及一点民意吧。假如我们办教育的真有人格，造就出的学生也有人格，社会上能永远瞎着眼看不出好坏吗？假如社会看办教育的人如慈父，而造就出的学生都能在社会上有些成就，政府敢轻视教育？敢不发经费？我相信有十年的人格教育，猫国便会变个样子。可是，新教育已办了二百年了，结果？假如在老制度之下能养成一种老实，爱父母，守规矩的人们，怎么新教育会没有相当的好成绩呢？人人说——尤其是办教育的人们——社会黑暗，把社会变白了是谁的责任？办教育的人只怨社会黑暗，而不记得他们的责任是使社会变白了的，不记得他们的人格是黑夜的星光，还有什么希望？！我知道我是太偏，太理想。但是办教育的人是否都应当有点理想？我知道政府社会太不帮忙他们了，但是谁愿意帮忙与政府社会中一样坏的人？

你看见了那宰杀教员的？先不用惊异。那是没人格的教育的当然结果。教员没人格，学生自然也跟着没人格。不但是没人格，而且使人们倒退几万年，返回古代人吃人的光景。人类的进步是极慢的，可是退步极快，一时没人格，人便立刻返归野蛮，况且我们办了二百年的学校？在这二百年中天天不是校长与校长或教员打，便是教员与教员或校长打，不是学生与学生打，便是学生与校长教员打；打是会使人立刻变成兽的，打一次便增多一点野性，所以到了现在，学生宰几个校长或教员是常见的事。你也用不着为校长教员抱不平，我们的是轮环教育，学生有朝一日也必变成校长或教员，自有人来再杀他们。好在多几个这样的校长教师与社会上一点关系没有，学校里谁杀了谁也没人过问。在这种黑暗社会中，人们好像一生出来便小野兽似的东闻闻西抓抓，希望搜寻到一点可吃的东西，一粒砂大的一点便宜都足使他们用全力去捉到。这样的一群小人们恰好在学校里遇上那么一群教师，好像一群小饿兽遇见一群老饿兽，他们非用爪牙较量较量不可了，贪小便宜的欲望烧起由原人遗下来的野性，于是为一本书，一个迷叶，都可以打得死尸满地。闹风潮是青年血性的激动，是有可原谅的；但是，我们此处的风潮是另有风味的，借题目闹起来，拆房子毁东西，而后大家往家里搬砖拾破烂，学生心满意足，家长也皆大欢喜。因闹风潮而家中白得了几块砖，一根木棍，风潮总算没有白闹。校长教师是得机会就偷东西，学生是借机会就拆毁，拆毁完了往家里搬运。校长教师该死。学生该死。学生打死校长教师正是天理昭彰，等学生当了校长教师又被打死也是理之当然，这就是我们的教育。教育能使人变成野兽，不能算没有成绩，哈哈！

十九

小蝎是个悲观者。我不能不将他的话打些折扣。但是，学生入学先毕业，和屠宰校长教员，是我亲眼见的；无论我怎样怀疑小蝎的话，我无从与他辩驳。我只能从别的方面探问。

“那么，猫国没有学者？”我问。

“有。而且很多。”我看出小蝎又要开玩笑了。果然，他不等我问便接着说：“学者多，是文化优越的表示，可是从另一方面看，也是文化衰落的现象，这要看你怎么规定学者的定义。自然我不会给学者下个定义，不过，假如你愿意看看我们的学者，我可以把他们叫来。”

“请来，你是说？”我矫正他。

“叫来！请，他们就不来了，你不晓得我们的学者的脾气；你等着看吧！迷，去把学者们叫几个来，说我给他们迷叶吃。叫星，花们帮着你分头去找。”

迷笑嘻嘻地走出去。

我似乎没有可问的了，一心专等看学者，小蝎拿来几片迷叶，我们俩慢慢地嚼着，他脸上带着点顶淘气的笑意。

迷和星，花，还有几个女的先回来了，坐了个圆圈把我围在当中。大家看着我，都带出要说话又不敢说的神气。“留神啊，”小蝎向我一笑，“有人要审问你了！”她们全唧唧地笑起来。迷先说了话：“我们要问点事，行不行？”

“行。不过，我对于妇女的事可知道的不多。”我也学会小蝎的微笑与口气。

“告诉我们，你们的女子什么样儿？”大家几乎是一致地问。

我知道我会回答得顶有趣味：“我们的女子，脸上擦白粉。”大家“噢”了一声。“头发收拾得顶好看，有的长，有的短，有的分缝，有的向后拢，都擦着香水香油。”大家的嘴全张得很大，彼此看了看头上的短毛，又一齐闭上嘴，似乎十二分的失望。“耳朵上挂着坠子，有的是珍珠，有的是宝石，一走道儿坠子便前后地摇动。”大家摸了摸脑勺上的小耳朵，有的——大概是花——似乎要把耳朵揪下来。“穿着顶好看的衣裳，虽然穿着衣裳，可是设法要露出点肌肉来，若隐若现，比你们这全光着的更好看。”我是有点故意与迷们开玩笑：“光着身子只有肌肉的美，可是肌肉的颜色太一致，穿上各种颜色的衣裳呢，又有光彩，又有颜色，所以我们的女子虽然不反对赤身，可是就在顶热的夏天也多少穿点东西。还穿鞋呢，皮子的，缎子的，都是高底儿，鞋尖上镶着珠子，鞋跟上绣着花，好看不好看？”我等她们回答。没有出声的，大家的嘴都成了个大写的“O”。“在古时候，我们的女子有把脚裹得这么小的，”我把大指和食指捏在一块比了一比，“现在已经完全不裹脚了，改为——”大家没等我说完这句，一齐出了声：“为什么不裹了呢？为什么不裹了呢？糊涂！脚那么小，多么好看，小脚尖上镶上颗小珠子，多么好看！”大家似乎真动了感情，我只好安慰她们：“别忙，等我说完！她们不是不裹脚了吗，可是都穿上高底鞋，脚尖在这儿，”我指了指鼻尖，“脚踵在这儿，”我指了头顶，“把身量能加高五寸。好看哪，而且把脚骨窝折了呢，而且有时候还得扶着墙走呢，而且设若折了一个底儿还一高一低地蹦呢！”大家都满意了，可是越对地球上的女子满意，对她们自己越觉得失望，大家都轻轻地把脚藏在腿底下去了。

我等着她们问我些别的问题。哼，大家似乎被高底鞋给迷住了：

“鞋底有多么高，你说？”一个问。

“鞋上面有花，对不对？”又一个问。

“走起路来咯噔咯噔地响？”又一个问。

“脚骨怎么折？是穿上鞋自然地折了呢，还是先弯折了脚骨再穿鞋？”又一个问。

“皮子作的？人皮行不行？”又一个问。

“绣花？什么花？什么颜色？”又一个问。

我要是会制革和作鞋，当时便能发了财，我看出来。我正要告诉她们，我们的女子除了穿高底鞋还会作事，学者们来到了。

“迷，”小蝎说，“去预备迷叶汁。”又向花们说，“你们到别处去讨论高底鞋吧。”

来了八位学者，进门向小蝎行了个礼便坐在地上，都扬着脸向上看，连捎我一眼都不屑于。

迷把迷叶汁拿来，大家都慢慢地喝了一大气，闭上眼，好似更不屑于看我了。

他们不看我，正好；我正好细细地看他们。八位学者都极瘦，极脏，连脑勺上的小耳朵都装着两兜儿尘土，嘴角上堆着两堆吐沫，举动极慢，比大蝎的动作还要更阴险稳慢着好多倍。

迷叶的力量似乎达到生命的根源，大家都睁开眼，又向上看着。忽然一位说了话：“猫国的学者是不是属我第一？”他的眼睛向四外一瞭，捎带着捎了我一下。

其余的七位被这一句话引得都活动起来，有的搔头，有的咬牙，有的把手指放在嘴里，然后一齐说："你第一？连你爸爸算在一块，不，连你祖父算在一块，全是混蛋！"

我以为这是快要打起来了。谁知道，自居第一学者的那位反倒笑了，大概是挨骂挨惯了。

"我的祖父，我的父亲，我自己，三辈子全研究天文，全研究天文，你们什么东西！外国人研究天文用许多器具，镜子，我们世代相传讲究只用肉眼，这还不算本事；我们讲究看得出天文与人生祸福的关系，外国人能懂得这个吗？昨天我夜观天象，文星正在我的头上，国内学者非我其谁？"

"要是我站在文星下面，它便在我头上！"小蝎笑着说。

"大人说得极是！"天文学家不言语了。

"大人说得极是！"其余的七位也找补了一句。半天，大家都不出声了。

"说呀！"小蝎下了命令。

有一位发言："猫国的学者是不是属我第一？"他把眼睛向四外一瞭。"天文可算学问？谁也知道，不算！读书必须先识字，字学是唯一的学问。我研究了三十年字学了，三十年，你们谁敢不承认我是第一的学者？谁敢？"

"放你娘的臭屁！"大家一齐说。

字学家可不像天文家那么老实，抓住了一位学者，喊起来："你说谁呢？你先还我债，那天你是不是借了我一片迷叶？还我，当时还我，不然，我要不把你的头拧下来，我不算第一学者！"

“我借你一片迷叶，就凭我这世界著名的学者，借你一片迷叶，放开我，不要脏了我的胳臂！”

“吃了人家的迷叶不认账，好吧，你等着，你等我作字学通论的时候，把你的姓除外，我以国内第一学者的地位告诉全世界，说古字中就根本没有你的姓，你等着吧！”

借吃迷叶而不认账的学者有些害怕了，向小蝎央告：“大人，大人！赶快借给我一片迷叶，我好还他！大人知道，我是国内第一学者，但是学者是没钱的人。穷既是真的，也许我借过他一片迷叶吃，不过不十分记得。大人，我还得求你一件事，请你和老大人求求情，多给学者一些迷叶。旁人没迷叶还可以，我们作学者的，尤其我这第一学者，没有迷叶怎能作学问呢？你看，大人，我近来又研究出我们古代刑法确是有活剥皮的一说，我不久便作好一篇文章，献给老大人，求他转递给皇上，以便恢复这个有趣味，有历史根据的刑法。就这一点发现，是不是可算第一学者？字学，什么东西！只有历史是真学问！”

“历史是不是用字写的？还我一片迷叶！”字学家态度很坚决。

小蝎叫迷拿了一片迷叶给历史学家，历史学家掐了一半递给字学家，“还你，不该！”

字学家收了半片迷叶，咬着牙说：“少给我半片！你等着，我不偷了你的老婆才怪！”

听到“老婆”，学者们似乎都非常的兴奋，一齐向小蝎说：“大人，大人！我们学者为什么应当一人一个老婆，而急得甚至于想偷别人的老婆呢？我们是学者，大人，我们为全国争光，我们为子孙万代保存祖宗传留下的学问，为什么不应当每人有至少三个老婆呢？”

小蝎没言语。

“就以星体说吧，一个大星总要带着几个小星的，天体如此，人道亦然，我以第一学者的地位证明一人应该有几个老婆的；况且我那老婆的‘那个’是不很好用的！”

“就以字体说吧，古时造字多是女字旁的，可见老婆应该是多数的。我以第一学者的地位证明老婆是应该不只一个的；况且……”下面的话不便写录下来。

各位学者依次以第一学者的地位证明老婆是应当多数的，而且全拿出不便写出的证据。我只能说，这群学者眼中的女子只是“那个”。

小蝎一言没发。

“大人想是疲倦了？我们，我们，我们。”

“迷，再给他们点迷叶，叫他们滚！”小蝎闭着眼说。

“谢谢大人，大人体谅！”大家一齐念道。

迷把迷叶拿来，大家乱抢了一番，一边给小蝎行礼道谢，一边互相诟骂，走了出去。

这群学者刚走出去，又进了一群青年学者。原来他们已在外边等了半天，因为怕和老年学者遇在一处，所以等了半天。新旧学者遇到一处至少要出两条人命的。

这群青年学者的样子好看多了，不瘦，不脏，而且非常的活泼。进来，先向迷行礼，然后又向我招呼，这才坐下。我心中痛快了些，觉得猫国还有希望。

小蝎在我耳旁嘀咕：“这都是到过外国几年而知道一切的学者。”

迷拿来迷叶，大家很活泼地争着吃得很高兴，我的心又凉了。

吃过迷叶，大家开始谈话。他们谈什么呢？我是一字不懂！我和小蝎来往已经学得许多新字，可是我听不懂这些学者的话。我只听到一些声音：咕噜吧唧，地冬地冬，花拉夫司基……什么玩艺呢？

我有点着急，因为急于明白他们说些什么，况且他们不断地向我说，而我一点答不上，只是傻子似的点头假笑。“外国先生的腿上穿着什么？”

“裤子。”我回答，心中有点发糊涂。

“什么作的？”一位青年学者问。

“怎么作的？”又一位问。

“穿裤子是表示什么学位呢？”又一位问。

“贵国是不是分有裤子阶级，与无裤子阶级呢？”又一位问。

我怎么回答呢？我只好装傻假笑吧。

大家没得到我回答，似乎很失望，都过来用手摸了摸我的破裤子。

看完裤子，大家又咕噜吧唧，地冬地冬，花拉夫司基……起来，我都快闷死了！

好容易大家走了，我才问小蝎，他们说的是什么。“你问我哪？”小蝎笑着说，“我问谁去呢？他们什么也没说。”

“花拉夫司基？我记得这么一句。”我问。

“花拉夫司基？还有通通夫司基呢，你没听见吗？多了！他们只把一些外国名词联到一处讲话，别人不懂，他们自己也不懂，只是听着热闹。会这么说话的便是新式学者。我知道花拉夫司基这句话在近几天正在走运，无论什么事全是花拉夫司基，父母打小孩子，皇上吃迷叶，学者自杀，全是花拉夫司基。其实这个字当作‘化学作用’讲。等你再遇见他们的时候，你只管胡说，花拉夫司基，通通夫司基，大家夫司基，他们便以为你是个学者。只要名词，不必管动词，形容字只须在夫司基下面加个‘的’字。”

“看我的裤子又是什么意思呢？”我问。

“迷们问高底鞋，新学者问裤子，一样的作用。青年学者是带些女性的，讲究清洁漂亮时髦，老学者讲究直擒女人的那个，新学者讲究献媚。你等着看，过几天青年学者要不都穿上裤子才怪。”

我觉得屋中的空气太难过了，没理小蝎，我便往外走。门外花们一群女子都扶着墙，脚后跟下垫着两块砖头，练习用脚尖走路呢。

二十

悲观者是有可取的地方的：他至少要思虑一下才会悲观，他的思想也许很不健全，他的心气也许很懦弱，但是他知道用他的脑子。因此，我更喜爱小蝎一些。对于那两群学者，我把希望放在那群新学者身上，他们也许和旧学者一样的糊涂，可是他们的外表是快乐的，活泼的，只就这一点说，我以为他们是足以补小蝎的短处的；假如小蝎能鼓起勇气，和这群青年一样的快乐活泼，我想，他必定会干出些有益于社会国家的事业。他需要几个乐观者作他的助手。我很想多见一见那群新学者，看看他们是否能帮助小蝎。

我从迷们打听到他们的住处。

去找他们，路上经过好几个学校。我没心思再去参观。我并不愿意完全听信小蝎的话，但是这几个学校也全是四面土墙围着一块空地。即使这样的学校能不像小蝎所说的那么坏，我到底不能承认这有什么可看的地方。对于街上来来往往的男女学生，我看他们一眼，眼中便湿一会儿。他们的态度，尤其是岁数大一点的，正和大蝎被七个猫人抬着走的时候一样，非常的傲慢得意，好像他们个个以活神仙自居，而丝毫没觉到他们的国家是世界上最丢脸的国家似的。办教育的人糊涂，才能有这样无知学生，我应当原谅这群青年，但是，二十上下岁的人们居然能一点看不出事来，居然能在这种地狱里非常的得意，非常的傲慢，我真不晓得他们有没有心肝。有什么可得意的呢？我几乎要抓住他们审问了；但是谁有那个闲工夫呢！

我所要找的新学者之中有一位是古物院的管理员，我想我可以因拜访他而顺手参观古物院。古物院的建筑不小，长里总有二三十间房子。门外坐着一位守门的，猫头倚在墙上，正睡得十分香甜。我探头往里看，再没有一个人影。古物院居然可以四门大开，没有人照管着，奇！况且猫人是那么爱偷东西，怪！我没敢惊动那位守门的，自己硬往里走。穿过两间空屋子，遇见了我的新朋友。他非常的快乐，干净，活泼，有礼貌，我不由得十分喜爱他。他的名字叫猫拉夫司基。我知道这决不是猫国的通行名字，一定是个外国字。我深怕他跟我说一大串带“夫司基”字尾的字，所以我开门见山地对他说明我是要参观古物，求他指导一下。我想，他决不会把古物也都“夫司基”了；他不“夫司基”，我便有办法。

“请，请，往这边请。”猫拉夫司基非常的快活，客气。

我们进了一间空屋子，他说："这是一万年前的石器保存室，按照最新式的方法排列，请看吧。"

我向四围打量了一眼，什么也没有。"又来得邪！"我心里说。还没等发问，他向墙上指了一指，说："这是一万年前的一座石罐，上面刻着一种外国字，价值三百万国魂。"

噢，我看明白了，墙上原来刻着一行小字，大概那个价值三百万的石罐在那里陈列过。

"这是一万零一年的一个石斧，价值二十万国魂。这是一万零二年的一套石碗，价值一百五十万。这是……三十万。这是……四十万。"

别的不说，我真佩服他把古物的价值能记得这么烂熟。又进了一间空屋子，他依然很客气殷勤地说："这是一万五千年前的书籍保存室，世界上最古的书籍，按照最新式的编列法陈列。"

他背了一套书名和价值；除了墙上有几个小黑虫，我是什么也没看见。

一气看了十间空屋子，我的忍力叫猫拉夫司基给耗干了，可是我刚要向他道谢告别，到外面吸点空气去，他把我又领到一间屋子，屋子外面站着二十多个人，手里全拿着木棍！里面确是有东西，谢天谢地，我幸而没走，十间空的，一间实的，也就算不虚此行。

"先生来得真凑巧，过两天来，可就看不见这点东西了。"猫拉夫司基十二分殷勤客气地说："这是一万二千年前的一些陶器，按照最新式的排列方法陈列。一万二千年前，我们的陶器是世界上最精美的，后来，自从八千年前吧，我们的陶业断绝了，直到如今，没有人会造。”

“为什么呢？”我问。

“呀呀夫司基。”

什么意思，呀呀夫司基？没等我问，他继续地说：“这些陶器是世界上最值钱的东西，现在已经卖给外国，一共卖了三千万万国魂，价钱并不算高，要不是政府急于出售，大概至少可以卖到五千万万。前者我们卖了些不到一万年的石器，还卖到两千万万，这次的协定总算个失败。政府的失败还算小事，我们办事的少得一些回扣是值得注意的。我们指着什么吃饭？薪水已经几年不发了，不仗着出卖古物得些回扣，难道叫我们天天喝风？自然古物出卖的回扣是很大的，可是看管古物的全是新式的学者，我们的日常花费要比旧学者高上多少倍，我们用的东西都来自外国，我们买一件东西都够老读书的人们花许多日子的，这确是一个问题！”猫拉夫司基的永远快乐的脸居然带出些悲苦的样子。

为什么将陶业断绝？呀呀夫司基！出卖古物？学者可以得些回扣。我对于新学者的希望连半点也不能存留了。我没心再细问，我简直不屑于再与他说话了。我只觉得应当抱着那些古物痛哭一场。不必再问了，政府是以出卖古物为财政来源之一，新学者是只管拿回扣，和报告卖出的古物价值，这还有什么可问的。但是，我还是问了一句：“假如这些东西也卖空了，大家再也拿不到回扣，又怎办呢？”

“呀呀夫司基！”

我明白了，呀呀夫司基比小蝎的“敷衍”又多着一万多分的敷衍。我恨猫拉夫司基，更恨他的呀呀夫司基。

吃惯了迷叶是不善于动气的，我居然没打猫拉夫司基两个嘴巴子。我似乎想开了，一个中国人何苦替猫人的事动气呢。我看清了：猫国的新学者只是到过外国，看了些，或是听了些，最新的排列方法。他们根本没有丝毫判断力，根本不懂哪是好，哪是坏，只凭听来的一点新排列方法来混饭吃。陶业绝断了是多么可惜的事，只值得个呀呀夫司基！出售古物是多么痛心的事，还是个呀呀夫司基！没有骨气，没有判断力，没有人格，他们只是在外国去了一遭，而后自号为学者，以便舒舒服服地呀呀夫司基！

我并没向猫拉夫司基打个招呼便跑了出来。我好像听见那些空屋子里都有些呜咽的声音，好像看见一些鬼影都掩面而泣。设若我是那些古物，假如古物是有魂灵的东西，我必定把那出卖我的和那些新学者全弄得七窍流血而亡！

到了街上，我的心平静了些。在这种黑暗社会中，把古物卖给外国未必不是古物的福气。偷盗，毁坏，是猫人最惯于作的事，与其叫他们自己把历史上宝物给毁坏了，一定不如拿到外国去保存着。不过，这只是对古物而言，而决不能拿来原谅猫拉夫司基。出卖古物自然不是他一个人的主意，但是他那点靦不为耻的态度是无可原谅的。他似乎根本不晓得什么叫作耻辱。历史的骄傲，据我看，是人类最难消灭的一点根性。可是猫国青年们竟自会丝毫不动感情地断送自家历史上的宝贝，况且猫拉夫司基还是个学者，学者这样，不识字的人们该当怎样呢。我对猫国复兴的希望算是连根烂的一点也没有了。努力过度有时候也足以使个人或国家死亡，但是我不能不钦佩因努力而吐血身亡的。猫拉夫司基们只懂得呀呀夫司基，无望！

无心再去会别个新学者了。也不愿再看别的文化机关。多见一个人多减去我对“理想的人”的一分希望，多看一个机关多使我落几点泪，何苦呢！小蝎是可佩服的，他不领着我来看，也不事先给我说明，他先叫我自己看，这是有言外之意的。

路过一个图书馆，我不想进去看，恐怕又中了空城计。从里边走出一群学生来，当然是阅书的了，又引起我的参观欲。图书馆的建筑很不错，虽然看着像年久失修的样子，可是并没有塌倒的地方。

一进大门，墙上有几个好似刚写好的白字：“图书馆革命。”图书馆向谁革命呢？我是个不十分聪明的人，不能立刻猜透。往里走了两步，只顾看墙上的字，冷不防我的腿被人抱住了，“救命！”地上有人喊了一声。

地上躺着十来个人呢，抱住我的腿的那位是，我认出来，新学者之一。他们的手脚都捆着呢。我把他们全放开，大家全像放生的鱼一气儿跑出多远去，只剩下那位新学者。“怎么回事？”我问。

“又革命了！这回是图书馆革命！”他很惊惶地说。

“图书馆革了谁的命？”

“人家革了图书馆的命！先生请看，”他指了指他的腿部。

噢，他原来穿上了一条短裤子。但是穿上裤子与图书馆革命有什么关系呢？

“先生不是穿裤子吗？我们几个学者是以介绍外国学问道德风俗为职志的，所以我们也开始穿裤子。”他说：“这是一种革命事业。”

“革命事业没有这么容易的！”我心里说。

“我穿上裤子，可糟了，隔壁的大学学生见我这革命行为，全找了我来，叫我给他们每人一条裤子。我是图书馆馆长，我卖出去的书向来是要给学生们一点钱的，因为学生很有些位信仰‘大家夫司基主义’的。我不能不卖书，不卖书便没法活着，卖书不能不分给他们一点钱，大家夫司基的信仰者是很会杀人的。可是，大家夫司基惯了，今天他们看见我穿上裤子，也要大家夫司基，我哪有钱给大家都作裤子，于是他们反革命起来；我穿裤子是革命事业，他们穿不上裤子又来革我的命，于是把我们全绑起来，把我那一点积蓄全抢了去！”

“他们倒没抢图书？”我不大关心个人的得失，我要看的是图书馆。

“不能抢去什么，图书在十五年前就卖完了，我们现在专作整理的工作。”

“没书还整理什么呢？”

“整理房屋，预备革命一下，把图书室改成一座旅馆，名称上还叫图书馆，实际上可以租出去收点租，本来此地已经驻过许多次兵，别人住自然比兵们要规矩一点的。”我真佩服了猫人，因为佩服他们，我不敢再往下听了；恐怕由佩服而改为骂街了。

二十一

夜间又下了大雨。猫城的雨似乎没有诗意的刺动力。任凭我怎样的镇定，也摆脱不开一种焦躁不安之感。墙倒屋塌的声音一阵接着一阵，全城好像遇风的海船，没有一处，没有一刻，不在颤战惊恐中。

毁灭才是容易的事呢，我想，只要多下几天大雨就够了。我决不是希望这不人道的事实现，我是替猫人们难过，着急。他们都是为什么活着呢？他们到底是怎么活着呢？我还是弄不清楚；我只觉得他们的历史上有些极荒唐的错误，现在的人们正在为历史的罪过受惩罚，假如这不是个过于空洞与玄幻的想法。

“大家夫司基”，我又想起这个字来，反正是睡不着，便醒着作梦玩玩吧。不管这个字，正如旁的许多外国字，有什么意思，反正猫人是受了字的害处不浅，我想。

学生们有许多信仰大家夫司基的，我又想起这句话。我要打算明白猫国的一切，我非先明白一些政治情形不可了。我从地球上各国的历史上看清楚：学生永远是政治思想的发酵力；学生，只有学生的心感是最敏锐的；可是，也只有学生的热烈是最浮浅的，假如心感的敏锐只限于接收几个新奇的字眼。假如猫学生真是这样，我只好对猫国的将来闭上眼！只责备学生，我知道，是不公平的，但是我不能不因期望他们而显出责备他们的意思。我必须看看政治了。差不多我一夜没能睡好，因为急于起去找小蝎，他虽然说他不懂政治，但是他必定能告诉我一些历史上的事实；没有这些事实我是无从明白目前的状况的，因为我在此地的日子太浅。我起来的很早，为是捉住小蝎。

“告诉我，什么是大家夫司基？”我好像中了迷。

“那便是人人为人人活着的一种政治主义，”小蝎吃着迷叶说，“在这种政治主义之下，人人工作，人人快活，人人安全，社会是个大机器，人人是这个大机器的一个工作者，快乐地安全地工作着的小钉子或小齿轮。的确不坏！”

“火星上有施行这样主义的国家？”

“有的是，行过二百多年了。”

“贵国呢？”

小蝎翻了翻白眼，我的心跳起来了。待了好大半天，他说：“我们也闹过，闹过，记清楚了；我们向来不‘实行’任何主义。”

“为什么‘闹过’呢？”

“假如你家中的小孩子淘气，你打了他几下，被我知道了，我便也打我的小孩子一顿，不是因他淘气，是因为你打了孩子所以我也得去打；这对于家务便叫作闹过，对政治也是如此。”

“你似乎是说，你们永远不自己对自己的事想自己的办法，而是永远听见风便是雨的随着别人的意见闹？你们永远不自己盖房子，打个比喻说，而是老租房子住？”

“或者应当说，本来无须穿裤子，而一定要穿，因为看见别人穿着，然后，不自己按着腿的尺寸去裁缝，而只去买条旧裤子。”

“告诉我些个过去的事实吧！”我说，“就是闹过的也好，闹过的也至少引起些变动，是不是？”

“变动可不就是改善与进步。”

小蝎这家伙确是厉害！我微笑了笑，等着他说。他思索了半天：

“从哪里说起呢？！火星上一共有二十多国，一国有一国的政治特色与改革。我们偶尔有个人听说某国政治的特色是怎样，于是大家闹起来。又忽然听到某国政治上有了改革，大家又急忙闹起来。结果，人家的特色还是人家的，人家的改革是真改革了，我们还是我们；假如你一定要知道我们的特色，越闹越糟便是我们的特色。”

“还是告诉我点事实吧，哪怕极没系统呢。”我要求他。

“先说哄吧。”

“哄？什么东西？”

“这和裤子一样的不是我们原有的东西。我不知道你们地球上可有这种东西，不，不是东西，是种政治团体组织——大家联合到一块拥护某种政治主张与政策。”

“有的，我们的名字是政党。”

“好吧，政党也罢，别的名字也罢，反正到了我们这里改称为哄。你看，我们自古以来总是皇上管着大家的，人民是不得出声的。忽然由外国来了一种消息，说：人民也可以管政事；于是大家怎想怎不能逃出这个结论——这不是起哄吗？再说，我们自古以来是拿洁身自好作道德标准的，忽然听说许多人可以组成个党，或是会，于是大家怎翻古书怎找不到个适当的字；只有哄字还有点意思：大家到一处为什么？为是哄。于是我们便开始哄。我告诉过你，我不懂政治；自从哄起来以后，政治——假如你能承认哄也算政治——的变动可多了，我不能详细地说；我只能告诉你些事实，而且是粗枝大叶的。”

“说吧，粗枝大叶地说便好。”我唯恐他不往下说了。

“第一次的政治的改革大概是要求皇上允许人民参政，皇上自然是不肯了，于是参政哄的人们联合了许多军人加入这个运动，皇上一看风头不顺，就把参政哄的重要人物封了官。哄人作了官自然就要专心作官了，把哄的事务忘得一干二净。恰巧又有些人听说皇上是根本可以不要的，于是大家又起哄，非赶跑皇上不可。这个哄叫作民政哄。皇上也看出来了，打算寻个心静，非用以哄攻哄的办法不可了，于是他自己也组织了一个哄，哄员每月由皇上手里领一千国魂。民政哄的人们一看红了眼，立刻屁滚尿流地向皇上投诚，而皇上只允许给他们每月一百国魂。几乎破裂了，要不是皇上最后给添到一百零三个国魂。这些人们能每月白拿钱，引起别人的注意，于是一人一哄，两人一哄，十人一哄，哄的名字可就多多了。”

“原谅我问一句，这些哄里有真正的平民在内没有？”“我正要告诉你。平民怎能在内呢，他们没受过教育，没知识，没脑子，他们干等着受骗，什么办法也没有。不论哪一哄起来的时候，都是一口一个为国为民。得了官作呢，便由皇上给钱，皇上的钱自然出自人民身上。得不到官作呢，拼命的哄，先是骗人民供给钱，及至人民不受骗了，便联合军人去给人民上脑箍。哄越多人民越苦，国家越穷。”我又插了嘴：“难道哄里就没有好人？就没有一个真是为国为民的？”

“当然有！可是你要知道，好人也得吃饭，革命也还要恋爱。吃饭和恋爱必需钱，于是由革命改为设法得钱，得到钱，有了饭吃，有了老婆，只好给钱作奴隶，永远不得翻身，革命，政治，国家，人民，抛到九霄云外。”

“那么，有职业，有饭吃的人全不作政治运动？”我问。

“平民不能革命，因为不懂，什么也不懂。有钱的人，即使很有知识，不能革命，因为不敢；他只要一动，皇上或军人或哄员便没收他的财产。他老实地忍着呢，或是捐个小官呢，还能保存得住一些财产，虽然不能全部的落住；他要是一动，连根烂。只有到过外国的，学校读书的，流氓，地痞，识几个字的军人，才能干政治，因为他们进有所得，退无一失，哄便有饭吃，不哄便没有饭吃，所以革命在敝国成了一种职业。因此，哄了这么些年，结果只有两个显明的现象：第一，政治只有变动，没有改革。这样，民主思想越发达，民众越贫苦。第二，政哄越多，青年们越浮浅。大家都看政治，不管学识，即使有救国的真心，而且拿到政权，也是事到临头白瞪眼！没有应付的能力与知识。这么一来，老人们可得了意，老人们一样没有知识，可是处世的坏主意比青年们多的多。青年们既没真知识，而想运用政治，他们非求老人们给出坏主意不可，所以革命自管革命，真正掌权的还是那群老狐狸。青年自己既空洞，而老人们的主意又极奸狡，于是大家以为政治便是人与人间的敷衍，敷衍得好便万事如意，敷衍得不好便要塌台。所以现在学校的学生不要读书，只要多记几个新字眼，多学一点坏主意，便自许为政治的天才。”

我容小蝎休息了一会儿：“还没说大家夫司基呢？”

“哄越多人民越穷，因为大家只管哄，而没管经济的问题。末后，来了大家夫司基——是由人民做起，是由经济的问题上做起。革命了若干年，皇上始终没倒，什么哄上来，皇上便宣言他完全相信这一哄的主张，而且愿作这一哄的领袖；暗中递过点钱去，也就真做了这一哄的领袖，所以有位诗人曾赞扬我们的皇上为‘万哄之主’。只有大家夫司基来到，居然杀了一位皇上。皇上被杀，政权真的由哄——大家夫司基哄——操持了；杀人不少，因为这一哄是要根本铲除了别人，只留下真正农民与工人。杀人自然算不了怪事，猫国向来是随便杀人的。假如把不相干的人都杀了，而真的只留下农民与工人，也未必不是个办法。不过，猫人到底是猫人，他们杀人的时候偏要弄出些花样，给钱的不杀，有人代为求情的不杀，于是该杀的没杀，不该杀的倒丧了命。该杀的没杀，他们便混进哄中去出坏主意，结果是天天杀人，而一点没伸明了正义。还有呢，大家夫司基主义是给人人以适当的工作，而享受着同等的酬报。这样主义的施行，第一是要改造经济制度，第二是由教育培养人人为人人活着的信仰。可是我们的大家夫司基哄的哄员根本不懂经济问题，更不知道怎么创设一种新教育。人是杀了，大家白瞪了眼。他们打算由农民与工人作起，可是他们一点不懂什么是农，哪叫作工。给地亩平均分了一次，大家拿过去种了点迷树；在迷树长成之前，大家只好饿着。工人呢，甘心愿意工作，可是没有工可作。还得杀人，大家以为杀剩了少数的人，事情就好办了；这就好像是说，皮肤上发痒，把皮剥了去便好了。这便是大家夫司基的经过；正如别种由外国来的政治主义，在别国是对病下药的良策，到我们这里便变成自己找罪受。我们自己永远不思想，永远不看问题，所以我们只受革命应有的灾害，而一点得不到好处。人家革命是为施行一种新主张，新计划；我们革命只是为哄，因为根本没有知识；因为没有知识，所以必须由对事改为对人；因为是对人，所以大家都忘了作革命事业应有的高尚人格，而只是大家彼此攻击和施用最卑劣的手段。因此，大家夫司基了几年，除了杀人，只是大家瞪眼；结果，大家夫司基哄的首领又作了皇上。由大家夫司基而皇上，显着多么接不上碴，多么像个恶梦！可是在我们看，这不足为奇，大家本来不懂什么是政治，大家夫司基没有走通，也只好请出皇上；有皇上到底是省得大家分心。到如今，我们还有皇上，皇上还是'万哄之主'，大家夫司基也在这万哄之内。"

小蝎落了泪!

二十二

即使小蝎说的都正确，那到底不是个建设的批评；太悲观有什么好处呢。自然我是来自太平快乐的中国，所以我总以为猫国还有希望；没病的人是不易了解病夫之所以那样悲观的。不过，希望是人类应有的——简直的可以说是人类应有的一种义务。没有希望是自弃的表示，希望是努力的母亲。我不信猫人们如果把猫力量集合在一处，而会产不出任何成绩的。有许多许多原因限制着猫国的发展，阻碍着政治入正轨，据我看到的听到的，我深知他们的难处不少，但是猫人到底是人，人是能胜过一切困难的动物。

我决定去找大蝎，请他给介绍几个政治家；假如我能见到几位头脑清楚的人，我也许得到一些比小蝎的议论与批评更切实更有益处的意见。我本应当先去看民众，但是他们那样地怕外国人，我差不多想不出方法与他们接近。没有懂事的人民，政治自然不易清明；可是反过来说，有这样的人民，政治的运用是更容易一些，假如有真正的政治家肯为国为民地去干。我还是先去找我的理想的英雄吧，虽然我是向来不喜捧英雄的脚的。

恰巧赶上大蝎请客，有我；他既是重要人物之一，请的客人自然一定有政治家了，这是我的好机会。我有些日子不到街的这边来了。街上依然是那么热闹，有蚂蚁的忙乱而没有蚂蚁的勤苦。我不知道这个破城有什么吸引力，使人们这样贪恋它；也许是，我继而一想，农村已然完全崩溃，城里至少总比乡下好。只有一样比从前好了，街上已不那么臭了；因为近来时常下雨，老天替他们作了清洁运动。

大蝎没在家，虽然我是按着约定的时间来到的。招待我的是前者在迷林给我送饭的那个人，多少总算熟人，所以他告诉了我："要是约定正午呀，你就晚上来；要是晚上，就天亮来；有时过两天来也行；这是我们的规矩。"我很感谢他的指导，并且和他打听请的客都是什么人，我心中计划着：设若客人们中没有我所希望见的，我便不再来了。"客人都是重要人物，"他说，"不然也不能请上外国人。"好了，我一定得回来，但是上哪里消磨这几点钟的时光呢？忽然我想起个主意：袋中还有几个国魂，掏出来赠给我的旧仆人。自然其余的事就好办了。我就在屋顶上等着，和他讨教一些事情。猫人的嘴是以国魂作钥匙的。

城里这么些人都拿什么作生计呢？这是我的第一个问题。

"这些人？"他指着街上那个人海说，"都什么也不干。"

来得邪，我心里说；然后问他："那么怎样吃饭呢？"

"不吃饭，吃迷叶。"

"迷叶从哪儿来呢？"

"一人作官，众人吃迷叶。这些人全是官们的亲戚朋友。作大官的种迷叶，卖迷叶，还留些迷叶分给亲戚朋友。作小官的买迷叶，自己吃，也分给亲戚朋友吃。不作官的呢，等着迷叶。"

"作官的自然是很多了？"我问。

"除了闲着的都是作官的。我，我也是官。"他微微地笑了笑。这一笑也许是对我轻视他——我揭过他一小块头皮——的一种报复。

"作官的都有钱？"

"有。皇上给的。"

“大家不种地，不作工，没有出产，皇上怎么能有钱呢？”

“卖宝物，卖土地，你们外国人爱买我们的宝物与土地，不愁没有钱来。”

“是的，古物院，图书馆……前后合上碴了。”

“你，拿你自己说，不以为卖宝物，卖土地，是不好的事？”

“反正有钱来就好。”

“合算着你们根本没有什么经济问题？”

这个问题似乎太深了一些，他半天才回答出：“当年闹过经济问题，现在已没人再谈那个了。”

“当年大家也种地，也工作，是不是？”

“对了。现在乡下已差不多空了，城里的人要买东西，有外国人卖，用不着我们种地与作工，所以大家全闲着。”

“那么，为什么还有人作官？作官总不能闲着呀？作官与不作官总有迷叶吃，何苦去受累作官呢？”

“作官多来钱，除了吃迷叶，还可以多买外国的东西，多讨几个老婆。不作官的不过只分些迷叶吃罢了。再说，作官并不累，官多事少，想作事也没事可作。”

“请问，那死去的公使太太怎么能不吃迷叶呢，既是没有别的东西可吃？”

“要吃饭也行啊，不过是贵得很，肉，菜，全得买外国的。在迷林的时候，你非吃饭不可，那真花了我们主人不少的钱。公使太太是个怪女人，她要是吃迷叶，自有人供给她；吃饭，没人供给得起；她只好带着那八个小妖精去掘野草野菜吃。”

“肉呢？”

“肉可没地方去找，除非有钱买外国的。在人们还一半吃饭，一半吃迷叶的时候——这是多少年前的事了——人们已把一切动物吃尽，飞的走的一概不留；现在你可看见过一个飞禽或走兽？”

我想了半天，确是没见过动物；“啊，白尾鹰，我见过！”

“是的，只剩下它们了，因为它们的肉有毒，不然，也早绝种了。”

你们这群东西也快……我心里说。我不必往下问了。蚂蚁蜜蜂是有需要的，可是并没有经济问题。虽然它们没有问题，可是大家本能地操作，这比猫人强的多。猫人已无政治经济可言，可是还免不了纷争捣乱，我不知道哪位上帝造了这么群劣货，既没有蜂蚁那样的本能，又没有人类的智慧，造他们的上帝大概是有意开玩笑。有学校而没教育，有政客而没政治，有人而没人格，有脸而没羞耻，这个玩笑未免开得太过了。

但是，无论怎说，我非看看那些要人不可了。我算是给猫人想不出高明主意来了，看他们的要人有方法没有吧。问题看着好似极简单：把迷叶平均地分一分，成为一种迷叶大家夫司基主义，也就行了。但这正是走入绝地的方法。他们必须往回走，禁止迷叶，恢复农工，然后才能避免同归于尽。但是，谁能担得起这个重任？他们非由蚊虫苍蝇的生活法改为人的不可——这一跳要费多大力气，要有多大的毅力与决心！我几乎与小蝎一样的悲观了。

大蝎回来了。他比在迷林的时候瘦了许多，可是更显着阴险狡诈。对他，我是毫不客气的，见面就问：“为什么请客呢？”

“没事，没事，大家谈一谈。”

这一定是有事，我看出来。我要问他的问题很多，可是我不知道怎么这样的讨厌他，见了他我得少说一句便少说一句了。

客人继续地来了。这些人是我向来没看见过的。他们和普通的猫人一点也不同了。一见着我，全说：老朋友，老朋友。我不客气地声明，我是从地球上来的，这自然是表示“老朋友”的不适当；可是他们似乎把言语中的苦味当作甜的，依然是：老朋友，老朋友。

来了十几位客人。我的运气不错，他们全是政客。

十几位中，据我的观察，可以分为三派：第一派是大蝎派，把“老朋友”说得极自然，可是稍微带着点不得不这么说的神气；这派都是年纪大些的，我想起小蝎所说的老狐狸。第二派的人年岁小一些，对外国人特别亲热有礼貌，脸上老是笑着，而笑得那么空洞，一看便看出他们的骄傲全在刚学会了老狐狸的一些坏招数，而还没能成精作怪。第三派的岁数最小，把“老朋友”说得极不自然，好像还有点羞涩的样子。大蝎特别的介绍这第三派：“这几位老朋友是刚从那边过来的。”我不大明白他的意思。可是不好意思细问。过了一会儿，我醒悟过来，所谓“那边”者是学校，这几位必定是刚入政界的新手。我倒要看看这几位刚由那边来的怎样和这些老狐狸打交待。

赴宴，这是，对我头一遭。客人到齐，先吃迷叶，这是我预想得到的。迷叶吃过，我预备好看新花样了。果然来了。大蝎发了话：“为欢迎新由那边过来的朋友，今天须由他们点选妓女。”

刚从那边过来的几位，又是笑，又是挤眼，又是羞涩，又是骄傲，都嘟囔着大家夫司基，大家夫司基。我的心好似我的爱人要死那么痛。这就是他们的大家夫司基！在那边的时候是一嘴的新主张与夫司基，刚到，刚到这边便大家夫司基妓女！完了，什么也不说了，我只好看着吧！

妓女到了，大家重新又吃迷叶。吃过迷叶，青年的政客脸上在灰毛下都透过来一些粉红色，偷眼看着大蝎。大蝎笑了。“诸位随便吧，”他说，“请，随便，不客气。”他们携着妓女的手都走到下层去，不用说，大蝎已经给他们预备好行乐的地方。

他们下去，大蝎向老年中年的政客笑了笑。他说：“好了，他们不在眼前，我们该谈正经事了。”

我算是猜对了，请客一定是有事。

“诸位都已经听说了？”大蝎问。

老年的人没有任何表示，眼睛好像省察着自己的内心。中年的有一位刚要点头，一看别人，赶快改为扬头看天。我哈哈地笑起来。

大家更严重了，可是严重地笑起来，意思是陪着我笑——我是外国人。

待了好久，到底还是一位中年的说：“听见了一点，不知道，绝对不知道，是否可靠。”

“可靠！我的兵已败下来了！”大蝎确是显着关切，或者因为是他自己的兵败下来了。

大家又不出声了。呆了许久，大家连出气都缓着劲，好像唯恐伤了鼻须。

“诸位，还是点几个妓女陪陪吧？”大蝎提议。

大家全活过来了：“好的，好的！没女人没良策，请！”

又来了一群妓女，大家非常的快活。

太阳快落了，谁也始终没提一个关于政治的事。

“谢谢，谢谢，明天再会！”大家全携着妓女走去。

那几位青年也由下面爬上来，脸色已不微红，而稍带着灰绿。他们连声“谢谢”也没说，只嘟囔着大家夫司基。

我想：他们必是发生了内战，大蝎的兵败了，请求大家帮忙，而他们不愿管。假如我猜的不错，没人帮助大蝎也未必不是件好事。可是大蝎的神气很透着急切，我临走问了他一句：“你的兵怎么败下来了？”

“外国打进来了！”

二十三

太阳还没完全落下去，街上已经连个鬼也没有了。可是墙上已写好了大白字：“彻底抵抗！”“救国便是救自己！”“打倒吞并夫司基！”……我的头晕得像个转欢了的黄牛！

在这活的死城里，我觉得空气非常的稀少，虽然路上只有我一个人。“外国打进来了！”还在我的耳中响着，好似报死的哀钟。为什么呢？不晓得。大蝎显然是吓昏了，不然他为什么不对我详细地说呢。可是，吓昏了还没忘记了应酬，还没忘记了召妓女，这便不是我所能了解的了。至于那一群政客，外国打进来，而能高兴地玩妓女，对国事一字不提，更使我没法明白猫人的心到底是怎样长着的了。

我只好去找小蝎，他是唯一的明白人，虽然我不喜欢他那悲观的态度！可是，我能还怨他悲观吗，在看见这些政客以后？

太阳已落了，一片极美的明霞在余光里染红了半天。下面一线薄雾，映出地上的惨寂，更显出天上的光荣。微风吹着我的胸与背，连声犬吠也听不到，原始的世界大概也比这里热闹一些吧，虽然这是座大城！我的眼泪整串地往下流了。到了小蝎的住处。进到我的屋中，在黑影中坐着一个人，虽然我看不清他是谁，但是我看得出他不是小蝎，他的身量比小蝎高着许多。

“谁？”他高声地问了声。由他的声音我断定了，他不是个平常的猫人，平常的猫人就没有敢这样理直气壮地发问的。

“我是地球上来的那个人。”我回答。

“噢，地球先生，坐下！”他的口气有点命令式的，可是爽直使人不至于难堪。

“你是谁？”我也不客气地问，坐在他的旁边。因为离他很近，我可以看出他不但身量高，而且是很宽。脸上的毛特别的长，似乎把耳鼻口等都遮住，只在这团毛中露着两个极亮的眼睛，像鸟巢里的两个发亮的卵。

“我是大鹰，”他说，“人们叫我大鹰，并不是我的真名字。大鹰？因为人们怕我，所以送给我这个名号。好人，在我们的国内，是可怕的，可恶的，因此——大鹰！”

我看了看天上，黑上来了，只有一片红云，像朵孤独的大花，恰好在大鹰的头上。我呆了，想不起问什么好，只看着那朵孤云，心中想着刚才那片光荣的晚霞。

“白天我不敢出来，所以我晚上来找小蝎。”他自动地说。

“为什么白天不？”我似乎只听见那前半句，就这么重了一下。

“没有一个人，除了小蝎，不是我的敌人，我为什么白天出来找不自在呢？我并不住在城里，我住在山上，昨天走了一夜，今天藏了一天，现在才到了城里。你有吃食没有？已经饿了一整天。”

“我只有迷叶。”

“不，饿死也好，迷叶是不能动的！”他说。

有骨气的猫人，这是在我经验中的第一位。我喊迷，想叫她设法。迷在家呢，但是不肯过来。

“不必了，她们女人也全怕我。饿一两天不算什么，死已在目前，还怕饿？”

“外国打进来了？”我想起这句话。

“是的，所以我来找小蝎。”他的眼更亮了。

“小蝎太悲观，太浪漫。”我本不应当这样批评我的好友，可是爽直可以掩过我的罪过。

“因他聪明，所以悲观。第二样，太什么？不懂你的意思。不论怎么着吧，设若我要找个与我一同死去的，我只能找他。悲观人是怕活着，不怕去死。我们的人民全很快乐地活着，饿成两张皮也还快乐，因为他们天生的不会悲观，或者说天生来的没有脑子。只有小蝎会悲观，所以他是第二个好人，假如我是第一个。”

“你也悲观？”我虽然以为他太骄傲，可是我不敢怀疑他的智慧。

“我？不！因为不悲观，所以大家怕我恨我；假如能和小蝎学，我还不至被赶入山里去。小蝎与我的差别只在这一点上。他厌恶这些没脑子没人格的人，可是不敢十分得罪他们。我不厌恶他们，而想把他们的脑子打明白过来，叫他们知道他们还不大像人，所以得罪了他们。真遇到大危险了，小蝎是与我一样不怕死的。”

“你先前也是作政治的？”我问。

“是。先从我个人的行为说起：我反对吃迷叶，反对玩妓女，反对多娶老婆。我也劝人不吃迷叶，不玩妓女，不多娶老婆。这样，新人旧人全叫我得罪尽了。你要知道，地球先生，凡是一个愿自己多受些苦，或求些学问的，在我们的人民看，便是假冒为善。我自己走路，不叫七个人抬着我走，好，他们决不看你的甘心受苦，更不要说和你学一学，他们会很巧妙的给你加上‘假冒为善”！作政客的口口声声是经济这个，政治那个；作学生的是口口声声这个主义，那个夫司基；及至你一考问他们，他们全白瞪眼；及至你自己真用心去研究，得，假冒为善。平民呢，你要给他一个国魂，他笑一笑；你要说，少吃迷叶，他瞪你一眼，说你假冒为善。上自皇上，下至平民，都承认作坏事是人生大道，作好事与受苦是假冒为善，所以人人想杀了我，以除去他们所谓的假冒为善。在政治上，我以为无论哪个政治主张，必须由经济问题入手，无论哪种政治改革，必须具有改革的真诚。可是我们的政治家就没有一个懂得经济问题的，就没有一个真诚的，他们始终以政治为一种把戏，你耍我一下，我挤你一下。于是人人谈政治，而始终没有政治，人人谈经济，而农工已完全破产。在这种情形之下，有一个人，像我自己，打算以知识及人格为作政治的基础——假冒为善！不加我以假冒为善的罪状，他们便须承认他们自己不对，承认自己不对是建设的批评，没人懂。在许多年前，政治的颓败是经济制度不良的结果；现在，已无经济问题可言，打算恢复猫国的尊荣，应以人格为主；可是，人格一旦失去，想再恢复，比使死人复活的希望一样的微小。在最近的几十年中，我们的政治变动太多了，变动一次，人格的价值低落一次，坏的必得胜，所以现在都希望得最后的胜利，那就是说，看谁最坏。我来谈人格，这个字刚一出口便招人唾我一脸吐沫。主义在外国全是好的，到了我们手里全变成坏的，无知与无人格使天粮变成迷叶！可是，我还是不悲观，我的良心比我，比太阳，比一切，都大！我不自杀，我不怕反对，遇上有我能尽力的地方，我还是干一下。明知无益，可是我的良心，刚才说过，比我的生命大得多。”

大鹰不言语了，我只听着他的粗声喘气。我不是英雄崇拜者，可是我不能不钦佩他；他是个被万人唾骂的，这样的人不是立在浮浅的崇拜心理上的英雄，而是个替一切猫人雪耻的牺牲者，他是个教主。

小蝎回来了。他向来没这么晚回来过，这一定是有特别的事故。

“我来了！”大鹰立起来，扑过小蝎去。

“来得好！”小蝎抱住大鹰。二人痛哭起来。

我知道事情是极严重了，虽然我不明白其中的底细。

“但是，”小蝎说，他似乎知道大鹰已经明白一切，所以从半中腰里说起，“你来并没有多少用处。”

“我知道，不但没用，反有碍于你的工作，但是我不能不来；死的机会到了。”大鹰说。两个人都坐下了。

“你怎么死？”小蝎问。

“死在战场的虚荣，我只好让给你。我愿不光荣地死，可是死得并非全无作用。你已有了多少人？”

“不多。父亲的兵，没打全退下来了。别人的兵也预备退，只有大蝇的人或者可以听我调遣；可是，他们如果听到你在这里，这‘或者’便无望了。”

“我知道，”大鹰极镇静的说，“你能不能把你父亲的兵拿过来？”

“没有多少希望。”

“假如你杀一两个军官，示威一下呢？”

“我父亲的军权并没交给我。”

“假如你造些谣，说：我有许多兵，而不受你的调遣——”

“那可以，虽然你没有一个兵，可是我说你有十万人，也有人相信。还怎样？”

“杀了我，把我的头悬在街上，给不受你调遣的兵将下个警告，怎样？”

“方法不错，只是我还得造谣，说我父亲已经把军权让给我。”

“也只好造谣，敌人已经快到了，能多得一个兵便多得一个。好吧，朋友，我去自尽吧，省得你不好下手杀我。”大鹰抱住了小蝎，可是谁也没哭。

“等等！”我的声音已经岔了，“等等！你们二位这样作，究竟有什么好处呢？”

“没有好处。”大鹰还是非常镇静，“一点好处也没有。敌人的兵多，器械好，出我们全国的力量也未必战胜。可是，万一我们俩的工作有些影响呢，也许就是猫国的一大转机。敌人是已经料到，我们决不敢，也不肯，抵抗；我们俩，假如没有别的好处，至少给敌人这种轻视我们一些惩戒。假如没人响应我们呢，那就很简单了：猫国该亡，我们俩该死，无所谓牺牲，无所谓光荣，活着没作亡国的事，死了免作亡国奴，良心是大于生命的，如是而已。再见，地球先生。”

“大鹰，”小蝎叫住他，“四十片迷叶可以死得舒服些。”

“也好，”大鹰笑了，“活着为不吃迷叶，被人指为假冒为善；死时为吃迷叶，好为人们证实我是假冒为善，生命是多么曲折的东西！好吧，叫迷拿迷叶来。我也不用到外边去了，你们看着我断气吧。死时有朋友在面前到底觉得多些人味。”

迷把迷叶拿来，转身就走了。

大鹰一片一片地嚼食，似乎不愿再说什么。

“你的儿子呢？”小蝎问，问完似乎又后悔了，“噢，我不应当问这个！”

“没关系，”大鹰低声地说，“国家将亡，还顾得儿子！”他继续地吃，渐渐地嚼得很慢了，大概嘴已麻木过去。“我要睡了，”他极慢地说。说完倒在地上。

待了半天，我摸了摸他的手，还很温软。他极低微的说了声：“谢谢！”这是他的末一句话。虽然一直到夜半他还未曾断气，可是没再发一语。

二十四

大鹰的死——我不愿用“牺牲”，因为他自己不以英雄自居——对他所希望的作用是否实现，和，假如实现，到了什么程度，一时还不能知道。我所知道的是：他的头确是悬挂起来，“看头去”成为猫城中一时最流行的三个字。我没肯看那人头，可是细心的看了看参观人头的大众。小蝎已不易见到，他忙得连迷也不顾得招呼了，我只好到街上去看看。城中依然很热闹，不，我应当说更热闹：有大鹰的头可以看，这总比大家争看地上的一粒石子更有趣了。在我到了悬人头之处以前，听说，已经挤死了三位老人两个女子。猫人的为满足视官而牺牲是很可佩服的。看的人们并不批评与讨论，除了拥挤与互骂似乎别无作用。没有人问：这是谁？为什么死？没有。我只听见些，脸上的毛很长。眼睛闭上了。只有头，没身子，可惜！

设若大鹰的死只惹起这么几句评断，他无论怎说是死对了；和这么群人一同活着有什么味儿呢。

离开这群人，我向皇宫走去，那里一定有些值得看的，我想。路上真难走。音乐继续不断地吹打，过了一队又一队，人们似乎看不过来了，又顾着细看人头，又舍不得音乐队，大家东撞撞西跑跑，似乎很不满意只长着两个眼睛。由他们的喊叫，我听出来，这些乐队都是结婚的迎娶前导。人太多，我只能听见吹打，看不见新娘子是坐轿，还是被七个人抬着。我也无意去看，我倒是要问问，为什么大难当头反这么急于结婚呢？没地方去问；猫人是不和外国人讲话的。回去找迷。她正在屋里哭呢，见了我似乎更委屈了，哭得已说不出话。我劝了她半天，她才住声，说：“他走了，打战去了，怎么好！”

“他还回来呢，”我虽然是扯谎，可是也真希望小蝎回来，“我还要跟他一同去呢。他一定回来，我好和他一同走。”

“真的？”她带着泪笑了。

“真的。你跟我出去吧，省得一个人在这儿哭。”

“我没哭，”迷擦了擦眼，扑上点白粉，和我一同出来。

“为什么现在这么多结婚的呢？”我问。

假如能安慰一个女子，使她暂时不哭，是件功绩，我只好以此原谅我的自私；我几乎全没为迷设想——小蝎战死不是似乎已无疑了么——只顾满足我的好奇心。到如今我还觉得对不起她。

“每次有乱事，大家便赶快结婚，省得女的被兵丁给毁坏了。”迷说。

“可是何必还这样热闹地办呢？”我心中是专想着战争与灭亡。

“要结婚就得热闹，乱事是几天就完的，婚事是终身的。”到底还是猫人对生命的解释比我高明。她继续着说：“咱们看戏去吧。”她信了我的谎话以后便忘了一切悲苦：“今天外务部部长娶儿媳妇，在街上唱戏。你还没看过戏？”

我确是还没看过猫人的戏剧，可是我以为去杀了在这种境况下还要唱戏的外务部长是比看戏更有意义。虽然这么想，我到底不是去杀人的人，因此也就不妨先去看戏。近来我的辩证法已有些猫化了。

外务部长的家外站满了兵。戏已开台，可是平民们不得上前；往前一挤，头上便啪地一声挨一大棍。猫兵确是会打——打自家的人。迷是可以挤进去的，兵们自然也不敢打我，可是我不愿进前去看，因为唱和吹打的声音在远处就觉着难听，离近了还不定怎样刺耳呢。

听了半天，只听到乱喊乱响，不客气地说，我对猫戏不能欣赏。

“你们没有比这再安美雅趣一点的戏吗？”我问迷。

“我记得小时候看过外国戏，比这个雅趣。可是后来因为没人懂那种戏，就没人演唱了。外务部长他自己就是提倡外国戏的，可是后来听一个人——一个外国人——说，我们的戏顶有价值，于是他就又提倡旧戏了。”

“将来再有个人——一个外国人——告诉他，还是外国戏有价值呢？”

“那也不见得他再提倡外国戏。外国戏确是好，可是深奥。他提倡外国戏的时候未必真明白它的深妙处，所以一听人说，我们的戏好，他便立刻回过头来。他根本不明白戏剧，可是愿得个提倡戏剧的美名，那么，提倡旧戏是又容易，又能得一般人的爱戴，一举两得，为什么不这样干呢。我们有许多事是这样，新的一露头就完事，旧的因而更发达；真能明白新的是不容易的事，我们也就不多费那份精神。”迷是受了小蝎的传染，我猜，这决不会是她自己的意见；虽然她这么说，可是随说随往前挤。我自然不便再钉问她。又看了会儿，我实在受不住了。

“咱们走吧？”我说。

迷似乎不愿走，可是并没坚执，大概因为说了那片话，不走有些不好意思。

我要到皇宫那边看看，迷也没反对。

皇宫是猫城里最大的建筑，可不是最美的。今天宫前特别的难看：墙外是兵，墙上是兵，没有一处没有兵。这还不算，墙上堆满了烂泥，墙下的沟渠填满了臭水。我不明白这烂泥臭水有什么作用，问迷。

“外国人爱干净，”迷说，“所以每逢听到外国人要打我们来，皇宫外便堆上泥，放上臭水；这样，即使敌人到了这里，也不能立刻进去，因为他们怕脏。”

我连笑都笑不上来了！

墙头上露出几个人头来。待了好大半天，他们爬上来，全骑在墙上了。迷似乎很兴奋：“上谕！上谕！”

“哪儿呢？”我问。

“等着！”

等了多大工夫，腿知道；我站不住了。

又等了许久，墙上的人系下一块石头来，上面写着白字。迷的眼力好，一边看一边“哟”。

“到底什么事？”我有些着急。

“迁都！迁都！皇上搬家！坏了，坏了！他不在这里，我可怎办呢！”迷是真急了。本来，小蝎不在此地，叫她怎办呢！

我正要安慰她，墙上又下来一块石板。“快看！迷！”

“军民人等不准随意迁移，只有皇上和官员搬家。”她念给我听。

我很佩服这位皇上，只希望他走在半路上一跤跌死。可是迷反倒喜欢了：“还好，大家都不走，我就不害怕了！”

我心里说，大家怎能不走呢，官们走了，大家在此地哪里得迷叶吃呢。正这么想，墙上又下来一块上谕。迷又读给我听：

“从今以后，不许再称皇上为‘万哄之主’。大难临头，全国人民应一心一德，应称皇上为‘一哄之主’。”迷加了一句：“不哄敢情就好了！”然后往下念：“凡我军民应一致抵抗，不得因私误国！”我加上了一句：“那么，皇上为什么先逃跑呢？”

我们又等了半天，墙上的人爬下去，大概是没有上谕了。迷要回去，看看小蝎回来没有。我打算去看看政府各机关，就是进不去，也许能在外边看见一些命令。我与她分手，她往东，我往西。东边还是那么热闹，娶亲的唱戏的音乐远射着刺耳的噪杂。西边很清静，虽然下了极重要的谕旨，可是没有多少人来看，好像看结婚的是天下第一件要事。

我特别注意外务部。可是衙门外没有一个人。等了半天，不见一个人出来。是的，部长家里办喜事，当然没人来办公；特别是在这外交吃紧的时节。不过，猫人有没有外交，还是个问题，虽然有这么个外务部。没人，我要不客气了，进去看看。里面真没有人。屋子也并没关着。我可以自由参观了。屋子里什么也没有，除了堆着一些大石板，石板上都刻着“抗议”。我明白了：所谓外交者一定就是无论发生了什么事便送去一块“抗议”，外交官便是抗议专家。我想找到些外国给猫人的公文；找不到。大概对猫人的“抗议”，人家是永远置之不理的。也别说，这样的外交确是简单省事。

不用再看别的衙门了，外务部既是这么简单，别的衙门里还许连块像“抗议”的石头也没有呢。

出来还往西走，衙门真多：妓女部，迷叶所，留洋部，抵制外货局，肉菜厅，孤儿公卖局……这不过是几个我以为特别有趣的名字，我看不懂的还多着呢。除了闲着便是作官，当然得多设一些衙门；我以为多，恐怕猫人还以为不够呢。

一直往西走。这是我第一次走到西头。想到外国城去看看，不，还是回去看看小蝎回来没有。我改由街的那一边往回走。没遇上多少学生，大概都看人头与听戏去了。可是，走了半天，遇见一群学生，都在地上跪着，面前摆着一大块石头，上边写着几个白字：“马祖大仙之神位”。我知道，过去一问，他们准跑得一干二净；我轻轻地溜到后边，也下跪，听他们讲些什么。

最前面的立起来一个，站在石头前面向大家喊：“马祖主义万岁！大家夫司基万岁！扑罗普落扑拉扑万岁！”大家也随着喊。喊过之后，那个人开始对大家说话，大家都坐在地上。他说：“我们要打倒大神，专信马祖大仙！我们要打倒家长，打倒教员，恢复我们的自由！我们要打倒皇上，实行大家夫司基！我们欢迎侵伐我们的外国人，他们是扑罗普落扑拉扑！我们现在就去捉皇上，把他献给我们的外国同志！这是我们唯一的机会，马上就要走。捉到了皇上，然后把家长教员杀尽，杀尽！杀尽他们，迷叶全是我们的，女子都是我们的，人民也都是我们的，作我们的奴隶！大家夫司基是我们的，马祖大仙说过：扑罗普落扑拉扑是地冬地冬的呀呀者的上层下层花拉拉！我们现在就到皇宫去！”

大家并没动。“我们现在就走！”大家还是不动。

“好不好大家先回家杀爸爸？”有一位建议，“皇宫的兵太多，不要吃眼前亏！”

大家开始要往起站。

“坐下！那么，先回家杀爸爸？”

大家彼此问答起来。

“杀了爸爸，谁给迷叶吃？”有一位这样问。

“正是因为把迷叶都拿到手才杀爸爸！”有一位回答。

“现在我们的主张已不一致，可以分头去作：杀皇上派的去杀皇上，杀爸爸派的去杀爸爸。”又是一个建议。

“但是马祖大仙只说过杀皇上的观识大加油，没有说过杀爸爸——”

“反革命！”

“杀了那错解马祖大仙的神言的！”

我以为这是快打起来了。待了半天，谁也没动手，可是乱得不可开交。慢慢地一群分为若干小群，全向马祖大仙的神位立着嚷。又待了半天，一个人一组了，依旧向着石头嚷。嚷来嚷去，大家嚷得没力气了，努着最后的力量向石头喊了声：“马祖大仙万岁！”各自散去。

什么把戏呢?

二十五

对猫人我不愿再下什么批评；批评一块石头不能使它成为美妙的雕刻。凡是能原谅的地方便加倍地原谅；无可原谅的地方只好归罪于他们国的风水不大好。

我去等小蝎，希望和他一同到前线上去看看。对火星上各国彼此间的关系，我差不多完全不晓得。问迷，她只知道外国的粉比猫人造得更细更白，此外，一问一个摇头。摇头之后便反攻：“他怎还不回来呢?！”我不能回答这个，可是我愿为全世界的妇女祷告：世界上永不再发生战争！

等了一天，他还没回来。迷更慌了。猫城的作官的全走净了，白天街上也不那么热闹了，虽然还有不少参观大鹰的人头的。打听消息是不可能的事；没人晓得国事，虽然“国”字在这里用得特别的起劲：迷叶是国食，大鹰是国贼，沟里的臭泥是国泥……有心到外国城去探问，又怕小蝎在这个当儿回来。迷是死跟着我，口口声声：“咱们也跑吧？人家都跑了！花也跑了！”我只有摇头，说道不出来什么。

又过了一天，他回来了。他脸上永远带着的那点无聊而快活的神气完全不见了。迷喜欢得连一句话也说不出，只带着眼泪盯着他的脸。我容他休息了半天才敢问：“怎样了？”

“没希望！”他叹了口气。

迷看我一眼，看他一眼，蓄足了力量把句早就要说而不敢说的话挤出来：“你还走不走？”

小蝎没看着她，摇了摇头。

我不敢再问了，假如小蝎说谎呢，我何必因追问而把实话套出来，使迷伤心呢！自然迷也不见得就看不出来小蝎是否骗她。

休息了半天，他说去看他的父亲。迷一声不出，可是似乎下了决心跟着他。小蝎有些转磨；他的谎已露出一大半来了。我要帮助他骗迷，但是她的眼神使我退缩回来。小蝎还在屋里转，迷真闷不住了：“你上哪里我上哪里！”随着流下泪来。小蝎低着头，似乎想了半天：“也好吧！”

我该说话了：“我也去！”

当然不是去看大蝎。

我们往西走，一路上遇见的人都是往东的，连军队也往东走。

“为什么敌人在西边而军队往东呢？”我不由得问出来。

“因为东边平安！”小蝎咬牙的声音比话响得多。

我们遇见了许多学者，新旧派分团往东走，脸上带着非常高兴的神气。有几位过来招呼小蝎：“我们到东边去见皇帝！开御前学者会议！救国是大家的事，主意可是得由学者出，学者！前线上到底有多少兵？敌人是不是要占领猫城？假如他们有意攻猫城，我们当然劝告皇帝再往东迁移，当然的！光荣的皇上，不忘记了学者！光荣的学者，要尽忠于皇帝！”小蝎一声没出。学者被皇上召见的光荣充满，毫不觉得小蝎的不语是失礼的。这群学者过去，小蝎被另一群给围上；这一群人的脸上好像都是刚死了父亲，神气一百二十分的难看：“帮帮我们！大人！为什么皇上召集学者会议而没有我们？我们的学问可比那群东西的低？我们的名望可比那群东西的小？我们是必须去的，不然，还有谁再称我们为学者？大人，求你托托人情，把我们也加入学者会议！”小蝎还是一语没发。学者们急了：“大人要是不管，可别怪我们批评政府，叫大家脸上无光！”小蝎拉着迷就走，学者都放声哭起来。

又来了军队，兵丁的脖子上全拴着一圈红绳。我一向没见过这样的军队，又不好意思问小蝎，我知道他已经快被那群学者气死了。小蝎看出我的心意来，他忽然疯了似的狂笑：“你不晓得这样的是什么军队？这就是国家夫司基军。别国有过这样的组织，脖子上都带红绳作标帜。国家夫司基军，在别国，是极端的爱国，有国家没个人。一个褊狭而热烈的夫司基。我们的红绳军，你现在看见了，也往平安地方调动呢，大概因为太爱国了，所以没法不先谋自己的安全，以免爱国军的解体。被敌人杀了还怎能再爱国呢？你得想到这一层！”小蝎又狂笑起来，我有点怕他真是疯了。我不敢再说什么，只一边走一边看那红绳军。在军队的中心有个坐在十几个兵士头上的人，他项上的红绳特别的粗。小蝎看了他一眼，低声向我说："他就是红绳军的首领！他想把政府一切的权柄全拿在他一人手里，因为别国有因这么办而强胜起来的。现在他还没得到一切政权，可是他比一切人全厉害——我所谓的厉害便是狡猾。我知道他这是去收拾皇上，实行独揽大权的计划，我知道！"

"也许那么着猫国可以有点希望？"我问。

"狡猾是可以得政权，不见得就能强国，因为他以他的志愿为中心，国家两个字并不在他的心里。真正爱国的是向敌人洒血的。"

我看出来：敌人来到是猫人内战的引火线。我被红绳军的红绳弄花了眼，看见一片红而不光荣的血海，这些军人在里边泅泳着。

我们已离开了猫城。我心里不知为什么有个不能再见这个城的念头。又走了不远，遇见一群猫人，对于我这又是很新奇的：他们的身量都很高，样子特别的傻，每人手里都拿着根草。迷，半天没说一句话，忽然出了声："好啦，西方的大仙来了！"

"什么？"小蝎，对迷向来没动过气的，居然是声色俱厉了！迷赶紧地改嘴：

"我并不信大仙！"

我知道因我的发问可以减少他向迷使气："什么大仙？"

小蝎半天也没回答我，可是忽然问了我一句："你看，猫人的最大缺点在哪里？"

这确是个难以回答的问题，我一时回答不出。

小蝎自己说了："糊涂！"我知道他不是说我糊涂。又待了半天，小蝎说：“你看，朋友，糊涂是我们的要命伤。在猫人里没有一个是充分明白任何事体的。因此他们在平日以摹仿别人表示他们多知多懂，其实是不懂装懂。及至大难在前，他们便把一切新名词撇开，而翻着老底把那最可笑的最糊涂的东西——他们的心灵底层的岩石——拿出来，因为他们本来是空洞的，一着急便显露了原形，正如小孩急了便喊妈一样。我们的大家夫司基的信徒一着急便喊马祖大仙，而马祖大仙根本的是个最不迷信的人。我们的革命家一着急便搬运西方大仙，而西方大仙是世上最没仙气最糊涂的只会拿草棍的人。问题是没有人懂的，等到问题非立待解决不可了，大家只好求仙。这是我们必亡的所以然，大家糊涂！经济，政治，教育，军事等等不良足以亡国，但是大家糊涂足以亡种，因为世界上没有人以人对待糊涂像畜类的人的。这次，你看着，我们的失败是无疑的了；失败之后，你看着，敌人非把我们杀尽不可，因为他们根本不拿人对待我们，他们杀我们正如屠宰畜类，而且决不至于引起别国的反感，人们看杀畜类是不十分动心的；人是残酷的，对他所不崇敬的——他不崇敬糊涂人——是毫不客气地去杀戮的。你看着吧！”

我真想回去看看西方大仙到底去作些什么，可是又舍不得小蝎与迷。

在一个小村里我们休息了一会儿。所谓小村便是只有几处塌倒的房屋，并没有一个人。

“在我的小时候，”小蝎似乎想起些过去的甜蜜，“这里是很大的一个村子。这才几年的工夫，连个人影也看不到了。灭亡是极容易的事！”他似乎是对他自己说呢，我也没细问他这小村所以灭亡的原因，以免惹他伤心。我可以想象到：革命，革命，每次革命要战争，而后谁得胜谁没办法，因为只顾革命而没有建设的知识与热诚，于是革命一次增多一些军队，增多一些害民的官吏；在这种情形之下，人民工作也是饿着，不工作也是饿着，于是便逃到大城里去，或是加入只为得几片迷叶的军队，这一村的人便这样死走逃亡净尽。革命而没有真知识，是多么危险的事呢！什么也救不了猫国，除非他们知道了糊涂是他们咽喉上的绳子。

我正在这么乱想，迷忽然跳起来了，“看那边！”

西边的灰沙飞起多高，像忽然起了一阵怪风。

小蝎的唇颤动着，说了声：“败下来了！”

二十六

“你们藏起去！”小蝎虽然很镇静，可是显出极关切的样子，他的眼向来没有这么亮过。“我们的兵上阵虽不勇，可是败下来便疯了。快藏起去！”他面向着西，可是还对我说：“朋友，我把迷托付给你了！”他的脸还朝着西，可是背过一只手来，似乎在万忙之中还要摸一摸迷。

迷拉住他的手，浑身哆嗦着说：“咱们死在一处！”

我是完全莫名其妙。带着迷藏起去好呢，还是与他们两个同生死呢？死，我是不怕的！我要考虑的是哪个办法更好一些。我知道：设若有几百名兵和我拼命，我那把手枪是无用的。我顾不得再想，一手拉住一个就往村后的一间破房里跑。不知道我是怎样想起来的，我的计划——不，不是计划，因为我已顾不得细想；是直觉的一个闪光，我心里那么一闪，看出这么条路来：我们三个都藏起去，等到大队过去，我可以冒险去捉住一个散落的兵，便能探问出前线的情形，而后再作计较。不幸而被大队——比如说他们也许在此地休息一会儿——给看见，我只好尽那把手枪所能为的抵挡一阵，其余便都交给天了。

但是小蝎不干。他似乎有许多不干的理由，可是顾不得说；我是莫名其妙。他不跑，自然迷也不会听我的。我又不知道怎样好了。西边的尘土越滚越近；猫人的腿与眼的厉害我是知道的；被他们看见，再躲就太晚了。

“你不能死在他们手里！我不许你那么办！”我急切地说，还拉着他们俩。

“全完了！你不必陪上一条命；你连迷也不用管了，随她的便吧！”小蝎也极坚决。

讲力气，他不是我的对手；我搂住了他的腰，半抱半推地硬行强迫；他没挣扎，他不是撒泼打滚的人。迷自然紧跟着我。这样，还是我得了胜，在村后的一间破屋藏起来。我用几块破砖在墙上堆起一个小屏，顺着砖的孔隙往外看。小蝎坐在墙根下，迷坐在一旁，拉着他的手。

不久，大队过来了。就好像一阵怪风裹着灰沙与败叶，整团地前进。嘈杂的声音一阵接着一阵，忽然地声音小了一些，好像波涛猛然低降，我闭着气等那波浪再猛孤丁地涌起。人数稀少的时候，能看见兵们的全体，一个个手中连木棍也没有，眼睛只盯着脚尖，惊了魂似的向前跑。现象的新异使我胆寒。一个军队，没有马鸣，没有旗帜，没有刀枪，没有行列，只在一片热沙上奔跑着无数的裸体猫人，个个似因惊惧而近乎发狂，拼命地急奔，好似吓狂了的一群，一地，一世界野人。向来没看见过这个！设若他们是整着队走，我决不会害怕。

好大半天，兵们渐渐稀少了。我开始思想了：兵们打了败仗，小蝎干什么一定要去见他们呢？这是他父亲的兵，因打败而和他算账？这在情理之中。但是小蝎为何不躲避他们而反要迎上去呢？想不出道理来。因迷惑而大了胆，我要冒险去拿个猫兵来。除了些破屋子，没有一棵树或一个障碍物；我只要跳出去，便得被人看见！又等了半天，兵们更稀少了，可是个个跑得分外的快；大概是落在后面特别的害怕而想立刻赶上前面的人们。去追他们是无益的，我得想好主意。好吧，试试我的枪法如何。我知道设若我若打中一个，别人决不去管他。前面的人听见枪响也决不会再翻回头来。可是怎能那么巧就打中一个人正好不轻不重而被我生擒了来呢？再说，打中了他，虽然没打到致命的地方，而还要审问他，枪弹在肉里而还被审，我没当过军官，没有这分残忍劲儿。这个计策不高明。

兵们越来越少了。我怕起来：也许再待一会儿便一个也剩不下了。我决定出去活捉一个来。反正人数已经不多，就是被几个猫兵围困住，到底我不会完全失败。不能再耽延了，我掏出手枪，跑出去。事情不永远像理想的那么容易，可也不永远像理想的那么困难。假如猫兵们看见了我就飞跑，管保追一天我也连个影也捉不到。可是居然有一个兵，忽然地看见我，就好像小蛙见了水蛇，一动也不动地呆软在那儿了。其余的便容易了，我把他当猪似的扛了回来。他没有喊一声，也没挣扎一下；或者跑得已经过累，再加上惊吓，他已经是半死了。

把他放在破屋里，他半天也没睁眼。好容易他睁开眼，一看见小蝎，他好像身上最娇嫩的地方挨了一刺刀似的，意思是要立起来扑过小蝎去。我握住他的胳臂。他的眼睛似是发着火，有我在一旁，他可是敢怒而不敢言。

小蝎好像对这个兵一点也不感觉兴趣，他只是拉着迷的手坐着发呆。我知道，我设若温和地审问那个兵，他也许不回答；我非恐吓他不可。恐吓得到了相当的程度，我问他怎样败下来的。

他似乎已忘了一切，呆了好大半天他好像想起一点来："都是他！"指着小蝎。

小蝎笑了笑。

"说！"我命令着。

"都是他！"兵又重了一句。我知道猫人的好啰嗦，忍耐着等他把怒气先放一放。

"我们都不愿打仗，偏偏他骗着我们去打。敌人给我们国魂，他，他不许我们要！可是他能，只能，管着我们；那红绳军，这个军，那个军，也是他调去的，全能接。外国人的国魂平平安安地退下来，只剩下我们被外国人打得魂也不知道上哪里去！我们是他爸爸的兵，他反倒不照应我们，给我们放在死地！我们有一个人活着便不能叫他好好地死！他爸爸已经有意把我们撤回来，他，他不干！人家那平安退却的，既没受伤，又可以回去抢些东西；我们，现在连根木棍也没有了，叫我们怎么活着？！"他似乎是说高兴了，我和小蝎一声也不出，听着他说；小蝎或者因心中难过也许只是不语而并没听着，我呢，兵的每句话都非常的有趣，我只盼望他越多说越好。

“我们的地，房子，家庭，”兵继续地说，“全叫你们弄了去；你们今天这个，明天那个，越来官越多，越来民越穷。抢我们，骗我们，直落得我们非去当兵不可；就是当兵帮助着你们作官的抢，你们到底是拿头一份，你们只是怕我们不再帮助你们，才分给我们一点点。到了外国人来打你们，来抢你们的财产，你叫我们去死，你个瞎眼的，谁能为你们去卖命！我们不会作工，因为你们把我们的父母都变成了兵，使我们自幼就只会当兵；除了当兵我们没有法子活着！”他喘了一口气。我乘这个机会问了他一句：“你们既知道他们不好，为什么不杀了他们，自己去办理一切呢？”

兵的眼珠转开了，我以为他是不懂我的话，其实他是思索呢。呆了一会儿，他说：“你的意思是叫我们革命？”

我点了点头；没想到他会知道这么两个字——自然我是一时忘了猫国革命的次数。

“不用说那个，没有人再信！革一回命，我们丢点东西，他们没有一个不坏的。就拿那回大家平分地亩财产说吧，大家都是乐意的；可是每人只分了一点地，还不够种十几棵迷树的；我们种地是饿着，不种也是饿着，他们没办法；他们，尤其是年青的，只管出办法，可是不管我们肚子饿不饿。不治肚子饿的办法全是糊涂办法。我们不再信他们的话，我们自己也想不出主意，我们只是谁给迷叶吃给谁当兵；现在连当兵也不准我们了，我们非杀不可了，见一个杀一个！叫我们和外国人打仗便是杀了我们的意思，杀了我们还能当兵吃迷叶吗？他们的迷叶成堆，老婆成群，到如今连那点破迷叶也不再许我们吃，叫我们去和外国人打仗，那只好你死我活了。”

“现在你们跑回来，专为杀他？”我指着小蝎问。

“专为杀他！他叫我们去打仗，他不许我们要外国人给的国魂！”

“杀了他又怎样呢？”我问。

他不言语了。

小蝎是我经验中第一个明白的猫人，而被大家恨成这样；我自然不便，也没工夫，给那个兵说明小蝎并非是他所应当恨的人。他是误以小蝎当作官吏阶级的代表，可是又没法子去打倒那一阶级，而只想杀了小蝎出口气。这使我明白了一个猫国的衰亡的真因：有点聪明的想指导着人民去革命，而没有建设所必需的知识，于是因要解决政治经济问题而自己被问题给裹在旋风里；人民呢经过多少次革命，有了阶级意识而愚笨无知，只知道受了骗而一点办法没有。上下糊涂，一齐糊涂，这就是猫国的致命伤！带着这个伤的，就是有亡国之痛的刺激也不会使他们咬着牙立起来抵抗一下的。

该怎样处置这个兵呢？这倒是个问题。把他放了，他也许回去调兵来杀小蝎；叫他和我们在一块，他又不是个好伴侣。还有，我们该上哪里去呢？

天已不早了，我们似乎应当打主意了。小蝎的神气似乎是告诉我：他只求速死，不必和他商议什么。迷自然是全没主张。我是要尽力阻止小蝎的死，明知这并无益于他，可是由人情上看我不能不这么办。上哪里去呢？回猫城是危险的；往西去？正是自投罗网，焉知敌人现在不是正往这里走呢！想了半天，似乎只有到外国城去是万全之策。

但是小蝎摇头。是的，他肯死，也不肯去丢那个脸。他叫我把那个兵放了："随他去吧！"

也只好是随他去吧。我把那个兵放了。

天渐渐黑上来；异常的，可怕的，静寂！心中准知道四外无人，准知道远处有许多溃兵，准知道前面有敌人袭来，这个静寂好像是在荒岛上等着风潮的突起，越静心中越紧张。自然猫国灭亡，我可以到别国去，但是为我的好友，小蝎，设想，我的心似乎要碎了！一间破屋中过着亡国之夕，这是何等的悲苦。就是对于迷，现在我也舍不得她了。在亡国的时候才理会到一个"人"与一个"国民"相互的关系是多么重大！这个自然与我无关，但是我必须为小蝎与迷设想，这么着我才能深入他们的心中，而分担一些他们的苦痛；安慰他们是没用的，国家灭亡是民族愚钝的结果，用什么话去安慰一两个人呢？亡国不是悲剧的舒解苦闷，亡国不是诗人的正义之拟喻，它是事实，是铁样的历史，怎能纯以一些带感情的话解说事实呢！我不是读着一本书，我是听着灭亡的足音！我的两位朋友当然比我听的更清楚一些。他们是诅咒着，也许是甜蜜地追忆着，他们的过去一切；他们只有过去而无将来。他们的现在是人类最大的耻辱正在结晶。

天还是那么黑，星还是那么明，一切还是那么安静，只有亡国之夕的眼睛是闭不牢的。我知道他们是醒着，他们也知道我没睡，但是谁也不能说话，舌似乎被毁灭的指给捏住，从此人与国永不许再出声了。世界上又哑了一个文化，它的最后的梦是已经太晚了的自由歌唱。它将永不会再醒过来。它的魂灵只能向地狱里去，因为它生前的纪录是历史上一个污点。

二十七

大概是快天亮了，我矇眬地睡去。

啮啮！两响！我听见已经是太晚了。我睁开眼——两片血迹，两个好朋友的身子倒地上，离我只有二尺多远。我的，我的手枪在小蝎的身旁！

要形容我当时的感情是不可能的。我忘了一切，我不知道心里哪儿发痛。我只觉得两个活泼泼的青年瞪着四个死定的眼看着我呢。活泼泼的？是的，我一时脑子里不能转弯了，想不到他们会停止了呼吸的。他们看着我，但是并没有丝毫的表情，他们像捉住一些什么肯定的意义，而只要求我去猜。我看着他们，我的眼酸了，他们的还是那样的注视。他们把个最难猜透的谜交给我，而我忘了一切。我想不出任何方法去挽回生命；在他们面前我觉得到人生的脆弱与无能。我始终没有落泪；除了他们是躺着，我是立着，我完全和他们一样的呆死。无心的，我蹲下，摸了摸他们，还温暖，只是没有了友谊的回应；他们的一切只有我所知道的那点还存在着，其余的，他们自己已经忘了。死或者是件静美的事。

迷是更可怜的。一个美好的女子岂是为亡国预备的呢。我的心要碎了。民族的罪恶惩罚到他们的姊妹妻母；就算我是上帝，我也得后悔为这不争气的民族造了女子！

我明白小蝎，所以我更可怜迷；她似乎无论怎样也不应当死；小蝎有必死的理由。可是，与国家同死或者不需要什么辩论？民族与国家，在这个世界上，还有种管辖生命的力量。这个力量的消失便是死亡，那不肯死的只好把身体变作木石，把灵魂交与地狱。我更爱迷与小蝎了。我恨不能唤醒他们，告诉他们，他们是纯洁的，他们的灵魂还是自己的。我恨不能唤起他们，带他们到地球上来享受生命一切应有的享受。幻想是无益的；除了幻想却只有悲哀。我无论怎样幻想，他们只是呆呆地不动；他们似乎已忘了我是个好朋友。不管我心中怎样疼痛，他们一点也不欣赏，生死之间似隔着几重天。生是一切，死是一切，生死中间隔着个无限大的不可知。我似乎能替花鸟解释一些什么，我不能使他们再出一声。死的缄默是绝对的真实：我不知怎样好了，可是他们决定不再动了。我觉不到生命还有什么意义。

就是那么呆呆地守着他们，一直到太阳出来。他们的形体越来越看得清楚，我越觉得没有主张。光射在迷的脸上，还是那么美好，可爱，只是默默不语。小蝎的头窝在墙角，脸上还不时地带出那种无聊的神气，好像死还没医治了他的悲观，迷的脸上一点害怕的样子没有了。

我不能再守着他们。这是我心中忽然觉出来的。设若再继续下去，我一定会疯。离开他们？这么一想，我那始终没落的眼泪雨似的落下来。茫茫大地，我到哪里去？舍了两个好朋友，独自去游浪，这比我离开地球的时候难堪得多多了。异地的孤寂是难以担当的，况且是由于死别，他们的死将永远追随着我。我哭了不知好久，我双手拉住他们，几乎是喊着：迷，小蝎，再见了！

顾不得埋掩他们，我似乎只要再耽误一秒钟，便永不能起身了。咬一咬牙，拾起我的手枪，跳出破墙。走开几步，我回头看了看；决定不再回去，叫他们的尸身腐烂在那里，我不能再回去！我骂我自己，不祥的人，由地球上同来的朋友死在这里，现在又眼看着他们俩这样，我应当永不再交朋友!

往哪里走？回猫城，当然的。那是我的家。

路上一个人不见，死笼罩住一切。天空是灰的，灰黄的路上卧着几个死兵，白尾鹰们正在啄食，上下飞舞，尖苦地叫着。我走得飞快，可是眼中时常看见迷的笑，耳中似乎听到小蝎惯说的字句，他们是追随着我呢。快到了猫城，我的心跳得紧；是希冀，是恐怖，我说不清。到了，没有一个人。街上卧着，东一个，西一个，许多妇女。兵们由此经过，我猜得出其中的道理。“花也跑了！”我似乎又听见迷在我耳旁说。是的，花要是不走，也必定被兵们害死。我顾不得细看，一直往前跑，到了大鹰的头悬挂所在，他还在那里守着这空城，头上的肉已被鹰鸟啄尽。他是这死寂猫城的灵魂。跑到小蝎的住处，什么也没有了，连墙都推倒了两处。兵们没有把小蝎的任何东西留下，我真愿意得着一点，无论是什么，作个纪念物。我只好走吧，这个地方的一砖一石都能引下我的泪。

我往东去，我知道人们都在那边。回头看了看，灰空中立着个死城!

向大蝎的迷林走去，这是我认识的一条路。路上那个小村已经没人了，我知道兵们一定已由此经过了。到了迷林，没有人。我坐在树下休息了一会儿。还得走，静寂逼迫着我动作。向前走到我常洗澡的沙滩那里，从雾气中我看见些行人往西来。我猜想，这或者是大局已有转机，所以人们又要回猫城去。一会儿比一会儿人多了，有许多贵人还带着不少的兵。我坐在河岸上一边休息一边观察。人越来越多，带兵的人们似乎都争着往前跑，像急于去得到一些利益似的。一来二去，因为争路，兵们开始打起来，而且贵人们亲自指挥着。我莫名其妙。猫人的战争是不易见胜负的，大家只用木棍相击，轻易不致打倒一个；打的工夫还不如转的工夫多，你躲我，我躲你，非赶到有人失神，木棍是没有碰到身上的机会。工夫大了，大家还是乱转，而且是越转相距越远。有一队，一边打，一边往前转，大概是指挥人要乘着大家乱打的当儿，把他的兵转到前面去，好继续往西走。这一队离河岸较近，我认出来，为首的是大蝎。他到底是有些策略。又待了一会儿，他的兵们全转在前面来了，果然不出我所料，他们一摆脱清便向前急进。

我的机会到了。似乎是飞呢，我赶上了大蝎。

他似乎很愿意见着我，同时又似乎连讲话都顾不得，急于往前跑。我一边喘一边问他，干什么去。

“请跟我去！跟我去！”他十分恳切地说：“敌人就快到猫城了！也许已过了那里，说不定！”

我心中痛快了一些，大概是到了不能不战的时候了，大家一齐去保护猫城，我想。可是，大家要都是去迎敌，为什么半路上自己先打起来呢？我想的不对！我告诉大蝎，他不告诉我干什么去，我不能跟他走。

他似乎不愿说实话，可是又好像很需要我，而且他知道我的脾气，他说了实话：“我们去投降，谁先到谁能先把京城交给敌人，以后自不愁没有官作。”

“请吧！”我说，“没那个工夫陪你去投降！”没有再和他说第二句话，我便扭头往回走。

后面的兵也学着大蝎，一边打一边前进了。我看见那位红绳军的领袖也在其中，仍旧项上系着极粗的红绳，精神百倍地争着往前去投降。

我正看着，前面忽然全站定了。转过头来，敌人到了，已经和大蝎打了对面。这我倒要看看了，看大蝎怎样投降。

我刚跑到前面，后面的那些领袖也全飞奔前来。红绳军的首领特别的轻快像个燕子似的，一落便落在大蝎的前面，向敌人跪好。后面的领袖继续也全跪好，就好像咱们老年间大家庭出殡的时候，灵前跪满了孝子贤孙。

这是我第一次看见猫人的敌军。他们的身量，多数都比猫人还矮些。看他们脸上的神气似乎都不大聪明，可是分明地显出小气与毒狠的样子。我不知道他们的历史与民性，无从去判断，他们给我的第一个印象是这样罢了。他们手里都拿条像铁似的短棍，我不知道它们有什么用处。等猫人首领全跪好了，矮人们中的一个，当然是长官了，一抬手，他后面的一排兵，极轻巧地向前一蹿，小短棍极准确地打在大蝎们的头上。我看得清楚极了，大蝎们全一低头，身上一颤，倒在地上，一动也不动了。莫非短棍上有电？不知道。后面的猫人看见前面投降的首领全被打死，哎呀，那一声喊，就好像千万个刀放在脖子上的公鸡。喊了一声，就好像比声音还快，一齐向后跑去。一时被挤倒的不计其数，倒了被踩死的也很多。敌人并没有追他们。大蝎们的尸首被人家用脚踢开，大队慢慢地前进。

我想起小蝎的话：“敌人非把我们杀尽不可！”

可是，我还替猫人抱着希望：投降的也是被杀，难道还激不起他们的反抗吗？他们假如一致抵抗，我不信他们会灭亡。我是反对战争的，但是我由历史上看，战争有时候还是自卫的唯一方法；遇到非战不可的时候，到战场上去死是人人的责任。褊狭的爱国主义是讨厌的东西，但自卫是天职。我理想着猫人经过这一打击，必能背城一战，而且胜利者未必不是他们。

我跟着大队走。那方才没被踩死而跑不了的，全被矮兵用短棍结果了性命。我不能承认这些矮子是有很高文化的人，但是拿猫人和他们比，猫人也许比他们更低一些。无论怎说，这些矮人必是有个，假如没有别的好处，国家观念。国家观念不过是扩大的自私，可是它到底是“扩大”的；猫人只知道自己。

幸而和小蝎起行的时候，身旁带了些迷叶，不然我一定会饿死的。我远远地跟着矮人的大队，不要说是向他们乞求点吃食，就是连挨近他们也不敢。焉知他们不拿我当作侦探呢。一直的走到我的飞机坠落处，他们才休息一下。我在远远望着，那只飞机引起了他们注意，这又是他们与猫人不同之处，这群人是有求知心的。我想起我的好友，可怜，他的那些残骨也被他们践踏得粉碎了！

他们休息了一会儿，有一部分的兵开始掘地。工作得很快，看着他们那么笨手笨脚的，可是说作便作，不迟疑，不懒散，不马马虎虎，一会儿的工夫他们挖好了深大的一个坑。又待了一会儿，由东边来了许多猫人，后面有几个矮子兵赶着，就好像赶着一群羊似的。赶到了大坑的附近，在此地休息着的兵把他们围住，往坑里挤。猫人的叫喊真足以使铁作的心也得碎了，可是矮兵们的耳朵似乎比铁还硬，拿着铁棒一个劲儿往坑里赶。猫人中有男有女，而且有的妇女还抱着小娃娃。我的难过是说不出来的，但是我没法去救他们。我闭上眼，可是那哭喊的声音至今还在我的耳旁。哭喊的声音忽然小了，一睁眼，矮兽们正往坑中填土呢。整批的活埋！这是猫人不自强的惩罚。我不知道恨谁好，我只得了一个教训：不以人自居的不能得人的待遇；一个人的私心便足以使多少多少同胞受活埋的暴刑！

要形容一切我所看见的，我的眼得哭瞎了；矮人们是我所知道的人们中最残忍的。猫国的灭亡是整个的，连他们的苍蝇恐怕也不能剩下几个。

在最后，我确是看见些猫人要反抗了，可是他们还是三个一群，五个一伙的干；他们至死还是不明白合作。我曾在一座小山里遇见十几个逃出来的猫人，这座小山是还未被矮兵占据的唯一的地方；不到三天，这十几个避难的互相争吵打闹，已经打死一半。及至矮兵们来到山中，已经剩了两个猫人，大概就是猫国最后的两个活人。敌人到了，他们两个打得正不可开交。矮兵们没有杀他们俩，把他们放在一个大木笼里，他们就在笼里继续作战，直到两个人相互的咬死；这样，猫人们自己完成了他们的灭绝。

我在火星上又住了半年，后来遇到法国的一只探险的飞机，才能生还我的伟大的光明的自由的中国。

附录：我怎样写《猫城记》

自《老张的哲学》到《大明湖》，都是交《小说月报》发表，而后由商务印书馆印单行本。《大明湖》的稿子烧掉，《小坡的生日》的底版也殉了难；后者，经过许多日子，转让给生活书店承印。《小说月报》停刊。施蛰存兄主编的《现代》杂志为沪战后唯一的有起色的文艺月刊，他约我写个“长篇”，我答应下来；这是我给别的刊物——不是《小说月报》了——写稿子的开始。这次写的是《猫城记》。登完以后，由现代书局出书，这是我在别家书店——不是“商务”了——印书的开始。

《猫城记》，据我自己看，是本失败的作品。它毫不留情地揭显出我有块多么平凡的脑子。写到了一半，我就想收兵，可是事实不允许我这样作，硬把它凑完了！有人说，这本书不幽默，所以值得叫好，正如梅兰芳反串小生那样值得叫好。其实这只是因为讨厌了我的幽默，而不是这本书有何好处。吃厌了馒头，偶尔来碗粗米饭也觉得很香，并非是真香。说真的，《猫城记》根本应当幽默，因为它是篇讽刺文章：讽刺与幽默在分析时有显然的不同，但在应用上永远不能严格地分隔开。越是毒辣的讽刺，越当写得活动有趣，把假托的人与事全要精细的描写出，有声有色，有骨有肉，看起来头头是道，活像有此等人与此等事；把讽刺埋伏在这个底下，而后才文情并懋，骂人才骂到家。它不怕是写三寸丁的小人国，还是写酸臭的君子之邦，它得先把所凭借的寓言写活，而后才能仿佛把人与事玩之股掌之上，细细地创造出，而后捏着骨缝儿狠狠地骂，使人哭不得笑不得。它得活跃，灵动，玲珑，和幽默。必须幽默。不要幽默也成，那得有更厉害的文笔，与极聪明的脑子，一个巴掌一个红印，一个闪一个雷。我没有这样厉害的手与脑，而又舍去我较有把握的幽默，《猫城记》就没法不爬在地上，像只折了翅的鸟儿。

在思想上，我没有积极的主张与建议。这大概是多数讽刺文字的弱点，不过好的讽刺文字是能一刀见血，指出人间的毛病的：虽然缺乏对思想的领导，究竟能找出病根，而使热心治病的人知道该下什么药。我呢，既不能有积极的领导，又不能精到地搜出病根，所以只有讽刺的弱点，而没得到它的正当效用。我所思虑的就是普通一般人所思虑的，本用不着我说，因为大家都知道。眼前的坏现象是我最关切的；为什么有这种恶劣现象呢？我回答不出。跟一般人相同，我拿“人心不古”——虽然没用这四个字——来敷衍。这只是对人与事的一种惋惜，一种规劝；惋惜与规劝，是“阴骘文”的正当效用——其效用等于说废话。这连讽刺也够不上了。似是而非的主张，即使无补于事，也还能显出点讽刺家的聪明。我老老实实地谈常识，而美其名为讽刺，未免太荒唐了。把讽刺改为说教，越说便越腻得慌：敢去说教的人不是绝顶聪明的，便是傻瓜。我知道我不是顶聪明，也不肯承认是地道傻瓜；不过我既写了《猫城记》，也就没法不叫自己傻瓜了。

自然，我为什么要写这样一本不高明的东西也有些外来的原因。

头一个就是对国事的失望，军事与外交种种的失败，使一个有些感情而没有多大见解的人，像我，容易由愤恨而失望。失望之后，这样的人想规劝，而规劝总是妇人之仁的。一个完全没有思想的人，能在粪堆上找到粮食；一个真有思想的人根本不将就这堆粪。只有半瓶子醋的人想维持这堆粪而去劝告苍蝇："这儿不卫生！"我吃了亏，因为任着外来的刺激去支配我的"心"，而一时忘了我还有块"脑子"。我居然去劝告苍蝇了！

不错，一个没有什么思想的人，满能写出很不错的文章来；文学史上有许多这样的例子。可是，这样的专家，得有极大的写实本领，或是极大的情绪感诉能力。前者能将浮面的观感详实的写下来，虽然不像显微镜那么厉害，到底不失为好好的一面玻璃镜，映出个真的世界。后者能将普通的感触，强有力地道出，使人感动。可是我呢，我是写了篇讽刺。讽刺必须高超，而我不高超。讽刺要冷静，于是我不能大吹大擂，而扭扭捏捏。既未能悬起一面镜子，又不能向人心掷去炸弹，这就很可怜了。

失了讽刺而得到幽默，其实也还不错。讽刺与幽默虽然是不同的心态，可是都得有点聪明。运用这点聪明，即使不能高明，究竟能见出些性灵，至少是在文字上。我故意地禁止幽默，于是《猫城记》就一无可取了。《大明湖》失败在前，《猫城记》紧跟着又来了个第二次。朋友们常常劝我不要幽默了，我感谢，我也知道自己常因幽默而流于讨厌。可是经过这两次的失败，我才明白一条狗很难变成一只猫。我有时候很想努力改过，偶尔也能因努力而写出篇郑重、有点模样的东西。但是这种东西总缺乏自然的情趣，像描眉擦粉的小脚娘。

让我信口开河，我的讨厌是无可否认的，可是我的天真可爱处也在里边，Aristophanes（阿里斯多芬）的撒野正自不可及；我不想高攀，但也不必因谦虚而抹杀事实。

自然，这两篇东西——《大明湖》与《猫城记》——也并非对我全无好处：它们给我以练习的机会，练习怎样老老实实地写述，怎样瞪着眼说谎而说得怪起劲。虽然它们的本身是失败了，可是经过一番失败总多少增长些经验。

《猫城记》的体裁，不用说，是讽刺文章最容易用而曾经被文人们用熟了的。用个猫或人去冒险或游历，看见什么写什么就好了。冒险者到月球上去，或到地狱里去，都没什么关系。他是个批评家，也许是个伤感的新闻记者。《猫城记》的探险者分明是后一流的，他不善于批评，而有不少浮浅的感慨；他的报告于是显着像赴宴而没吃饱的老太婆那样回到家中瞎唠叨。

我早就知道这个体裁。说也可笑，我所以必用猫城，而不用狗城者，倒完全出于一件家庭间的小事实——我刚刚抱来个黄白花的小猫。威尔思的*The first man in the moon*（《月亮上的第一个人》），把月亮上的社会生活与蚂蚁的分工合作相较，显然是有意地指出人类文明的另一途径。我的猫人之所以为猫人却出于偶然。设若那天我是抱来一只兔，大概猫人就变成兔人了；虽然猫人与兔人必是同样糟糕的。

猫人的糟糕是无可否认的。我之揭露他们的坏处原是出于爱他们也是无可否认的。可惜我没给他们想出办法来。我也糟糕！可是，我必须说出来：即使我给猫人出了最高明的主意，他们一定会把这个主意弄成个五光十色的大笑话；猫人的糊涂与聪明是相等的。我爱他们，惭愧！我到底只能讽刺他们了！况且呢；我和猫人相处了那么些日子，我深知道我若是直言无隐地攻击他们，而后再给他们出好主意，他们很会把我偷偷地弄死。我的怯懦正足以暗示出猫人的勇敢，何等的勇敢！算了吧，不必再说什么了！

狗之晨

东方既明，宇宙正在微笑，玫瑰的光吻红了东边的云。大黑在窝里伸了伸腿；似乎想起一件事，啊，也许是刚才作的那个梦；谁知道，好吧，再睡。门外有点脚步声！耳朵竖起，像雨后的两枝慈姑叶；嘴，可是，还舍不得项下那片暖，柔，有味的毛。眼睛睁开半个。听出来了，又是那个巡警，因为脚步特别笨重，闻过他的皮鞋，马粪味很大；大黑把耳朵落下去，似乎以为巡警是没有什么趣味的东西。但是，脚步到底是脚步声，还得听听；啊，走远了。算了吧，再睡。把嘴更往深里顶了顶，稍微一睁眼，只能看见自己的毛。

刚要一迷糊，哪来的一声猫叫？头马上便抬起来。在墙头上呢，一定。可是并没看到；纳闷：是那个黑白花的呢，还是那个狸子皮的？想起那狸子皮的，心中似乎不大起劲；狸子皮的抓破过大黑的鼻子；不光荣的事，少想为妙。还是那个黑白花的吧，那天不是大黑几乎把黑白花的堵在墙角么？这么一想，喉咙立刻痒了一下，向空中叫了两声。“安顿着，大黑！”屋中老太太这么喊。

大黑翻了翻眼珠，老太太总是不许大黑咬猫！可是不敢再作声，并且向屋子那边摇了摇尾巴。什么话呢，天天那盆热气腾腾的食是谁给大黑端来？老太太！即使她的意见不对也不能得罪她，什么话呢，大黑的灵魂是在她手里拿着呢。她不准大黑叫，大黑当然不再叫。假如不服从她，而她三天不给端那热腾腾的食来？大黑不敢再往下想了。

似乎受了刺激，再也睡不着；咬咬自己的尾巴，大概是有个狗蝇，讨厌的东西！窝里似乎不易找到尾巴，出去。在院里绕着圆圈找自己的尾巴，刚咬住，“不棱”，又被（谁？）夺了走，再绕着圈捉。有趣，不觉得嗓子里哼出些音调。“大黑！”

老太太真爱管闲事啊！好吧，夹起尾巴，到门洞去看看。坐在门洞，顺着门缝往外看，喝，四眼已经出来遛早了！四眼是老朋友：那天要不幸亏是四眼，大黑一定要输给二青的！二青那小子，处处是大黑的仇敌：抢骨头，闹恋爱，处处他和大黑过不去！假如那天他咬住大黑的耳朵？十分感激四眼！“四眼！”热情地叫着。四眼正在墙根找到包箱似的方便所在，刚要抬腿；“大黑，快来，到大院去跑一回？”

大黑焉有不同意之理，可是，门，门还关着呢！叫几声试试，也许老头就来开门。叫了几声，没用。再试试两爪，在门上抓了一回，门纹丝没动！

眼看着四眼独自向大院跑去！大黑真急了，向墙头叫了几声，虽然明知道自己没有上墙的本领。再向门外看看，四眼已经没影了。可是门外走着个叫化子，大黑借此为题，拼命地咬起来。大黑要是有个缺点，那就是好欺侮苦人。见汽车快躲，见穷人紧追，大黑几乎由习惯中形成这么两句格言。叫化子也没影了，大黑想象着狂咬一番，不如是好像不足以表示出自己的尊严，好在想象是不费什么实力的。

大概老头快来开门了，大黑猜摸着。这么一想，赶紧跑到后院去，以免大清早晨的就挨一顿骂。果然，刚到后院，就听见老头儿去开街门。大黑心中暗笑，觉得自己的智慧足以使生命十分有趣而平安。

等到老头又回到屋中，大黑轻轻地顺着墙根溜出去。出了街门，抖了抖身上的毛，向空中闻了闻，觉得精神十分焕发。然后又伸了个懒腰，就手儿在地上磨了磨脚指甲，后腿蹬起许多的土，沙沙地打在墙上，非常得意。在门前蹲坐起来，耳朵立着，坐着比站着身量高，加上两个竖立的耳朵，觉得自己很伟大而重要。

刚这么坐好，黄子由东边来了。黄子是这条胡同里的贵族，身量大，嘴是方的，叫的声音瓮声瓮气。大黑的耳朵渐渐往下落，心里嘀咕：还是坐着不动好呢，还是向黄子摆摆尾巴好呢，还是以进为退假装怒叫两声呢？他知道黄子的厉害，同时，又要顾及自己的尊严。他微微地回了回头，呕，没关系，坐在自己家门口还有什么危险？耳朵又微微地往上立，可是其余的地方都没敢动。

黄子过来了！在离大黑不远的一个墙角闻了闻，好像并没注意大黑。大黑心中同时对自己下了两道命令：“跑！”“别动！”

黄子又往前凑了凑，几乎是要挨着大黑了。大黑的胸部有些颤动。可是黄子还好似没看见大黑，昂然走过去。他远了，大黑开始觉得不是味道：为什么不乘着黄子没防备好而扑过去咬他一口？十分的可耻，那样的怕黄子。大黑越想越看不起自己。为发泄心中的怒气，开始向空中瞎叫。继而一想，万一把黄子叫回来呢？登时立起来，向东走去，这样便不会和黄子走个两碰头。

大黑不像黄子那样在道路当中卷起尾巴走。而是夹着尾巴顺墙根往前溜；这样，如遇上危险，至少屁股可以拿墙作后盾，减少后方的防务。在这里就可以看出大黑并不“大”；大黑的“大”和小花的“小”，都不许十分叫真的。可是他极重视这个“大”字，特别和他主人在一块的时候，主人一喊“大”黑，他便觉得自己至少有骆驼那么大，跟谁也敢拼一拼。就是主人不在眼前的时候，他也不敢承认自己是小。因为连不敢这么承认还不肯卷起尾巴走路呢；设若根本地自认渺小，那还敢出来走走吗。“大”字是他的主心骨。“大”字使他对小哈巴狗，瘦猫，叫化子，敢张口就咬；“大”字使他有时候对大狗——像黄子之类的——也敢露一露牙，和嗓子眼里细叫几声；而且主人在跟前的时候“大”字使他甚至于敢和黄子干一仗，虽明知必败，而不得不这样牺牲。狗的世界是不和平的，大黑专仗着这个“大”字去欺软怕硬地享受生命。

大黑的长相也不漂亮，而最足自馁的是没有黄子那样的一张方嘴。狗的女性们，把吻永远白送给方嘴；大黑的小尖嘴，猛看像个子粒不足的“老鸡头”，就是把舌头伸出多长，她们连向他笑一下都觉得有失尊严。这个，大黑在自思自叹的时候，不能不归罪于他的父母。虽然老太太常说，大黑的父亲是饭庄子的那个小驴似的老黑，他十分怀疑这个说法。况且谁是他的母亲？没人知道！大黑没有可靠的家谱作证，所以连和四眼谈话的时候，也不提家事；大黑十分伤心。更不敢照镜子；地上有汪水，他都躲开。对于大黑，顾影是不能引起自怜的。那条尾巴！细，软，毛儿不多，偏偏很长，就是卷起来也不威武，况且卷着还很费事；老得夹着！大黑到了大院。四眼并没在那里。大黑赶紧往四下看看，好在二青什么的全没在那里，心里安定了些。由走改为小跑，觉得痛快。好像二青也算不了什么，而且有和二青再打一架的必要。再和二青打的时候，顶好是咬住他一个地方，死不撒嘴，这样必能致胜。打倒了二青，再联络四眼战败黄子，大黑便可以称雄了。

远处有吠声，好几个狗一同叫呢。细听，有她的声音！她，小花！大黑向她伸过多少回舌头，摆过多少回尾巴；可是她，她连正眼瞧大黑一眼也不瞧！不是她的过错；战败二青和黄子，她自然会爱大黑的。大黑决定去看看，谁和小花一块唱恋歌呢。快跑。别，跑太快了，和黄子碰个头，可不得了；谨慎一些好。四六步地跑。

看见了：小花，喝，围着七八个，哪个也比大黑个子大，声音高！无望！不便于过去。可是四眼也在那边呢；四眼敢，大黑为何不敢？可是，四眼也个子不小哇，至少四眼的尾巴卷得有个样儿。有点恨四眼，虽然是好朋友。

大黑叫开了。虽然不敢过去，可是在远处示威总比那一天到晚闷在家里的小哈巴狗强多了。那边还有个小板凳狗，安然地在家门口坐着，连叫也不敢叫；大黑的身分增高了很多，凡事就怕比较。

那群大狗打起来了。打得真厉害，啊，四眼倒在底下了。哎呀四眼；呕，活该；到底他已闻了小花一鼻子。大黑的嫉妒把友谊完全忘了。看，四眼又起来了，扑过小花去了，大黑的心差点跳出来了，自己耗着转了个圆圈。啊，好！小花极骄慢地躲开四眼。好，小花，大黑痛快极了。

那群大狗打过这边来了，大黑一边看着一边退步，心里说：别叫四眼看见，假如一被看见，他求我帮忙，可就不好办了。往后退，眼睛呆看着小花，她今天特别的骄傲，好看。大黑恨自己！退得离小板凳狗不远了，唉，拿个小东西杀杀气吧！闻了小板凳一下，小板凳跳起来，善意地向大黑腿部一扑，似乎是要和大黑玩耍玩耍。大黑更生气了：谁和你个小东西玩呢？牙露出来，耳朵也立起来示威。小板凳真不知趣：轻轻抓了地几下，腰儿塌着，尾巴卷着直摆。大黑知道这个小东西是不怕他，嘴张开了，预备咬小东西的脖子。正在这个当儿，大狗们跑过来了。小板凳看着他们，小嘴儿撅着巴巴地叫起来，毫无惧意。大黑转过身来，几乎碰着黄子的哥哥，比黄子还大，鼻子上一大道白，这白鼻梁看着就可怕！大黑深恐小板凳的吠声引起他们的注意，而把大黑给围在当中。可是他们只顾追着小花，一群野马似的跑了过去，似乎谁也没有看到大黑。大黑的耻辱算是到了家，他还不如小板凳硬气呢！

似乎得设法叫小板凳看出大黑是和那群大狗为伍的：好吧，向前赶了两步，轻轻地叫了两声，瞭了小板凳一眼，似乎是说：你看，我也是小花的情人；你，小板凳，只配在这儿坐着。

风也似的，小花在前，他们在后紧随，又回来了！躲是来不及了，大黑的左右都是方嘴——都大得出奇！他们全身没有一根毛能舒坦地贴着肉皮子，全离心离骨地立起来。他的腿好像抽出了骨头，只剩下些皮和筋，而还要立着！他的尖嘴向四围纵纵着，只露出一对大牙。他的尾巴似乎要挤进肚皮里去。他的腰躬着，可是这样缩短，还掩不住两旁的筋骨。小花，好像是故意的，挤了他一下。他一点也不觉得舒服，急忙往后退。后腿碰着四眼的头。四眼并没招呼他。

一阵风似的，他们又跑远了。大黑哆嗦着把牙收回嘴中去，把腰平伸了伸，开始往家跑。后面小板凳追上来，一劲巴巴地叫。大黑回头龇了龇牙：干吗呀，你！似乎是说。

回到家中，看了看盆里，老太太还没把食端来。倒在台阶上，舐着腿上的毛。

“一边去！好狗不挡道，单在台阶上趴着！”老太太喊。翻了翻白眼，到墙根去卧着。心中安定了，开始设想：假如方才不害怕，他们也未必把我怎样了吧！后悔：小花挤了我一下，假使乘那个机会……决定不行，决定不行！那个小板凳！焉知小板凳不是个女性呢，竟自忘了看！谁和小板凳讲交情呢！

门外有人拍门。大黑立刻精神起来，等着老太太叫大黑。“大黑！”

大黑立刻叫起来，往下扑着叫，觉得自己十二分的重要威严。老太太去看门，大黑跟着，拼命地叫。

送信的。大黑在老太太脚前扑着往外咬。邮差安然不动。

老太太踢了大黑一腿：“怎这么讨厌，一边去！”

大黑不敢再叫，随着老太太进来，依旧卧在墙根。肚中发空，眼撩着食盆，把一切都忘了，好像大黑的生命存在与否只看那个黑盆里冒热气不冒！

马裤先生

火车在北平东站还没开，同屋那位睡上铺的穿马裤，戴平光的眼镜，青缎子洋服上身，胸袋插着小楷羊毫，足登青绒快靴的先生发了问："你也是从北平上车？"很和气的。

我倒有点迷了头，火车还没动呢，不从北平上车，难道由——由哪儿呢？我只好反攻了："你从哪儿上车？"很和气的。我希望他说是由汉口或绥远上车，因为果然如此，那么中国火车一定已经是无轨的，可以随便走走；那多么自由！

他没言语。看了看铺位，用尽全身——假如不是全身——的力气喊了声，"茶房！"

茶房正忙着给客人搬东西，找铺位。可是听见这么紧急的一声喊，就是有天大的事也得放下，茶房跑来了。

"拿毯子！"马裤先生喊。

"请少待一会儿，先生，"茶房很和气地说，"一开车，马上就给您铺好。"

马裤先生用食指挖了鼻孔一下，别无动作。

茶房刚走开两步。

“茶房！”这次连火车好似都震得直动。

茶房像旋风似地转过身来。

“拿枕头。”马裤先生大概是已经承认毯子可以迟一下，可是枕头总该先拿来。

“先生，请等一等，您等我忙过这会儿去，毯子和枕头就一齐全到。”茶房说得很快，可依然是很和气。

茶房看马裤客人没任何表示，刚转过身去要走，这次火车确是哗啦了半天，“茶房！”

茶房差点吓了个跟头，赶紧转回身来。

“拿茶！”

“先生请略微等一等，一开车茶水就来。”

马裤先生没任何的表示。茶房故意地笑了笑，表示歉意。然后搭讪着慢慢地转身，以免快转又吓个跟头。转好了身，腿刚预备好要走，背后打了个霹雳，“茶房！”

茶房不是假装没听见，便是耳朵已经震聋，竟自没回头，一直地快步走开。

“茶房！茶房！茶房！”马裤先生连喊，一声比一声高：站台上送客的跑过一群来，以为车上失了火，要不然便是出了人命。茶房始终没回头。马裤先生又挖了鼻孔一下，坐在我的床上。刚坐下，“茶房！”茶房还是没来。看着自己的磕膝，脸往下沉，沉到最长的限度，手指一挖鼻孔，脸好似刷地一下又纵回去了。然后，“你坐二等？”这是问我呢。我又毛了，我确是买的二等，难道上错了车？

“你呢？”我问。

“二等。这是二等。二等有卧铺。快开车了吧？茶房！”

我拿起报纸来。

他站起来，数他自己的行李，一共八件，全堆在另一卧铺上——两个上铺都被他占了。数了两次，又说了话，“你的行李呢？”

我没言语。原来我误会了：他是善意，因为他跟着说，“可恶的茶房，怎么不给你搬行李？”

我非说话不可了：“我没有行李。”

“呕？！”他确是吓了一跳，好像坐车不带行李是大逆不道似的，“早知道，我那四只皮箱也可以不打行李票了！”

这回该轮着我了，“呕？！”我心里说，“幸而是如此，不然的话，把四只皮箱也搬进来，还有睡觉的地方啊？！”

我对面的铺位也来了客人，他也没有行李，除了手中提着个扁皮夹。

“呕？！”马裤先生又出了声，“早知道你们都没行李，那口棺材也可以不另起票了！”

我决定了。下次旅行一定带行李；真要陪着棺材睡一夜，谁受得了！

茶房从门前走过。

“茶房！拿毛巾把！”

“等等。”茶房似乎下了抵抗的决心。

马裤先生把领带解开，摘下领子来，分别挂在铁钩上：所有的钩子都被占了，他的帽子，大衣，已占了两个。

车开了，他顿时想起买报，“茶房！”

茶房没有来。我把我的报赠给他；我的耳鼓出的主意。

他爬上了上铺，在我的头上脱靴子，并且击打靴底上的土。枕着个手提箱，用我的报纸盖上脸，车还没到永定门，他睡着了。

我心中安坦了许多。

到了丰台，车还没站住，上面出了声，“茶房！”

没等茶房答应，他又睡着了；大概这次是梦话。

过了丰台，茶房拿来两壶热茶。我和对面的客人——一位四十来岁平平无奇的人，脸上的肉还可观——吃茶闲扯。大概还没到廊房，上面又打了雷，“茶房！”

茶房来了，眉毛拧得好像要把谁吃了才痛快。

“干吗？先——生——”

“拿茶！”上面的雷声响亮。

“这不是两壶？”茶房指着小桌说。

“上边另要一壶！”

“好吧！”茶房退出去。

“茶房！”

茶房的眉毛拧得直往下落毛。

“不要茶，要一壶开水！”

“好啦！”

“茶房！”

我直怕茶房的眉毛脱净！

“拿毯子，拿枕头，打手巾把，拿——”似乎没想起拿什么好。

“先生，您等一等。天津还上客人呢；过了天津我们一总收拾，也耽误不了您睡觉！”

茶房一气说完，扭头就走，好像永远不再想回来。

待了会儿，开水到了，马裤先生又入了梦乡，呼声只比“茶房”小一点。可是匀调，继续不断，有时呼声稍低一点。用咬牙来补上。

“开水，先生！”

“茶房！”

“就在这儿；开水！”

“拿手纸！”

“厕所里有。”

“茶房！厕所在哪边？”

“哪边都有。”

“茶房！”

“回头见。”

“茶房！茶房！！茶房！！”

没有应声。

“呼——呼呼——呼”又睡了。

有趣！

到了天津。又上来些旅客。马裤先生醒了，对着壶嘴喝了一气水。又在我头上击打靴底。穿上靴子，溜下来，食指挖了鼻孔一下，看了看外面。“茶房！”

恰巧茶房在门前经过。

“拿毯子！”

“毯子就来。”

马裤先生出去，呆呆地立在走廊中间，专为阻碍来往的旅客与脚夫。忽然用力挖了鼻孔一下，走了。下了车，看看梨，没买；看看报，没买；看看脚行的号衣，更没作用。又上来了，向我招呼了声，“天津，唉？”我没言语。他向自己说，“问问茶房，”紧跟着一个雷，“茶房！”我后悔了，赶紧地说，“是天津，没错儿。”

“总得问问茶房；茶房！”

我笑了，没法再忍住。

车好容易又从天津开走。

刚一开车，茶房给马裤先生拿来头一份毯子枕头和手巾把。马裤先生用手巾把耳鼻孔全钻得到家，这一把手巾擦了至少有一刻钟，最后用手巾擦了擦手提箱上的土。

我给他数着，从老站到总站的十来分钟之间，他又喊了四五十声茶房。茶房只来了一次，他的问题是火车向哪面走呢？茶房的回答是不知道；于是又引起他的建议，车上总该有人知道，茶房应当负责去问。茶房说，连驶车的也不晓得东西南北。于是他几乎变了颜色，万一车走迷了路？！茶房没再回答，可是又掉了几根眉毛。

他又睡了，这次是在头上摔了摔袜子，可是一口痰并没往下唾，而是照顾了车顶。

我睡不着是当然的，我早已看清，除非有一对“避呼耳套”当然不能睡着。可怜的是别屋的人，他们并没预备来熬夜，可是在这种带钩的呼声下，还只好是白瞪眼一夜。

我的目的地是德州，天将亮就到了。谢天谢地！

车在此处停半点钟，我雇好车，进了城，还清清楚楚地听见“茶房！”

一个多礼拜了，我还惦记着茶房的眉毛呢。

抱孙

难怪王老太太盼孙子呀；不为抱孙子，娶儿媳妇干吗？也不能怪儿媳妇成天着急；本来嘛，不是不努力生养呀，可是生下来不活，或是不活着生下来，有什么法儿呢！就拿头一胎说吧：自从一有孕，王老太太就禁止儿媳妇有任何操作，夜里睡觉都不许翻身。难道这还算不小心？哪里知道，到了五个多月，儿媳妇大概是因为多眨巴了两次眼睛，小产了！还是个男胎；活该就结了！再说第二胎吧，儿媳妇连眨巴眼都拿着尺寸；打哈欠的时候有两个丫环在左右扶着。果然小心谨慎没错处，生了个大白胖小子。可是没活了五天，小孩不知为了什么，竟自一声没出，神不知鬼不觉地与世长辞了。那是十一月天气，产房里大小放着四个火炉，窗户连个针尖大的窟窿也没有，不要说是风，就是风神，想进来是怪不容易的。况且小孩还盖着四床被，五条毛毯，按说够温暖的了吧？哼，他竟自死了。命该如此！

现在，王少奶奶又有了喜，肚子大得惊人，看着颇像轧马路的石碾。看着这个肚子，王老太太心里仿佛长出两只小手，成天抓弄得自己怪要发笑的。这么丰满体面的肚子，要不是双胎才怪呢！子孙娘娘有灵，赏给一对白胖小子吧！王老太太可不只是祷告烧香呀，儿媳妇要吃活人脑子，老太太也不驳回。半夜三更还给儿媳妇送肘子汤，鸡丝挂面……儿媳妇也真做脸，越躺着越饿，点心点心就能吃二斤翻毛月饼：吃得顺着枕头往下流油，被窝的深处能扫出一大碗什锦来。孕妇不多吃怎么生胖小子呢？婆婆儿媳对于此点完全同意。婆婆这样，娘家妈也不能落后啊。她是七趟八趟来“催生”，每次至少带来八个食盒。两亲家，按着哲学上说，永远应当是对仇人。娘家妈带来的东西越多，婆婆越觉得这是有意羞辱人；婆婆越加紧张罗吃食，娘家妈越觉得女儿的嘴亏。这样一竞争，少奶奶可得其所哉，连嘴犄角都吃烂了。

收生婆已经守了七天七夜，压根儿生不下来。偏方儿，丸药，子孙娘娘的香灰，吃多了；全不灵验。到第八天头上，少奶奶连鸡汤都顾不得喝了，疼得满地打滚。王老太太急得给子孙娘娘跪了一股香，娘家妈把天仙庵的尼姑接来念催生咒；还是不中用。一直闹到半夜，小孩算是露出头发来。收生婆施展了绝技，除了把少奶奶的下部全抓破了别无成绩。小孩一定不肯出来。长似一年的一分钟，竟自过了五六十来分，还是只见头发不见孩子。有人说，少奶奶得上医院。上医院？王老太太不能这么办。好嘛，上医院去开肠破肚不自自然然地产出来，硬由肚子里往外掏！洋鬼子，二毛子，能那么办；王家要“养”下来的孙子，不要“掏”出来的。娘家妈也发了言，养小孩还能快了吗？小鸡生个蛋也得到了时候呀！况且催生咒还没念完，忙什么？不敬尼姑就是看不起神仙！

又耗了一点钟，孩子依然很固执。少奶奶直翻白眼。王老太太眼中含着老泪，心中打定了主意：保小的不保大人。媳妇死了，再娶一个；孩子更要紧。她翻白眼呀，正好一狠心把孩子拉出来。找奶妈养着一样的好，假如媳妇死了的话。告诉了收生婆，拉！娘家妈可不干了呢，眼看着女儿翻了两点钟的白眼！孙子算老几，女儿是女儿。上医院吧，别等念完催生咒了；谁知道尼姑们念的是什么呢，假如不是催生咒，岂不坏了事？把尼姑打发了。婆婆还是不答应；“掏”，行不开！婆婆不赞成，娘家妈还真没主意。嫁出的女儿泼出的水，活是王家的人，死是王家的鬼呀。两亲家彼此瞪着，恨不能咬下谁一块肉才解气。

又过了半点多钟，孩子依然不动声色，干脆就是不肯出来。收生婆见事不好，抓了一个空儿溜了。她一溜，王老太太有点拿不住劲儿了。娘家妈的话立刻增加了许多分量：“收生婆都跑了，不上医院还等什么呢？等小孩死在胎里哪！”

“死”和“小孩”并举，打动了王老太太的心。可是“掏”到底是行不开的。

“上医院去生产的多了，不是个个都掏。”娘家妈力争，虽然不一定信自己的话。

王老太太当然不信这个；上医院没有不掏的。

幸而娘家爹也赶到了。娘家妈的声势立刻浩大起来。娘家爹也主张上医院。他既然也这样说，只好去吧。无论怎说，他到底是个男人。虽然生小孩是女人的事，可是在这生死关头，男人的主意多少有些力量。

两亲家，王少奶奶，和只露着头发的孙子，一同坐汽车上了医院。刚露了头发就坐汽车，真可怜的慌，两亲家不住地落泪。

一到医院，王老太太就炸了烟。怎么，还得挂号？什么叫挂号呀？生小孩子来了，又不是买官米打粥，按哪门子号头呀？王老太太气坏了，孙子可以不要了，不能挂这个号。可是继而一看，若是不挂号，人家大有不叫进去的意思。这口气难咽，可是还得咽；为孙子什么也得忍受。设若自己的老爷还活着，不立刻把医院拆个土平才怪；寡妇不行，有钱也得受人家的欺侮。没工夫细想心中的委屈，赶快把孙子请出来要紧。挂了号，人家要预收五十块钱。王老太太可抓住了："五十？五百也行，老太太有钱！干脆要钱就结了，挂哪门子浪号，你当我的孙子是封信呢！"

医生来了。一见面，王老太太就炸了烟，男大夫！男医生当收生婆？我的儿媳妇不能叫男子大汉给接生。这一阵还没炸完，又出来两个大汉，抬起儿媳妇就往床上放。老太太连耳朵都哆嗦开了！这是要造反呀，人家一个年轻轻的孕妇，怎么一群大汉来动手脚的？"放下，你们这儿有懂人事的没有？要是有的话，叫几个女的来！不然，我们走！"

恰巧遇上个顶和气的医生，他发了话："放下，叫她们走吧！"

王老太太咽了口凉气，咽下去砸得心中怪热的，要不是为孙子，至少得打大夫几个最响的嘴巴！现官不如现管，谁叫孙子故意闹脾气呢。抬吧，不用说废话。两个大汉刚把儿媳妇放在帆布床上，看！大夫用两只手在她肚子上这一阵按！王老太太闭上了眼，心中骂亲家母：你的女儿，叫男子这么按，你连一声也不发，德行！刚要骂出来，想起孙子；十来个月的没受过一点委屈，现在被大夫用手乱杵，嫩皮嫩骨的，受得住吗？她睁开了眼，想警告大夫。哪知道大夫反倒先问下来了："孕妇净吃什么来着？这么大的肚子！你们这些人没办法，什么也给孕妇吃，吃得小孩这么肥大。平日也不来检验，产不下来才找我们！"他没等王老太太回答，向两个大汉说，"抬走！"

王老太太一辈子没受过这个。"老太太"到哪儿不是圣人，今天竟自听了一顿教训！这还不提，话总得说得近情近理呀；孕妇不多吃点滋养品，怎能生小孩呢，小孩怎会生长呢？难道大夫在胎里的时候专喝西北风？西医全是二毛子！不便和二毛子辩驳；拿娘家妈撒气吧，瞪着她！娘家妈没有意思挨瞪，跟着女儿就往里走。王老太太一看，也忙赶上前去。那位和气生财的大夫转过身来："这儿等着！"

两亲家的眼都红了。怎么着，不叫进去看看？我们知道你把儿媳妇抬到哪儿去啊？是杀了，还是剐了啊？大夫走了。王老太太把一肚子邪气全照顾了娘家妈："你说不掏，看，连进去看看都不行！掏？还许大切八块呢！宰了你的女儿活该！万一要把我的孙子——我的老命不要了。跟你拼了吧！"

娘家妈心中打了鼓，真要把女儿切了，可怎办？大切八块不是没有的事呀，那回医学堂开会不是大玻璃箱里装着人腿人腔子吗？没办法！事已至此，跟女儿的婆婆干吧！"你倒怨我？是谁一天到晚填我的女儿来着？没听大夫说吗？老叫儿媳妇的嘴不闲着，吃出毛病来没有？我见人见多了，就没看见一个像你这样的婆婆！"

"我给她吃？她在你们家的时候吃过饱饭吗？"王太太反攻。

"在我们家里没吃过饱饭，所以每次看女儿去得带八个食盒！"

"可是呀，八个食盒，我填她，你没有？"

两亲家混战一番，全不示弱，骂得也很具风格。

大夫又回来了。果不出王老太太所料，得用手术。手术二字虽听着耳生，可是猜也猜着了，手要是竖起来，还不是开刀问斩？大夫说：用手术，大人小孩或者都能保全。不然，全有生命的危险。小孩已经误了三小时，而且决不能产下来，孩子太大。不过，要施手术，得有亲族的签字。

王老太太一个字没听见。掏是行不开的。

“怎样？快决定！”大夫十分的着急。

“掏是行不开的！”

“愿意签字不？快着！”大夫又紧了一板。

“我的孙子得养出来！”

娘家妈急了：“我签字行不行？”

王老太太对亲家母的话似乎特别地注意：“我的儿媳妇！你算哪道？”

大夫真急了，在王老太太的耳根子上扯开脖子喊：“这可是两条人命的关系！”

“掏是不行的！”

“那么你不要孙子了？”大夫想用孙子打动她。

果然有效，她半天没言语。她的眼前来了许多鬼影，全似乎是向她说：“我们要个接续香烟的，掏出来的也行！”

她投降了。祖宗当然是愿要孙子；掏吧！“可有一样，掏出来得是活的！”她既是听了祖宗的话，允许大夫给掏孙子，当然得说明了——要活的。掏出个死的来干吗用？只要掏出活孙子来，儿媳妇就是死了也没大关系。

娘家妈可是不放心女儿："准能保大小都活着吗？"

"少说话！"王老太太教训亲家太太。

"我相信没危险，"大夫急得直流汗，"可是小孩已经耽误了半天，难保没个意外；要不然请你签字干吗？"

"不保准呀？乘早不用费这道手！"老太太对祖宗非常地负责任；好嘛，掏了半天都再不会活着，对得起谁！

"好吧，"大夫都气晕了，"请把她拉回去吧！你可记住了，两条人命！"

"两条三条吧，你又不保准，这不是瞎扯！"

大夫一声没出，抹头就走。

王老太太想起来了，试试也好。要不是大夫要走，她绝想不起这一招儿来。"大夫，大夫！你回来呀，试试吧！"

大夫气得不知是哭好还是笑好。把单子念给她听，她画了个十字儿。

两亲家等了不晓得多么大的时候，眼看就天亮了，才掏了出来，好大的孙子，足分量十三磅！王老太太不晓得怎么笑好了，拉住亲家母的手一边笑一边刷刷地落泪。亲家母已不是仇人了，变成了老姐姐。大夫也不是二毛子了，是王家的恩人，马上赏给他一百块钱才合适。假如不是这一掏，叫这么胖的大孙子生生地憋死，怎对祖宗呀？恨不能跪下就磕一阵头，可惜医院里没供着子孙娘娘。

胖孙子已被洗好，放在小儿室内。两位老太太要进去看看。不只是看看，要用一夜没洗过的老手指去摸摸孙子的胖脸蛋。看护不准两亲家进去，只能隔着玻璃窗看着。眼看着自己的孙子在里面，自己的孙子，连摸摸都不准！娘家妈摸出个红封套来——本是预备赏给收生婆的——递给看护；给点运动费，还不准进去？事情都来得邪，看护居然不收。王老太太揉了揉眼，细端详了看护一番，心里说："不像洋鬼子妞呀，怎么给赏钱都不接着呢？也许是面生，不好意思的？有了，先跟她闲扯几句，打开了生脸就好办了。"指着屋里的一排小篮说，"这些孩子都是掏出来的吧？"

"只是你们这个，其余的都是好好养下来的。"

"没那个事，"王老太太心里说，"上医院来的都得掏。"

"给孕妇大油大肉吃才掏呢。"看护有点爱说话。

"不吃，孩子怎能长这么大呢！"娘家妈已和王老太太立在同一战线上。

"掏出来的胖宝贝总比养下来的瘦猴儿强！"王老太太有点觉得不掏出来的孩子没有住医院的资格，"上医院来'养'，脱了裤子放屁，费什么两道手！"

无论怎说，两亲家干瞪眼进不去。

王老太太有了主意，"丫环，"她叫那个看护，"把孩子给我，我们家去。还得赶紧去预备洗三请客呢！"

"我既不是丫环，也不能把小孩给你。"看护也够和气的。

"我的孙子，你敢不给我吗？医院里能请客办事吗？"

"用手术取出来的，大人一时不能给小孩奶吃，我们得给他奶吃。"

"你会，我们不会？我这快六十的人了，生过儿养过女，不比你懂得多；你养过小孩吗？"老太太也说不清看护是姑娘，还是媳妇，谁知道这头戴小白盔的是什么呢。

"没大夫的话，反正小孩不能交给你！"

"去把大夫叫来好了，我跟他说；还不愿意跟你费话呢！"

"大夫还没完事呢，割开肚子还得缝上呢。"

看护说到这里，娘家妈想起来女儿。王老太太似乎还想不起儿媳妇是谁。孙子没生下来的时候，一想起孙子便也想到媳妇；孙子生下来了，似乎把媳妇忘了也没什么。娘家妈可是要看看女儿，谁知道女儿的肚子上开了多大一个洞呢？割病室不许闲人进去，没法，只好陪着王老太太瞭望着胖小子吧。

好容易看见大夫出来了。王老太太赶紧去交涉。

"用手术取小孩，顶好在院里住一个月。"大夫说。

"那么三天满月怎么办呢？"王老太太问。

"是命要紧，还是办三天要紧呢？产妇的肚子没长上，怎能去应酬客人呢？"大夫反问。

王老太太确是以为办三天比人命要紧，可是不便于说出来，因为娘家妈在旁边听着呢。至于肚子没长好，怎能招待客人，那有办法："叫她躺着招待，不必起来就是了。"

大夫还是不答应。王老太太悟出一条理来："住院不是为要钱吗？好，我给你钱，叫我们娘们走吧，这还不行？"

"你自己看看去，她能走不能？"大夫说。

两亲家反都不敢去了。万一儿媳妇肚子上还有个盆大的洞，多么吓人？还是娘家妈爱女儿的心重，大着胆子想去看看。王老太太也不好意思不跟着。

到了病房，儿媳妇在床上放着的一张卧椅上躺着呢，脸就像一张白纸。娘家妈哭得放了声，不知道女儿是活还是死。王老太太到底心硬，只落了一半个泪，紧跟着炸了烟："怎么不叫她平平正正地躺下呢？这是受什么洋刑罚呢？"

"直着呀，肚子上缝的线就绷了，明白没有？"大夫说。

"那么不会用胶粘上点吗？"王老太太总觉得大夫没有什么高明主意。

娘家妈想和女儿说几句话，大夫也不允许。两亲家似乎看出来，大夫不定使了什么坏招儿，把产妇弄成这个样。无论怎说吧，大概一时是不能出院。好吧。先把孙子抱走，回家好办三天呀。

大夫也不答应，王老太太急了。"医院里洗三不洗？要是洗的话，我把亲友全请到这儿来；要是不洗的话，再叫我抱走；头大的孙子，洗三不请客办事，还有什么脸得活着？"

"谁给小孩奶吃呢？"大夫问。

"雇奶妈子！"王老太太完全胜利。

到底把孙子抱出来了。王老太太抱着孙子上了汽车，一上车就打嚏喷，一直打到家，每个嚏喷都是照准了孙子的脸射去的。到了家，赶紧派人去找奶妈子，孙子还在怀中抱着，以便接收嚏喷。不错，王老太太知道自己是着了凉；可是至死也不能放下孙子。到了晌午，孙子接了至少有二百多个嚏喷，身上慢慢地热起来。王老太太更不肯撒手了。到了下午三点来钟，孙子烧得像块火炭了。到了夜里，奶妈子已雇妥了两个，可是孙子死了，一口奶也没有吃。

王老太太只哭了一大阵；哭完了，她的老眼瞪圆了："掏出来的！掏出来的能活吗？跟医院打官司！那么沉重的孙子会只活了一天，哪有的事？全是医院的坏，二毛子们！”

王老太太约上亲家母，上医院去闹。娘家妈也想把女儿赶紧接出来，医院是靠不住的！

把儿媳妇接出来了；不接出来怎好打官司呢？接出来不久，儿媳妇的肚子裂了缝，贴上“产后回春膏”也没什么用，她也不言不语地死了。好吧，两案归一，王老太太把医院告了下来。老命不要了，不能不给孙子和媳妇报仇！

不成问题的问题

任何人来到这里——树华农场——他必定会感觉到世界上并没有什么战争，和战争所带来的轰炸、屠杀，与死亡。专凭风景来说，这里真值得被称为乱世的桃源。前面是刚由一个小小的峡口转过来的江，江水在冬天与春天总是使人愿意跳进去的那么澄清碧绿。背后是一带小山。山上没有什么，除了一丛丛的绿竹矮树，在竹、树的空处往往露出赭色的块块儿，像是画家给点染上的。

小山的半腰里，那青青的一片，在青色当中露出一两块白墙和二三屋脊的，便是树华农场。江上的小渡口，离农场大约有半里地，小船上的渡客，即使是往相反的方向去的，也往往回转头来，望一望这美丽的地方。他们若上了那斜着的坡道，就必定向农场这里指指点点，因为树上半黄的橘柑，或已经红了的苹果，总是使人注意而想夸赞几声的。到春暖花开的时候，或遇到什么大家休假的日子，城里的士女有时候也把逛一逛树华农场人作为一种高雅的举动，而这农场的美丽恐怕还多少地存在一些小文与短诗之中咧。

创办一座农场必定不是为看着玩的：那么，我们就不能专来谀赞风景而忽略更实际一些的事儿了。由实际上说，树华农场的用水是没有问题的，因为江就在它的脚底下。出品的运出也没有问题。它离重庆市不过三十多里路，江中可以走船，江边上也有小路。它的设备是相当可观的：有鸭鹅池、有兔笼、有花畦、有菜圃、有牛羊圈、有果园。鸭蛋、鲜花、青菜、水果、牛羊乳……都正是像重庆那样的都市所必需的东西。况且，它的创办正在抗战的那一年：重庆的人口，在抗战后，一天比一天多；所以需要的东西，像青菜与其他树华农场所产生的东西，自然的也一天比一天多。赚钱是没有问题的。

从渡口上的坡道往左走不远，就有一些还未完全风化的红石，石旁生着几丛细竹。到了竹丛，便到了农场的窄而明洁的石板路。离竹丛不远，相对地长着两株青松，松树上挂着两面粗粗刨平的木牌，白漆漆着“树华农场”。石板路边，靠江的这一面，都是花；使人能从花的各种颜色上，慢慢地把眼光移到碧绿的江水上面去。靠山的一面是许多直立的扇形的葡萄架，架子的后面是各种果树。走完了石板路，有一座不甚高，而相当宽的藤萝架，这便是农场的大门，横匾上刻着“树华”两个隶字。进了门，在绿草上，或碎石堆花的路上，往往能看见几片柔软而轻的鸭鹅毛，因为鸭鹅的池塘便在左手方。这里的鸭是纯白而肥硕的，真正的北平填鸭。对着鸭池是平平的一个坝子，满种着花草与菜蔬。在坝子的末端，被竹树掩覆着，是办公厅。这是相当坚固而十分雅致的一所两层的楼房，花果的香味永远充满了全楼的每一角落。牛羊圈和工人的草舍又在楼房的后边，时时有羊羔悲哀地啼唤。

这一些设备，教农场至少要用二十来名工人。可是，以它的生产能力，和出品销路的良好来说，除了一切开销，它还应当赚钱。无论是内行人还是外行人，只要看过这座农场，大概就不会想像到这是赔钱的事业。

然而，树华农场赔钱。

创办的时候，当然要往“里”垫钱。但是，鸡鸭、青菜、鲜花、牛羊乳，都是不需要很长的时间就可以在利润方面有些数目字的。按照行家的算盘上看，假若第二年还不十分顺利的话，至迟在第三年的开始就可以绝对地看赚了。

可是，树华农场的赔损是在创办后的第三年。在第三年首次股东会议的时候，场长与股东们都对着账簿发了半天的愣。

赔点钱，场长是绝不在乎的，他不过是大股东之一，而被大家推举出来做场长的。他还有许多比这座农场大得多的事业。可是，即使他对这小小的事业赔赚都不在乎，即使他一走到院中，看看那些鲜美的花草，就把赔钱的事忘得一干二净，他现在——在股东会上——究竟有点不大好过。他自信是把能手，他到处会赚钱，他是大家所崇拜的实业家。农场赔钱？这伤了他的自尊心。他赔点钱，股东他们赔点钱，都没有关系：只是，下不来台！这比什么都要紧！

股东们呢，多数的是可以与场长立在一块儿呼兄唤弟的。他们的名望、资本、能力，也许都不及场长，可是在赔个万儿八千块钱上来说，场长要是沉得住气，他们也不便多出声儿。很少数的股东的确是想投了资，赚点钱，可是他们不便先开口质问，因为他们股子少，地位也就低，假若粗着脖子红着筋地发言，也许得罪了场长和大股东们——这，恐怕比赔点钱的损失还更大呢。

事实上，假若大家肯打开窗子说亮话，他们就可以异口同声地，确凿无疑地，马上指出赔钱的原因来。原因很简单，他们错用了人。场长，虽然是场长，是不能、不肯、不会、不屑于到农场来监督指导一切的。股东们也不会十趟八趟跑来看看的——他们只愿在开会的时候来做一次远足，既可以欣赏欣赏乡郊的景色，又可以和老友们喝两盅酒，附带地还可以露一露股东的身份。除了几个小股东，多数人接到开会的通知，就仿佛在箱子里寻找迎节当令该换的衣服的时候，偶然地发现了想不起怎么随手放在那里的一卷钞票——“呕，这儿还有点玩艺儿呢！”

农场实际负责任的人是丁务源，丁主任。

丁务源，丁主任，管理这座农场已有半年。农场赔钱就在这半年。

连场长带股东们都知道，假若他们脱口而出地说实话，他们就必定在口里说出“赔钱的原因在——”的时节，手指就确切无疑地伸出，指着丁务源！丁务源就在一旁坐着呢。

但是，谁的嘴也没动，手指自然也就无从伸出。

他们，连场长带股东，谁没吃过农场的北平大填鸭，意大利种的肥母鸡，琥珀心的松花，和大得使儿童们跳起来的大鸡蛋鸭蛋？谁的瓶里没有插过农场的大枝的桂花、腊梅、红白梅花，和大朵的起楼子的芍药、牡丹与茶花？谁的盘子里没有盛过使男女客人们赞叹的山东大白菜，绿得像翡翠般的油菜与嫩豌豆？

这些东西都是谁送给他们的？丁务源！

再说，谁家落了红白事，不是人家丁主任第一个跑来帮忙？谁家出了不大痛快的事故，不是人家丁主任像自天而降的喜神一般，把大事化小，小事化无？

是的，丁主任就在这里坐着呢。可是谁肯伸出指头去戳点他呢?

什么责任问题，补救方法，股东会都没有谈论。等到丁主任预备的酒席吃残，大家只能拍拍他的肩膀，说声“美满闭会”了。

丁务源是哪里的人？没有人知道。他是一切人——中外无别——的乡亲。他的言语也正配得上他的籍贯，他会把他所到过的地方的最简单的话，例如四川的“啥子”与“要得”，上海的“唔啥”，北平的“妈啦巴子”……都美好地联结到一处，变成一种独创的“国语”；有时候也还加上一半个“孤得”，或“夜司”，增加一点异国情味。

四十来岁，中等身量，脸上有点发胖，而肉都是亮的，丁务源不是个俊秀的人，而令人喜爱。他脸上那点发亮的肌肉，已经教人一见就痛快，再加上一对光满神足，顾盼多姿的眼睛，与随时变化而无往不宜的表情，就不只讨人爱，而且令人信任他了。最足以表现他的天才而使人赞叹不已的是他的衣服。他的长袍，不管是绸的还是布的，不管是单的还是棉的，永远是半新半旧的，使人一看就感到舒服；永远是比他的身材稍微宽大一些，于是他垂着手也好，揣着手也好，掉背着手更好，老有一些从容不迫的气度。他的小褂的领子与袖口，永远是洁白如雪；这样，即使大褂上有一小块油渍，或大襟上微微有点褶皱，可是他的雪白的内衣的领与袖会使人相信他是最爱清洁的人。他老穿礼服呢厚白底子的鞋，而且裤脚儿上扎着绸子带儿；快走，那白白的鞋底与颤动的腿带，会显出轻灵飘洒；慢走，又显出雍容大雅。长袍，布底鞋，绸子裤脚带儿合在一处，未免太老派了，所以他在领子下面插上了一支派克笔和一支白亮的铅笔，来调和一下。

他老在说话，而并没说什么。“是呀”，“要得么”，“好”，这些小字眼被他轻妙地插在别人的话语中间，就好像他说了许多话似的。到必要时，他把这些小字眼也收藏起来，而只转转眼珠，或轻轻一咬嘴唇，或给人家从衣服上弹去一点点灰。这些小动作表现了关切、同情、用心，比说话的效果更大得多。遇见大事，他总是斩钉截铁地下这样的结论——没有问题，绝对的！说完这一声，他便把问题放下，而闲扯些别的，使对方把忧虑与关切马上忘掉。等到对方满意地告别了，他会倒头就睡，睡三四个钟头；醒来，他把那件绝对没有问题的事忘得一干二净。直等到那个人又来了，他才想起原来曾经有过那么一回事，而又把对方热诚地送走。事情，照例又推在一边。及至那个人快恼了他的时候，他会用农场的出品使朋友仍然和他和好。天下事都绝对没有问题，因为他根本不去办。

他吃得好，穿得舒服，睡得香甜，永远不会发愁。他绝对没有任何理想，所以想发愁也无从发起。他看不出彼此敷衍有什么不对的地方。他只知道敷衍能解决一切，至少能使他无忧无虑，脸上胖而且亮。凡足以使事情敷衍过去的手段，都是绝妙的手段。当他刚一得到农场主任的职务的时候，他便被姑姑老姨舅爷，与舅爷的舅爷包围起来，他马上变成了这群人的救主。没办法，只好一一敷衍。于是一部分有经验的职员与工人马上被他“欢送”出去，而舅爷与舅爷的舅爷都成了护法的天使。占据了地上的乐园。

没被辞退的职员与园丁，本都想辞职。可是，丁主任不给他们开口的机会。他们由书面上通知他，他连看也不看。于是，大家想不辞而别。但是，赶到真要走出农场时，大家的意见已经不甚一致。新主任到职以后，什么也没过问，而在两天之中把大家的姓名记得飞熟，并且知道了他们的籍贯。

“老张！”丁主任最富情感的眼，像有两条紫外光似地射到老张的心里，“你是广元人呀？乡亲！硬是要得！”丁主任解除了老张的武装。

“老谢！”丁主任的有肉而滚热的手拍着老谢的肩膀，“呕，恩施？好地方！乡亲！要得么！”于是，老谢也缴了械。

多数的旧人们就这样受了感动，而把“不辞而别”的决定视为一时的冲动，不大合理。那几位比较坚决的，看朋友们多数鸣金收兵，也就不便再说什么，虽然心里还有点不大得劲儿。及至丁主任的胖手也拍在他们的肩头上，他们反觉得只有给他效劳，庶几乎可以赎出自己的行动幼稚、冒昧的罪过来。“丁主任是个朋友！”这句话即使不便明说，也时常在大家心中飞来飞去，像出笼的小鸟，恋恋不忍去似的。

大家对丁主任的信任心是与时俱增的。不管大事小事，只要向丁主任开口，人家丁主任是不会眨眨眼或愣一愣再答应的。他们的请托的话还没有说完，丁主任已说了五个“要得”。丁主任受人之托，事实上，是轻而易举的。比方说，他要进城——他时常进城——有人托他带几块肥皂。在托他的人想，丁主任是精明人，必能以极便宜的价钱买到极好的东西。而丁主任呢，到了城里，顺脚走进那最大的铺子，随手拿几块最贵的肥皂。拿回来，一说价钱，使朋友大吃一惊。“货物道地，”丁主任要交代清楚，“你晓得！多出钱，到大铺子去买，吃不了亏！你不要，我还留着用呢！你怎样？”怎能不要呢，朋友只好把东西接过去，连声道谢。

大家可是依旧信任他。当他们暗中思索的时候，他们要问：托人家带东西，带来了没有？带来了。那么人家没有失信。东西贵，可是好呢。进言无二价的大铺子买东西，谁不会呢，何必托他？不过，既然托他，他——堂堂的丁主任——岂是挤在小摊子上争钱讲价的人？这只能怪自己，不能怪丁主任。

慢慢地，场里的人们又有耳闻：人家丁主任给场长与股东们办事也是如此。不管办个“三天”，还是“满月”，丁主任必定闻风而至，他来到，事情就得由他办。烟，能买“炮台”就买“炮台”，能买到“三五”就是“三五”。酒，即使找不到“茅台”与“贵妃”，起码也是绵竹大曲。饭菜，呕，先不用说饭菜吧，就是糖果也必得是冠生园的，主人们没法挑眼。不错，丁主任的手法确是太大；可是，他给主人们做了脸哪。主人说不出话来，而且没法不佩服丁主任见过世面。有时候，主妇们因为丁主任太好铺张而想表示不满，可是丁主任送来的礼物，与对她们的殷勤，使她们也无从开口。她们既不出声，男人们就感到事情都办得合理，而把丁主任看成了不起的人物。这样，丁主任既在场长与股东们眼中有了身分，农场里的人们就不敢再批评什么；即使吃了他的亏，似乎也是应当的。

及至丁主任做到两个月的主任，大家不但不想辞职，而且很怕被辞了。他们宁可舍着脸去逢迎谄媚他，也不肯失掉了地位。丁主任带来的人，因为不会做活，也就根本什么也不干。原有的工人与职员虽然不敢照样公然怠工，可是也不便再像原先那样实对实地每日做八小时工。他们自动把八小时改为七小时，慢慢地又改为六时，五小时。赶到主任进城的时候，他们干脆就整天休息。休息多了，又感到闷得慌，于是麻将与牌九就应运而起；牛羊们饿得乱叫，也压不下大家的欢笑与牌声。有一回，大家正赌得高兴，猛一抬头，丁主任不知道什么时候人不知鬼不觉地站在老张的后边！大家都愣了！

“接着来，没关系！”丁主任的表情与语调顿时教大家的眼都有点发湿，“干活是干活，玩是玩！老张，那张八万打得好，要得！”

大家的精神，就像都刚胡了满贯似的，为之一振。有的人被感动得手指直颤。

大家让主任加入。主任无论如何不肯破坏原局。直等到四圈完了，他才强被大家拉住，改组。“赌场上可不分大小，赢了拿走，输了认命，别说我是主任，谁是园丁！”主任挽起雪白的袖口，微笑着说。大家没有异议。“还玩这么大的，可是加十块钱的望子，自摸双？”大家又无异议。新局开始。主任的牌打得好。不但好，而且牌品高，打起牌来，他一声不出，连“要得”也不说了。他自己胡牌，轻轻地好像抱歉似地把牌推倒。别人胡牌，他微笑着，几乎是毕恭毕敬地送过筹码去。十次，他总有八次赢钱，可是越赢越受大家敬爱；大家仿佛宁愿把钱输给主任，也不愿随便赢别人几个。把钱输给丁主任似乎是一种光荣。

不过，从实际上看，光荣却不像钱那样有用。钱既输光，就得另想生财之道。由正常的工作而获得的收入，谁都晓得，是有固定的数目。指着每月的工资去与丁主任一决胜负是做不通的。虽然没有创设什么设计委员会，大家可是都在打主意，打农场的主意。主意容易打，执行的勇气却很不易提起来。可是，感谢丁主任，他暗示给大家，农场的东西是可以自由处置的。没看见吗，农场的出品，丁主任都随便自己享受，都随便拿去送人。丁主任是如此，丁主任带来的“亲兵”也是如此，那么，别人又何必分外的客气呢？

于是，树华农场的肥鹅大鸭与油鸡忽然都罢了工，不再下蛋，这也许近乎污蔑这一群有良心的动物们，但是农场的账簿上千真万确看不见那笔蛋的收入了。外间自然还看得见树华的有名的鸭蛋——为孵小鸭用的——可是价钱高了三倍。找好鸭种的人们都交头接耳地嘀咕：“树华的填鸭鸭蛋得托人情才弄得到手呢。”在这句话里，老张、老谢、老李都成了被恳托的要人。

在蛋荒之后，紧接着便是按照科学方法建造的鸡鸭房都失了科学的效用。树华农场大闹黄鼠狼，每晚上都丢失一两只大鸡或肥鸭。有时候，黄鼠狼在白天就出来为非作歹，而在他们最猖獗的时间，连牛犊和羊羔都被劫去；多么大的黄鼠狼呀！

鲜花、青菜、水果的产量并未减少，因为工友们知道完全不工作是自取灭亡。在他们赌输了，睡足了之后，他们自动地努力工作，不是为公，而是为了自己。不过，产量虽未怎么减少，农场的收入却比以前差得多了。果子、青菜，据说都闹虫病。果子呢，须要剔选一番，而后付运，以免损害了农场的美誉。不知道为什么那些落选的果子仿佛更大更美丽一些，而先被运走。没人能说出道理来，可是大家都喜欢这么做。菜蔬呢，以那最出名的大白菜说吧，等到上船的时节，三斤重的就变成了一斤或一斤多点；那外面的大肥叶子——据说是受过虫伤的——都被剥下来，洗净，另捆成一把一把地运走，当作“猪菜”卖。这种猪菜在市场上有很高的价格。

这些事，丁主任似乎知道，可没有任何表示，当夜里闹黄鼠狼子的时候，即使他正醒着，听得明明白白，他也不会失去身分地出来看看。及至次晨有人来报告，他会顺口答应地声明："我也听见了，我睡觉最警醒不过！"假若他高兴，他会继续说上许多关于黄鼬和他夜间怎样警觉的故事，当被黄鼬拉去而变成红烧的或清炖的鸡鸭，摆在他的面前，他就绝对不再提黄鼬，而只谈些烹饪上的问题与经验，一边说着，一边把最肥的一块鸭夹起来送给别人，"这么肥的鸭子，非挂炉烧烤不够味；清炖不相宜，不过，汤还看得！"他极大方地尝了两口汤。工人们若献给他钱——比如卖猪菜的钱——他绝对不肯收。"咱们这里没有等级，全是朋友；可是主任到底是主任，不能吃猪菜的钱！晚上打几圈儿好啦！要得吗？"他自己亲热地回答上，"要得！"把个"得"字说得极长。几圈麻将打过后，大家的猪菜钱至少有十分之八，名正言顺地入了主任的腰包。当一五一十地收钱的时候，他还要谦逊地声明："咱们的牌都差不多，谁也说不上高明。我的把弟孙宏英，一月只打一次就够吃半年的。人家那才叫会打牌！不信，你给他个司长，他都不做，一个月打一次小牌就够了！"

秦妙斋从十五岁起就自称为宁夏第一才子。到二十多岁，看"才子"这个词儿不大时兴了，乃改称为全国第一艺术家。据他自己说，他会雕刻、会作画、会弹古琴与钢琴、会作诗、小说，与戏剧：全能的艺术家。可是，谁也没有见过他雕刻，画图，弹琴，和做文章。

在平时，他自居为艺术家，别人也就顺口答应地称他为艺术家，倒也没什么。到了抗战时期，正是所谓国乱显忠臣的时候，艺术家也罢，科学家也罢，都要拿出他的真正本领来报效国家，而秦妙斋先生什么也拿不出来。这也不算什么。假若他肯虚心地去学习，说不定他也许有一点天才，能学会画两笔，或做些简单而通俗的文字，去宣传抗战，或者，干脆放弃了天才的梦，而脚踏实地地去做中小学的教师，或到机关中服务，也还不失为尽其在我。可是他不肯去学习，不肯去吃苦，而只想飘飘摇摇地做个空头艺术家。

他在抗战后，也曾加入艺术家们的抗战团体。可是不久便冷淡下来，不再去开会。因为在他想，自己既是第一艺术家，理当在各团体中取得领导的地位。可是，那些团体并没有对他表示敬意。他们好像对他和对一切好虚名的人都这么说：谁肯出力做抗战工作，谁便是好朋友；反之，谁要是借此出风头，获得一点虚名与虚荣，谁就乘早儿退出去。秦妙斋退了出来。但是，他不甘寂寞。他觉得这样的败退，并不是因为自己的浅薄虚伪，而是因为他的本领出众，不见容于那些妒忌他的人们。他想要独树一帜，自己创办一个什么团体，去过一过领导的瘾。这，又没能成功，没有人肯听他号召。在这之后，他颇费了一番思索，给自己想出两个字来：清高。当他和别人闲谈，或独自呻吟的时候，他会很得意地用这两个字去抹杀一切，而抬高自己："而今的一般自命为艺术家的，都为了什么？什么也不为，除了钱！真正懂得什么叫作清高的是谁？"他的鼻尖对准了自己的胸口，轻轻地点点头，"就连那做教授的也算不上清高，教授难道不拿薪水么？……"可是"你怎么活着呢？你的钱从什么地方来呢？"有那心直口快的这么问他。"我，我，"他有点不好意思，而不能回答，"我爸爸给我！"

是的，秦妙斋的父亲是财主。不过，他不肯痛快地供给儿子钱花。这使秦妙斋时常感到痛苦。假若不是被人家问急了，他不肯轻易地提出“爸爸”来。就是偶尔地提到，他几乎要把那个最有力量的形容字——不清高——也加在他的爸爸头上去！

按照着秦老者的心意，妙斋应当娶个知晓三从四德的老婆，而后一扑纳心地在家里看守着财产。假若妙斋能这样办，哪怕就是吸两口鸦片烟呢，也能使老人家的脸上纵起不少的笑纹来。可是，有钱的老子与天才的儿子仿佛天然是对头。妙斋不听调遣。他要做诗，画画，而且——最使老人伤心的——他不愿意在家里蹲着。老人没有旁的办法，只好尽量地勒着钱。尽管妙斋的平信，快信，电报，一齐来催钱，老人还是毫不动感情地到月头才给儿子汇来“点心费”。这点钱，到妙斋手里还不够还债的呢。我们的诗人，是感受着严重的压迫。挣钱去吧，既不感觉趣味，又没有任何本领；不挣钱吧，那位不清高的爸爸又是这样的吝啬！金钱上既受着压迫，他满想在艺术界活动起来，给精神上一点安慰。而艺术界的人们对他又是那么冷淡！他非常的灰心。有时候，他颇想模仿屈原，把天才与身体一齐投在江里去。投江是件比较难于做到的事。于是，他转而一想，打算做个青年的陶渊明。“顶好是退隐！顶好！”他自己念道着，“世人皆浊我独清！只有退隐，没别的话好讲！”

高高的个子，长长的脸，头发像粗硬的马鬃似的，长长的，乱七八糟的，披在脖子上。虽然身量很高，可好像里面没有多少骨头，走起路来，就像个大龙虾似地那么东一扭西一躬的。眼睛没有神，而且爱在最需要注意的时候闭上一会儿，仿佛是随时都在做梦。

做着梦似的秦妙斋无意中走到了树华农场。不知道是为欣赏美景，还是走累了，他对着一株小松叹了口气，而后闭了会儿眼。

也就是上午一点钟吧，天上有几缕秋云，阳光从云隙发出一些不甚明的光，云下，存着些没有完全被微风吹散的雾。江水大体上还是黄的，只有江岔子里的已经静静地显出绿色。葡萄的叶子就快落净，茶花已顶出一些红瓣儿来。秦妙斋在鸭塘的附近找了块石头，懒洋洋地坐下。看了看四下里的山、江、花、草，他感到一阵难过。忽然地很想家，又似乎要作一两句诗，仿佛还有点触目伤情……这时候，他的感情极复杂，复杂到了既像万感俱来，又像茫然不知所谓的程度。坐了许久，他忽然在复杂混乱的心情中找到可以用话语说出来的一件事来。“我应当住在这里！”他低声对自己说。这句话虽然是那么简短，可是里边带着无限的感慨。离家，得罪了父亲，功未成，名未就……只落得独自在异乡隐退，想住在这静静的地方！他呆呆地看着池里的大白鸭，那洁白的羽毛，金黄的脚掌，扁而像涂了一层蜡的嘴，都使他心中更混乱，更空洞，更难过。这些白鸭是活的东西，不错；可是他们干吗活着呢？正如同天生下我秦妙斋来，有天才，有志愿，有理想，但是都有什么用呢？想到这里，他猛然地，几乎是身不由己地，立了起来。他恨这个世界，恨这个不叫他成名的世界！连那些大白鸭都可恨！他无意中地、顺手地捋下一把树叶，揉碎，扔在地上。他发誓，要好好地，痛快淋漓地写几篇文字，把那些有名的画家、音乐家、文学家都骂得一个小钱也不值！那群不清高的东西！

他向办公楼那面走，心中好像在说：“我要骂他们！就在这里，这里，写成骂他们的文章！”

丁主任刚刚梳洗完，脸上带着夜间又赢了钱的一点喜气。他要到院中吸点新鲜空气。安闲地，手揣在袖口里，像采菊东篱下的诗人似的，他慢慢往外走。

在门口，他几乎被秦妙斋撞了个满怀。秦妙斋，大龙虾似的，往旁边一闪；照常往里走。他恨这个世界，碰了人就和碰了一块石头或一株树一样，只有不快，用不着什么客气与道歉。

丁主任，老练，安详，微笑地看着这位冒失的青年龙虾。“找谁呀？”他轻轻问了声。

秦妙斋稍一愣，没有搭理他。

丁主任好像自言自语地说，“大概是个画家。”

秦妙斋的耳朵仿佛是专为听这样的话的，猛地立住，向后转，几乎是喊叫地，“你说什么？”

丁主任不知道自己的话是说对了，还是说错了，可是不便收回或改口。迟顿了一下，还是笑着：“我说，你大概是个画家。”

“画家？画家？”龙虾一边问，一边往前凑，做着梦的眼睛居然瞪圆了。

丁先生不晓得怎样回答才好，只啊啊了两声。

妙斋的眼角上汪起一些热泪，口中的热涎喷到丁主任的脸上：“画家，我是——画家，你怎么知道？”说到这里，他仿佛已筋疲力尽，像快要晕倒的样子，摇晃着，摸索着，找到一只小凳，坐下，闭上了眼睛。

丁主任还笑着，可是笑得莫名其妙，往前凑了两步。还没走到妙斋的身边，妙斋的眼睛睁开了。“告诉你，我还不仅是画家，而且是全能的艺术家！我都会！”说着，他立起来，把右手扶在丁主任的肩上。“你是我的知己！你只要常常叫我艺术家，我就有了生命！生我者父母，知我者——你是谁？”

“我？”丁主任笑着回答，“小小园丁！”

“园丁？”

“我管着这座农场！”丁主任停住了笑，“你姓什么！”毫不客气地问。

“秦妙斋，艺术家秦妙斋。你记住，艺术家和秦妙斋老得一块儿喊出来；一分开，艺术家和我就都不存在了！”

“呕！”丁主任的笑意又回到脸上，进了大厅，眼睛往四面一扫——壁上挂着些时人的字画。这些字画都不甚高明，也不十分丑恶。在丁主任眼中，它们都怪有个意思，至少是挂在这里总比四壁皆空强一些。不过，他也有个偏心眼，他顶爱那张长方的，石印的抗战门神爷，因为色彩鲜明，“真”有个意思。他的眼光停在那片色彩上。

随着丁主任的眼，妙斋也看见了那些字画，他把眼光停在了那张抗战画上。当那些色彩分明地印在了他的心上的时候，他觉到一阵恶心，像忽然要发痧似的，浑身的毛孔都像针儿刺着，出了点冷汗。定一定神，他扯着丁先生，扑向那张使他恶心的画儿去。发颤的手指，像一根挺身作战的小枪似的，指着那堆色彩：“这叫画？这叫画？用抗战来欺骗艺术，该杀！该杀！”不由分说，他把画儿扯了下来，极快地撕碎，扔在地上，用脚狠狠地揉搓，好像把全国的抗战艺术家都踩在了泥土上似的。他痛快地吐了口气。

来不及拦阻妙斋的动作，丁主任只说了一串口气不同的“唉”！

妙斋犹有余怒，手指向四壁普遍地一扫：“这全要不得！通通要不得！”

丁主任急忙挡住了他，怕他再去撕毁。妙斋却高傲地一笑："都扯了也没有关系，我会给你画！我给你画那碧绿的江、赭色的山、红的茶花、雪白的大鸭！世界上有那么多美丽的东西，为什么单单去画去写去唱血腥的抗战？混蛋！我要先写几篇文章，臭骂，臭骂那群污辱艺术的东西们。然后，我要组织一个真正艺术家的团体，一同主张——主张——清高派，暂且用这个名儿吧，清高派的艺术！我想你必赞同？"

"我？"丁主任不知怎样回答。

"你当然同意！我们就推你做会长！我们就在这里做画、治乐、写文章！"

"就在这里？"丁主任脸上有点不大得劲，用手摸了摸。

"就在这里！今天我就不走啦！"妙斋的嘴犄角直往外溅水星儿，"想想看，把这间大厅租给我，我爸爸有钱，你要多少我给多少。然后，我们艺术家们给你设计，把这座农场变成最美的艺术之家，艺术乐园！多么好！多么好！"

丁主任似乎得到一点灵感。口中随便用"要得""不错"敷衍着，心中可打开了算盘。在那次股东会上，虽然股东们对他没有什么决定的表示，可是他自己看得清清楚楚，大家对他多少有点不满意。他应当把事情调整一下，教大家看看，他不是没有办法的人。是呀，这里的大厅闲着没有用，楼上也还有三间空房，为什么不租出去，进点租钱呢？况且这笔租金用不着上账；即使教股东们知道了，大家还能为这点小事来质问吗？对！他决定先试一试这位艺术家。"秦先生，这座大厅咱们大家合用，楼上还有三间空房，你要就得都要，一年一万块钱，一次交清。"

妙斋闭了眼，“好啦，一言为定！我给爸爸打电报要钱。”

“什么时候搬进来？”丁主任有点后悔。交易这么容易成功，想必是要少了钱。但是，再一想，三间房，而且在乡下，一万元应当不算少。管它呢，先进一万再说别的！“什么时候搬进来？”

“现在就算搬进来了！”

“啊？”丁主任有点悔意了，“难道你不去拿行李什么的？”

“没有行李，我只有一身的艺术！”妙斋得意地哈哈地笑起来。

“租金呢？”

“那，你尽管放心：我马上打电报去！”

秦妙斋就这样地侵入了树华农场。不到两天，楼上已住满他的朋友。这些朋友，有男有女，有老有少，都时来时去，而绝对不客气。他们要床，便见床就搬了走；要桌子，就一声不响地把大厅的茶几或方桌拿了去。对于鸡鸭菜果，他们的手比丁主任还更狠，永远是理直气壮地拿起就吃。要摘花他们便整棵的连根儿拔出来。农场的工友甚至于须在夜间放哨，才能抢回一点东西来！

可是，丁主任和工友们都并不讨厌这群人。首要的因为这群人中老有女的，而这些女的又是那么大方随便，大家至少可以和他们开句小玩笑。她们仿佛给农场带来了一种新的生命。其次，讲到打牌，人家秦妙斋有艺术家的态度，输了也好，赢了也好，赌钱也好，赌花生米也好，一坐下起码二十四圈。丁主任原是不屑于玩花生米的，可是妙斋的热情感动了他，他不好意思冷淡地谢绝。

丁主任的心中老挂念着那一万元的租金。他时常调动着心思与语言，在最适当的机会暗示出催钱的意思。可是妙斋不接受暗示。虽然如此，丁主任可是不忍把妙斋和他的朋友撵了出去。一来是，他打听出来，妙斋的父亲的的确确是位财主；那么，假若财主一旦死去，妙斋岂不就是财产的继承人？“要把眼光放远一些！”丁主任常常这样警戒自己。二来是，妙斋与他的友人们，在实在没有事可干的时候，总是坐在大厅里高谈艺术。而他们的谈论艺术似乎专为骂人。他们把国内有名的画家、音乐家、文艺作家，特别是那些尽力于抗战宣传的，提名道姓地一个一个挨次咒骂。这，使丁主任闻所未闻。慢慢地，他也居然记住了一些艺术家的姓名。遇到机会，他能说上来他们的一些故事，仿佛他同艺术家们都是老朋友似的。这，使与他来往的商人或闲人感到惊异，他自己也得到一些愉快。还有，当妙斋们把别人咒腻了，他们会得意地提出一些社会上的要人来，“是的，我们要和他取得联络，来建设起我们自己的团体来！那，我可以写信给他；我要告诉明白了他，我们都是真正清高的艺术家！”……提到这些要人，他们大家口中的唾液都好像甜蜜起来，眼里发着光。“会长！”他们在谈论要人之后，必定这样叫丁主任：“会长，你看怎样？”丁主任自己感到身量又高了一寸似的！他不由地怜爱了这群人，因为他们既可以去与要人取得联络，而且还把他自己视为要人之一！他不便发表什么意见，可是常常和妙斋肩并肩地在院中散步。他好像完全了解妙斋的怀才不遇，妙斋微叹，他也同情地点着头。二人成了莫逆之交！

丁主任爱钱，秦妙斋爱名，虽然所爱的不同，可是在内心上二人有极相近的地方，就是不惜用卑鄙的手段取得所爱的东西。因此，丁主任往往对妙斋发表些难以入耳的最下贱的意见，妙斋也好好地静听，并不以为可耻。

眨眨眼，到了阳历年。

除夕，大家正在打牌，宪兵从楼上抓走两位妙斋的朋友。

丁主任口里直说“没关系”，心中可是有点慌。他久走江湖，晓得什么是利，哪是害。宪兵从农场抓走了人，起码是件不体面的事，先不提更大的干系。

秦妙斋丝毫没感到什么。那两位被捕的人是谁？他只知道他们的姓名，别的一概不清楚。他向来不细问与他来往的人是干什么的。只要人家捧他，叫他艺术家，他便与人家交往。因此，他有许多来往的人，而没有真正的朋友。他们被捕去，他绝对没有想到去打听打听消息，更不用说去营救了。有人被捕去，和农场丢失两只鸭子一样无足轻重。本来嘛，神圣的抗战，死了那么多的人，流了那么多的血，他都无动于衷，何况是捕去两个人呢？当丁主任顺口搭音地盘问他的时候，他只极冷淡地说：“谁知道！枪毙了也没法子呀！”

丁主任，连丁主任，也感到一点不自在了。口中不说，心里盘算着怎样把妙斋赶了出去。“好嘛，给我这儿招来宪兵，要不得！”他自己念道着。同时，他在表情上，举动上，不由地对妙斋冷淡多了。他有点看不起妙斋。他对一切不负责任，可是他心中还有“朋友”这个观念。他看妙斋是个冷血动物。

妙斋没有感觉出这点冷淡来。他只看自己，不管别人的表情如何，举动怎样。他的脑子只管计划自己的事，不管替别人思索任何一点什么。

慢慢地，丁主任打听出来：那两位被捕的人是有汉奸的嫌疑。他们的确和妙斋没有什么交情，但是他们口口声声叫他艺术家，于是他就招待他们，甚至于允许他们住在农场里。平日虽然不负责任，可是一出了乱子，丁主任觉出自己的责任与身份来。他依然不肯当面告诉妙斋：“我是主任，有人来往，应当先告诉我一声。”但是，他对妙斋越来越冷淡。他想把妙斋“冰”了走。

到了一月中旬，局势又变了。有一天，忽然来了一位有势力，与场长最相好的股东。丁主任知道事情要不妙。从股东一进门，他便留了神，把自己的一言一笑都安排得像蜗牛的触角似的，去试探，警惕。一点不错，股东暗示给他，农场赔钱，还有汉奸随便出入，丁主任理当辞职。丁主任没有否认这些事实，可也没有承认。他说着笑着，态度极其自然。他始终不露辞职的口气。

股东告辞，丁主任马上找了秦妙斋去。秦妙斋是——他想——财主的大少爷，他须起码教少爷明白，他现在是替少爷背了罪名。再说，少爷自称为文学家，笔底下一定很好，心路也多，必定能替他给全体股东写封极得体的信。是的，就用全体职工的名义，写给股东们，一致挽留丁主任。不错，秦妙斋是个冷血动物；但是，“我走，他也就住不下去了！他还能不卖气力吗？”丁主任这样盘算好，每个字都裹了蜜似的，在门外呼唤：“秦老弟！艺术家！”

秦妙斋的耳朵竖了起来，龙虾的腰挺直，他准备参加战争。世界上对他冷淡得太久了，他要挥出拳头打个热闹，不管是为谁，和为什么！“宁自一把火把农场烧得干干净净，我们也不能退出！”他喷了丁主任一脸唾沫星儿，倒好像农场是他一手创办起来似的。

丁主任的脸也增加了血色。他后悔前几天那样冷淡了秦妙斋，现在只好一口一个“艺术家”地来赎罪。谈过一阵，两个人亲密得很，有些像双生的兄弟。最后，妙斋要立刻发动他的朋友：“我们马上放哨，一直放到江边。他们假若真敢派来新主任，我就会教他怎么来，怎么滚回去！”同时，他召集了全体职工，在大厅前开会。他登在一块石头上，声色俱厉地演说了四十分钟。

妙斋在演说后，成了树华农场的灵魂。不但丁主任感激，就是职员与工友也都称赞他：“人家姓秦的实在够朋友！”

大家并不是不知道，秦先生并不见得有什么高明的确切的办法。不过，闹风潮是赌气的事，而妙斋恰好会把大家感情激动起来，大家就没法不承认他的优越与热烈了。大家甚至于把他看得比丁主任还重要，因为丁主任虽然是手握实权，而且相当地有办法，可是他到底是多一半为了自己；人家秦先生呢，根本与农场无关，纯粹是路见不平，拔刀相助。这样，秦先生白住房、偷鸡蛋，与其他一切小小的罪过，都变成了理所当然的事。他，在大家的眼中，现在完全是个侠肠义胆的可爱可敬的人。

丁主任有十来天不在农场里。他在城里，从股东的太太与小姐那里下手，要挽回他的颓势。至于农场，他以为有妙斋在那里，就必会把大家团结得很坚固，一定不会有内奸，捣他的乱。他把妙斋看成了一座精神堡垒！等到他由城中回来，他并没对大家公开地说什么，而只时常和妙斋有说有笑地并肩而行。大家看着他们，心中都得到了安慰，甚至于有的人喊出：“我们胜利了！”

农场糟到了极度。那喊叫“我们胜利了”的，当然更肆无忌惮，几乎走路都要模仿螃蟹；那稍微悲观一些的，总觉得事情并不能这么容易得到胜利，于是抱着干一天算一天的态度，而拼命往手中搂东西，好像是说：“滚蛋的时候，就是多拿走一把小镰刀也是好的！”

旧历年是丁主任的一“关”。表面上，他还很镇定，可是喝了酒便爱发牢骚。“没关系！”他总是先说这一句，给自己壮起胆气来。慢慢地，血液循环的速度增加了，他身上会忽然出点汗。想起来了：张太太——张股东的二夫人——那里的年礼送少了！他愣一会儿，然后，自言自语地说：“人事，都是人事；把关系拉好，什么问题也没有！”酒力把他的脑子催得一闪一闪的，忽然想起张三，忽然想起李四，“都是人事问题！”

新年过了，并没有任何动静。丁主任的心像一块石头落了地。新年没有过好，必须补充一下；于是一直到灯节，农场中的酒气牌声始终没有断过。

灯节后的那么一天，已是早晨八点，天还没甚亮。浓厚的黑雾不但把山林都藏起去，而且把低处的东西也笼罩起来，连房屋的窗子都像挂起黑的帘幕。在这大雾之中，有些小小的雨点，有时候飘飘摇摇地像不知落在哪里好，有时候直滴下来，把雾色加上一些黑暗。农场中的花木全静静地低着头，在雾中立着一团团的黑影。农场里没有人起来，梦与雾好像打成了一片。

大雾之后容易有晴天。在十点钟左右，雾色变成红黄，一轮红血的太阳时时在雾薄的时候露出来，花木叶子上的水点都忽然变成小小的金色的珠子。农场开始有人起床。秦妙斋第一个起来，在院中绕了一个圈子。正走在大藤萝架下，他看见石板路上来了三个人。最前面的是一位女的，矮身量，穿着不知有多少衣服，像个油篓似地慢慢往前走，走得很吃力。她的后面是个中年的挑案，挑着一大一小两只旧皮箱，和一个相当大的、风格与那位女人相似的铺盖卷，挑案的头上冒着热汗。最后，是一位高身量的汉子，光着头，发很长，穿着一身不体面的西服，没有大衣，他的肩有些向前探着，背微微有点弯。他的手里拿着个旧洋瓷的洗脸盆。

秦妙斋以为是他自己的朋友呢，他立在藤萝架旁，等着和他们打招呼。他们走近了，不相识。他还没动，要细细看看那个女的，对女的他特别感觉兴趣。那个大汉，好像走得不耐烦了，想赶到前边来，可是石板路很窄，而挑案的担子又微微地横着，他不容易赶过来。他想踏着草地绕过来，可是脚已迈出，又收了回去，好像很怕踏损了一两根青草似的。到了藤架前，女的立定了，无聊地，含怨地，轻叹了一声。挑案也立住。大汉先往四下一望，而后挤了过来。这时候，太阳下面的雾正薄得像一片飞烟，把他的眉眼都照得发光。他的眉眼很秀气，可是像受过多少什么无情的折磨似的，他的俊秀只是一点残余。他的脸上有几条来早了十年的皱纹。他要把脸盆递给女人，她没有接取的意思。她仅“啊”了一声，把手缩回去。大概她还要夸赞这农场几句，可是，随着那声“啊”，她的喜悦也就收敛回去。阳光又暗了一些，他们的脸上也黯淡了许多。

那个女的不甚好看。可是，眼睛很奇怪，奇怪得使人没法不注意她。她的眼老像有什么心事——像失恋，损伤了儿女或破产那类的大事——那样地定着，对着一件东西定视，好久才移开，又去定视另一件东西。眼光移开，她可是仿佛并没看到什么。当她注意一个人的时候，那个人总以为她是一见倾心，不忍转目。可是，当她移开眼光的时节，他又觉得她根本没有看见他。她使人不安、惶惑，可是也感到有趣。小圆脸，眉眼还端正，可是都平平无奇。只有在她注视你的时候，你才觉得她并不难看，而且很有点热情。及至她又去对别的人，或别的东西愣起来，你就又有点可怜她，觉得她不是受过什么重大的刺激，就是天生的有点白痴。

现在，她扭着点脸，看着秦妙斋。妙斋有点兴奋，拿出他自认为最美的姿态，倚在藤架的柱子上，也看着她。

“哪个叨？”挑案不耐烦了，“走不走吗？”

“明霞，走！”那个男人毫无表情地说。

“干什么的？”妙斋的口气很不客气地问他，眼睛还看着明霞。

“我是这里的主任。”那个男的一边说，一边往里走。

“啊？主任？”妙斋挡住他们的去路，“我们的主任姓丁。”

“我姓尤，”那个男的随手一拨，把妙斋拨开，还往前走，“场长派来的新主任。”

秦妙斋愣住了，闭了一会儿眼，睁开眼，他像条被打败了的狗似的，从小道跑进去。他先跑到大厅。“丁，老丁！”他急切地喊，“老丁！”

丁主任披着棉袍，手里拿着条冒热气的毛巾，一边擦脸，一边从楼上走下来。

“他们派来了新主任！”

“啊？”丁主任停止了擦脸，“新主任？”

“集合！集合！教他怎么来的怎么滚回去！”妙斋回身想往外跑。

丁主任扔了毛巾，双手撩着棉袍，几步就把妙斋赶上，拉住。“等等！你上楼去，我自有办法！”

妙斋还要往外走，丁主任连推带搡，把他推上楼去。而后，把钮子扣好，稳重庄严地走出来。拉开门，正碰上尤主任。满脸堆笑地，他向尤先生拱手：“欢迎！欢迎！欢迎新主任！这是——”他的手向明霞高拱。没有等尤主任回答，他亲热地说：“主任太太吧？”紧跟着，他对挑案下了命令，“拿到里边来嘛！”把夫妻让进来，看东西放好，他并没有问多少钱雇来的，而把大小三张钱票交给挑案——正好比雇定的价钱多了五角。

尤主任想开门见山地问农场的详情，但是丁务源忙着喊开水，洗脸水；吩咐工友打扫屋子，丝毫不给尤主任说话的机会。把这些忙完，他又把明霞大嫂长大嫂短地叫得震心，一个劲儿和她扯东道西。尤主任几次要开口，都被明霞给截了回去；乘着丁务源出去那会儿，她责备丈夫：“那些事，干吗忙着问，日子长着呢，难道你今天就办公？”

第一天一清早，尤主任就穿着工人装，和工头把农场每一个角落都检查到，把一切都记在小本儿上。回来，他催丁主任办交代。丁主任答应三天之内把一切办理清楚。明霞又帮了丁务源的忙，把三天改成六天。

一点合理的错误，使人抱恨终身。尤主任——他叫大兴——是在英国学园艺的。毕业后便在母校里做讲师。他聪明，强健，肯吃苦。做起“试验”来，他的大手就像绣花的姑娘的那么轻巧、准确、敏捷。做起用力的工作来，他又像一头牛那样强壮，耐劳。他喜欢在英国，因为他不善应酬，办事认真，准知道回到祖国必被他所痛恨的虚伪与无聊给毁了。但是，抗战的喊声震动了全世界；他回了国。他知道农业的重要，和中国农业的急应改善。他想在一座农场里，或一间实验室中，把他的血汗献给国家。

回到国内，他想结婚。结婚，在他心中，是一件必然的，合理的事。结了婚，他可以安心地工作，身体好，心里也清静。他把恋爱视成一种精力的浪费。结婚就是结婚，结婚可以省去许多麻烦，别的事都是多余，用不着去操心。于是，有人把明霞介绍给他，他便和她结了婚。这很合理，但是也是个错误。

明霞的家里有钱。尤大兴只要明霞，并没有看见钱。她不甚好看，大兴要的是一个能帮助他的妻子，美不美没有什么关系。明霞失过恋，曾经想自杀；但这是她的过去的事，与大兴毫不相干。她没有什么本领，但在大兴想，女人多数是没有本领的；结婚后，他曾以身作则地去吃苦耐劳，教育她，领导她；只要她不瞎胡闹，就一切不成问题。他娶了她。

明霞呢，在结婚之前，颇感到些欣悦。不是因为她得到了理想爱人——大兴并没请她吃过饭，或给她买过鲜花——而是因为大兴足以替她雪耻。她以前所爱的人抛弃了她，像随便把一团废纸扔在垃圾堆上似的。但是，她现在有了爱人；她又可以仰着脸走路了。

在结婚后，她的那点欣悦和婚礼时戴的头纱差不多，永远收藏起去了。她并不喜欢大兴。大兴对工作的努力，对金钱的冷淡，对三姑六姨的不客气，都使她感到苦痛。但是，当有机会夫妇一道走的时候，她还是紧紧地拉着他，像将被溺死的人紧紧抓住一把水草似的。无论如何，他是一面雪耻的旗帜，她不能再把这面旗随便扔在地上！

大兴的努力、正直、热诚，使自己到处碰壁。他所接触到的人，会慢慢很巧妙地把他所最珍视的“科学家”三个字变成一种嘲笑。他们要喝酒去，或是要办一件不正当的事，就老躲开“科学家”。等到“科学家”天天成为大家开玩笑的用语，大兴便不能不带着太太另找吃饭的地方去！明霞越来越看不起丈夫。起初，她还对他发脾气，哭闹一阵。后来，她知道哭闹是毫无作用的，因为大兴似乎没有感情；她闹她的气，他做他的事。当她自己把泪擦干了，他只看她一眼，而后问一声：“该做饭了吧？”她至少需要一个热吻，或几句热情的安慰；他至多只拍拍她的脸蛋。他决不问闹气的原因与解决的办法，而只谈他的工作。工作与学问是他的生命，这个生命不许爱情来分润一点利益。有时候，他也在她发气的时候，偷偷弹去自己的一颗泪，但是她看得出，这只是怨恨她不帮助他工作，而不是因为爱她，或同情她。只有在她病了的时候，他才真像个有爱心的丈夫，他能像做试验时那么细心来看护她。他甚至于坐在床边，拉着她的手，给她说故事。但是，他的故事永远是关于科学的。她不爱听，也就不感激他。及至医生说，她的病已不要紧了，他便马上去工作。医生是科学家，医生的话绝对不能有错误。他丝毫没想到病人在没有完全好了的时候还需要安慰与温存。

她不能了解大兴，又不能离婚，她只能时时地定睛发呆。

现在，她又随着大兴来到树华农场。她已经厌恶了这种搬行李，拿着洗脸盆的流浪生活。她做过小姐，她愿有自己的固定的，款式的家庭。她不能不随着他来。但是既来之则安之，她不愿过十天半月又走出去。她不能辨别谁好谁坏，谁是谁非，但是她决定要干涉丈夫的事，不教他再多得罪人。她这次须起码把丈夫的正直刚硬冲淡一些，使大家看在她的面上原谅了尤大兴。她开首便帮忙了丁务源，还想敷衍一切活的东西，就连院中的大鹅，她也想多去喂一喂。

尤主任第一个得罪了秦妙斋。秦妙斋没有权利住在这里，请出！秦妙斋本没有任何理由充足的话好说，但是他要反驳。说着说着，他找到了理由：“你为什么不称呼我为艺术家呢？”凭这个污辱，他不能搬走！“咱们等着瞧吧，看谁先搬出去！”

尤主任只知道守法讲理是当然的事。虽然回国以后，已经受过多少不近情理的打击，可是还没遇见这么荒唐的事。他动了气，想请警察把妙斋捉出去。这时候，明霞又帮了妙斋的忙，替他说了许多“不要太忙，他总会顺顺当当地搬出去”……

妙斋和丁务源开了一个秘密会议。妙斋主战，丁务源主和，但是在妙斋说了许多强硬的话之后，丁务源也同意了主战。他称赞妙斋的勇敢，呼他为侠义的艺术家。妙斋感激得几乎晕了过去。

事实上，丁务源绝对不想和尤主任打交手战。在和妙斋谈过话之后，他决定使妙斋和尤大兴作战，而他自己充好人。同时，关于他自己的事，他必定先和明霞商议一下，或者请她去办交涉。他避免与尤主任做正面冲突。见着大兴，他永远摆出使人信任的笑脸，他知道出去另找事做不算难，但是找与农场里这样的舒服而收入又高的事就不大容易。他决定用“忍”字对付一切。假若妙斋与工人们把尤主任打了，他便可以利用机会复职。即使一时不能复职，他也会运动明霞和股东太太们，教他做个副主任。他这个副主任早晚会把正主任顶出去，他自信有这个把握，只要他能忍耐。把妙斋与明霞埋伏在农场，他进了城。

尤主任急切地等着丁务源办交代，交代了之后，他好通盘地计划一切。但是，丁务源进了城。他非常着急。拿人一天的钱，他就要做一天的事，他最恨敷衍与慢慢地拖。在他急得要发脾气的时候，明霞的眼又定住了。半天，她才说话：“丁先生不会骗你，他一两天就回来，何必这么着急呢？”

大兴并不因妻的劝告而消了气，但是也不因生气而忘了做事。他会把怒气压在心里，而手脚还去忙碌。他首先贴出布告：大家都要六时半起床，七时上工。下午一点上工，五时下工。晚间九时半熄灯上门，门不再开。在大厅里，他贴好：办公重地，闲人免进。而后，他把写字台都搬了来，职员们都在这里办事——都在他眼皮底下办事。办公室里不准吸烟，解渴只有白开水。

命令下过后，他以身作则地，在壁钟正敲七点的时节，已穿好工人装，在办公厅门口等着大家。丁务源的“亲兵”都来得相当的早，因为他们知道自己毫无本事，而他们的靠山能否复职又无把握，所以他们得暂时低下头去。他们用按时间做事来遮掩他们的不会做事。有的工人迟到，受了秦妙斋的挑拨，他们故意和新主任捣乱。

尤主任忍耐地等着。等大家都来齐，他并没发脾气，也没说闲话。开门见山地，他分配了工作，他记不清大家的姓名，但是他的眼睛会看，谁是有经验的工人，谁是混饭吃的。对混饭吃的，他打算一律撤换，但在没有撤换之前，他也给他们活儿做——“今天，你不能白吃农场的饭。”他心里说。

“你们三位，”他指定三个工人，“去把葡萄枝子全剪了。不打枝子，下一季没法结葡萄。限两天打完。”

“怎么打？”一个工人故意为难。

“我会告诉你们！我领着你们去做！”然后，他给有经验的工人全分配了工作，“你们三位给果木们涂灰水，该剥皮的剥皮，该刻伤的刻伤，回来我细告诉你们。限三天做完。你们二位去给菜蔬上肥。你们三位去给该分根的花草分根……”然后，轮到那些混饭吃的，“你们二位挑沙子，你们俩挑水，你们二位去收拾牛羊圈……”

混饭吃的都撅了嘴。这些事，他们能做，可是多么费力气，多么肮脏呢！他们往四下里找，找不到他们的救主丁务源的胖而发光的脸。他们祷告：“快回来呀！我们已经成了苦力！”

那些有经验的工人，知道新主任所吩咐的事都是应当做的。虽然他所提出的办法，有和他们的经验不甚相同的地方，可是人家一定是内行。及至尤主任同他们一齐下手工作，他们看出来，人家不但是内行，而且极高明。凡是动手的，尤主任的大手是那么准确，敏捷。凡是要说出道理的地方，尤主任三言五语说得那么简单，有理。从本事上看，从良心上说，他们无从，也不应当，反对他。假若他们还愿学一些新本事，新知识的话，他们应该拜尤主任为师。但是，他们的良心已被丁务源给蚀尽。他们的手还记得白板的光滑，他们的口还咂摸着大曲酒的香味；他们恨恶镰刀与大剪，恨恶院中与山上的新鲜而寒冷的空气。

现在，他们可是不能不工作，因为尤主任老在他们的身旁。他由葡萄架跑到果园，由花畦跑到菜园，好像工作是最可爱的事。他不叱喝人，也不着急，但是他的话并不客气，老是一针见血地使他们在反感之中又有点佩服。他们不能偷闲，尤主任的眼与脚是同样快的：他们刚要放下活儿，他就忽然来到，问他们怠工的理由。他们答不出。

要开水吗？开水早送到了。热腾腾的一大桶。要吸口烟吗？有一定的时间。他们毫无办法。

他们只好低着头工作，心中憋着一股怨气。他们白天不能偷闲，晚间还想照老法，去捡几个鸡蛋什么的。可是主任把混饭的人们安排好，轮流值夜班。“一摸鸡鸭的裆儿，我就晓得正要下蛋，或是不久就快下蛋了。一天该收多少蛋，我心中大概有个数目，你们值夜，夜间丢失了蛋，你们负责！”尤主任这样交派下去。好了，连这条小路也被封锁了！

过了几天，农场里一切差不多都上了轨道。工人们到底容易感化。他们一方面恨尤主任，一方面又敬佩他。及至大家的生活有了条理，他们不由地减少了恨恶，而增加了敬佩。他们晓得他们应当这样工作，这样生活。渐渐地，他们由工作和学习上得到些愉快，一种与牌酒场中不同的，健康的愉快。

尤主任答应下，三个月后，一律可以加薪，假若大家老按着现在这样去努力。他也声明：大家能努力，他就可以多做些研究工作，这种工作是有益于民族国家的。大家听到民族国家的字样，不期然而然都受了感动。他们也愿意多学习一点技术，尤主任答应下给他们每星期开两次晚班，由他主讲园艺的问题。他也开始给大家筹备一间游艺室，使大家得到些正当的娱乐。大家的心中，像院中的花草似的，渐渐发出一点有生气的香味。

不过，向上的路是极难走的。理智上的崇高的决定，往往被一点点浮浅的低卑的感情所破坏。情感是极容易发酒疯的东西。有一天，尤大兴把秦妙斋锁在了大门外边。九点半锁门，尤主任绝不宽限。妙斋把场内的鸡鹅牛羊全吵醒了，门还是没有开。他从藤架的木柱上，像猴子似地爬了进来，碰破了腿，一瘸一点的，他摸到了大厅，也上了锁。他一直喊到半夜，才把明霞喊动了心，把他放进来。

由尤主任的解说，大家已经晓得妙斋没有住在这里的权利，而严守纪律又是合理的生活的基础。大家知道这个，可是在感情上，他们觉得妙斋是老友，而尤主任是新来的，管着他们的人。他们一想到妙斋，就想起前些日子的自由舒适，他们不由地动了气，觉得尤主任不近人情。他们一一地来慰问妙斋，妙斋便乘机煽动，把尤大兴形容得不像人。“打算自自在在地活着，非把那个猪狗不如的东西打出去不可！”他咬着牙对他们讲，“不过，我不便多讲，怕你们没有胆子！你们等着瞧吧，等我的腿好了，我独自管教他一顿，教你们看看！”

他们的怒气被激起来，大家都不约而同地留神去找尤大兴的破绽，好借口打他。

尤主任在大家的神色上，看出来情势不对，可是他的心里自知无病，绝对不怕他们。他甚至于想到，大家满可以毫无理由地打击他，驱逐他，可是他绝不退缩，妥协。科学的方法与法律的生活，是建设新中国的必经的途径。假若他为这两件事而被打，好吧，他愿做了殉道者。

一天，老刘值夜。尤主任在就寝以前，去到院中查看，他看见老刘私自藏起两个鸡蛋。他不能睁着一只眼，闭着一只眼地敷衍。他过去询问。

老刘笑了：“这两个是给尤太太的！”

“尤太太？”大兴仿佛不晓得明霞就是尤太太。他愣住了。及至想清楚了，他像飞也似地跑回屋中。

明霞正要就寝。平平的黄圆脸上没有任何表情，坐在床沿上，定睛看着对面的壁上——那里什么也没有。

“明霞！”大兴喘着气叫，“明霞，你偷鸡蛋？”

她极慢地把眼光从壁上收回，先看看自己拖鞋尖的绣花，而后才看丈夫。

“你偷鸡蛋？”

“啊！”她的声音很微弱，可是一种微弱的反抗。

“为什么？”大兴的脸上发烧。

“你呀，到处得罪人，我不能跟你一样！我为你才偷鸡蛋！”她的脸上微微发出点光。

“为我？”

“为你！”她的小圆脸更亮了些，像是很得意，“你对他们太严，一草一木都不许私自动。他们要打你呢！为了你，我和他们一样地去拿东西，好教他们恨你而不恨我。他们不恨我，我才能为你说好话，不是吗？自己想想看！我已经攒了三十个大鸡蛋了！”她得意地从床下拉出一个小筐来。

尤大兴立不住了。脸上忽然由红而白。摸到一个凳子，坐下，手在膝上微颤。他坐了半夜，没出一声。

第二天一清早，院里外贴上标语，都是妙斋编写的。“打倒无耻的尤大兴！”“拥护丁主任复职！”“驱逐偷鸡蛋的坏蛋！”“打倒法西斯的走狗！”“消灭不尊重艺术的魔鬼！”……

大家罢了工，要求尤大兴当众承认偷蛋的罪过，而后辞职，否则以武力对待。

大兴并没有丝毫惧意，他准备和大家谈判。明霞扯住了他。乘机会，她溜出去，把屋门倒锁上。

“你干吗？”大兴在屋里喊，“开开！”

她一声没出，跑下楼去。

丁务源由城里回来了，已把副主任弄到手。“嗬！”他走到石板路上，看见剪了枝的葡萄，与涂了白灰的果树，“把葡萄剪得这么苦。连根刨出来好不好！树也擦了粉，硬是要得！”

进了大门，他看到了标语。他的脚踵上像忽然安了弹簧，一步催着一步地往院中走，轻巧，迅速；心中也跳得轻快，好受；口里将一个标语按照着二黄戏的格式哼唧着。这是他所希望的，居然实现了！“没想到能这么快！妙斋有两下子！得好好地请他喝两杯！”他口中唱着标语，心中还这么念道。

刚一进院子，他便被包围了。他的“亲兵”都喜欢得几乎要落泪。其余的人也都像看见了久别的手足，拉他的，扯他的，拍他肩膀的，乱成一团；大家的手都要摸一摸他，他的衣服好像是活菩萨的袍子似的，挨一挨便是功德。他们的口一齐张开，想把冤屈一下子都倾泻出来。他只听见一片声音，而辨不出任何字来。他的头向每一个人点一点，眼中的慈祥的光儿射在每一个人的身上，他的胖而热的手指挨一挨这个，碰一碰那个。他感激大家，又爱护大家，他的态度既极大方，又极亲热。他的脸上发着光，而眼中微微发湿。“要得！”“好！”“呕！”“他妈拉个巴子！”他随着大家脸上的表情，变换这些字眼儿。最后，他向大家一举手，大家忽然安静了。

“朋友们，我得先休息一会儿，小一会儿；然后咱们再详谈。不要着急生气，咱们都有办法，绝对不成问题！”

“请丁主任先歇歇！让开路！别再说！让丁主任休息去！”大家纷纷喊叫。有的还恋恋不舍地跟着他，有的立定看着他的背影，连连点头赞叹。

丁务源进了大厅，想先去看妙斋。可是，明霞在门旁等着他呢。

“丁先生！”她轻轻地，而是急切地，叫，“丁先生！”

“尤太太！这些日子好吗？要得！”

“丁先生！”她的小手揉着条很小的，花红柳绿的手帕，“怎么办呢？怎么办呢？”

“放心！尤太太！没事！没事！来！请坐！”他指定了一张椅子。

明霞像做错了事的小女孩似的，乖乖地坐下，小手还用力揉那条手帕。

“先别说话，等我想一想！”丁务源背着手，在屋中沉稳而有风度地走了几步，“事情相当的严重，可是咱们自有办法。”他又走了几步，摸着脸蛋，深思细想。

明霞沉不住气了，立起来，追着他问：“他们真要打大兴吗？”

“真的！”丁副主任斩钉截铁地回答。

“那怎么办呢？怎么办呢？”明霞把手帕团成一个小团，用它擦了擦鼻洼与嘴角。

“有办法！”丁务源大大方方地坐下，“你坐下，听我告诉你，尤太太！咱们不提谁好谁歹，谁是谁非，咱们先解决这件事，是不是？”

明霞又乖乖地坐下，连声说“对！对！”

“尤太太看这么办好不好？”

“你的主意总是好的！”

“这么办：交代不必再办，从今天起请尤主任把事情还全交给我办，他不必再分心。”

“好！他一向太爱管事！”

“就是呀！教他给场长写信，就说他有点病，请我代理。”

“他没有病，又不爱说谎！”

“在外边混事，没有不扯谎的！为他自己的好处，他这回非说谎不可！”

“呕！好吧！”

“要得！请我代理两个月，再教他辞职，有头有脸地走出去，面子上好看！”

明霞立起来：“他得辞职吗？”

“他非走不可！”

“那……”

“尤太太，听我说！”丁务源也立起来，“两个月，你们照常支薪，还住在这里，他可以从容地去找事。两个月之中，六十天工夫，还找不到事吗？”

“又得搬走？”明霞对自己说，泪慢慢地流下来。愣了半天，她忽然吸了一吸鼻子，用尽力量地说：“好！就是这么办啦！”她跑上楼去。

开开门一看，她的腿软了，坐在了地板上。尤大兴已把行李打好，拿着洗面盆，在床沿上坐着呢。

沉默了好久，他一手把明霞搀起来，“对不起你，霞！咱们走吧！”

院中没有一个人，大家都忙着杀鸡宰鸭，欢宴丁主任，没工夫再注意别的。自己挑着行李，尤大兴低着头向外走。他不敢看那些花草树木——那会教他落泪。明霞不知穿了多少衣服，一手提着那一小筐鸡蛋，一手揉着眼泪，慢慢地在后面走。

树华农场恢复了旧态，每个人都感到满意。丁主任在空闲的时候，到院中一小块一小块地往下撕那些各种颜色的标语，好把尤大兴完全忘掉。不久，丁主任把妙斋交给保长带走，而以一万五千元把空房租给别人，房租先付，一次付清。

到了夏天，葡萄与各种果树全比上年多结了三倍的果实，仿佛只有它们还记得尤大兴的培植与爱护似的。

果子结得越多，农场也不知怎么越赔钱。

歪毛儿

小的时候，我们俩——我和白仁禄——下了学总到小茶馆去听评书。我俩每天的点心钱不完全花在点心上，留下一部分给书钱。虽然茶馆掌柜孙二大爷并不一定要我们的钱，可是我俩不肯白听。其实，我俩真不够听书的派儿：我那时脑后梳着个小坠根，结着红绳儿；仁禄梳俩大歪毛。孙二大爷用小笸萝打钱的时候，一到我俩面前便低声地说，“歪毛子！”把钱接过去，他马上笑着给我们抓一大把煮毛豆角，或是花生米来，“吃吧，歪毛子！”他不大爱叫我小坠根，我未免有点不高兴。可是说真的，仁禄是比我体面得多。他的脸正像年画上的白娃娃的，虽然没有那么胖。单眼皮，小圆鼻子，清秀好看。一跑，俩歪毛左右开弓地敲着脸蛋，像个拨浪鼓儿。青嫩头皮，剃头之后，谁也想轻敲他三下——剃头打三光。就是稍打重了些，他也不急。

他不淘气，可是也有背不上书来的时候。歪毛仁禄背不过书来本可以不挨打，师娘不准老师打他，他是师娘的歪毛宝贝：上街给她买一绺白棉花线，或是打俩小钱的醋，都是仁禄的事儿。可是他自己找打。每逢背不上书来，他比老师的脾气还大。他把小脸憋红，鼻子皱起一块儿，对先生说：“不背！不背！”不等老师发作，他又添上：“就是不背，看你怎样！”老师磨不开脸了，只好拿板子吧。仁禄不擦磨手心，也不迟宕，单眼皮眨巴得特别快，摇着俩歪毛，过去领受平板。打完，眼泪在眼眶里转，转好大半天，像水花打旋而渗不下去的样儿。始终他不许泪落下来。过了一会儿，他的脾气消散了，手心搓着膝盖，低着头念书，没有声音，小嘴像热天的鱼，动得很快很紧。

奇怪，这么清秀的小孩，脾气这么硬。

到了入中学的年纪，他更好看了。还不甚胖，眉眼可是开展了。我们脸上都起了小红脓泡，他还是那么白净。后一天入中学，上一班的学生便有一个挤了他一膀子，然后说：“对不起，姑娘！”仁禄一声没出，只把这位学友的脸打成酸面包子。他不是打架呢，是拼命，连劝架的都受了点罣误伤。第二天，他没来上课。他又考入别的学校。

一直有十几年的工夫，我们俩没见面。听说，他在大学毕了业，到外边去做事。

去年旧历年前的末一次集，天很冷。千佛山上盖着些厚而阴寒的黑云。尖溜溜的小风，鬼似地掐人鼻子与耳唇。我没事，住得又离山水沟不远，想到集上看看。集上往往也有几本好书什么的。

我以为天寒人必少，其实集上并不冷静；无论怎冷，年总是要过的。我转了一圈，没看见什么对我的路子的东西——大堆的海带菜，财神的纸像，冻得铁硬的猪肉片子，都与我没有多少缘分。本想不再绕，可是极南边有个地摊，摆着几本书，引起我的注意，这个摊子离别的买卖有两三丈远，而且地点是游人不大来到的。设若不是我已走到南边，设若不是我注意书籍，我绝不想过去。我走过去，翻了翻那几本书——都是旧英文教科书，我心里说，大年底下的谁买旧读本？

看书的时候，我看见卖书人的脚，一双极旧的棉鞋，可是缎子的：袜子还是夏季的单线袜。别人都跺跺着脚，天是真冷；这双脚好像冻在地上，不动。把书合上我便走开了。

大概谁也有那个时候：一件极不相干的事，比如看见一群蚁擒住一个绿虫，或是一个癞狗被打，能使我们不痛快半天，那个挣扎的虫或是那条癞狗好似贴在我们心上，像块病似的。这双破缎子鞋就是这样贴在我的心上。走了几步，我不由地回了头。卖书的正弯身摆那几本书呢。其实我并没给弄乱：只那么几本，也无从乱起。我看出来，他不是久干这个的。逢集必赶的卖零碎的不这样细心。他穿着件旧灰色棉袍，很单薄，头上戴着顶没人要的老式帽头。由他的身上，我看到南圩子墙，千佛山，山上的黑云，结成一片清冷。我好似被他吸引住了。决定回去，虽然觉得不好意思的。我知道，走到他跟前，我未必敢端详他。他身上有那么一股高傲劲儿，像破庙似的，虽然破烂而仍令人心中起敬。我说不上来那几步是怎样走回去的，无论怎说吧，我又立在他面前。

我认得那两只眼，单眼皮儿。其余的地方我一时不敢相认，最清楚的记忆也不敢反抗时间，我俩已十几年没见了。他看了我一眼，赶快把眼转向千佛山去：一定是他了，我又认出这个神气来。

“是不是仁禄哥？”我大着胆问。

他又扫了我一眼，又去看山，可是极快地又转回来。他的瘦脸上没有任何表示，只是腮上微微地动了动，傲气使他不愿与我过话，可是“仁禄哥”三个字打动了他的心。他没说一个字，拉住我的手。手冰硬。脸朝着山，他无声地笑了笑。

“走吧，我住得离这儿不远。”我一手拉着他，一手拾起那几本书。

他叫了我一声。然后待了一会儿，“我不去！”

我抬起头来，他的泪在眼内转呢。我松开他的手，把几本书夹起来，假装笑着，“你走也得走，不走也得走！”

“待一会儿我找你去好了。”他还是不动。

“你不用！”我还是故意打哈哈似地说，“待一会儿？管保再也找不到你了。”

他似乎要急，又不好意思；多么高傲的人也不能不原谅梳着小辫时候的同学。一走路，我才看出他的肩往前探了许多。他跟我来了。

没有五分钟便到了家。一路上，我直怕他和我转了影壁。他坐在屋中了，我才放心，仿佛一件宝贝确实落在手中。可是我没法说话了。问他什么呢？怎么问呢？他的神气显然地是很不安，我不肯把他吓跑了。

想起来了，还有瓶白葡萄酒呢。找到了酒，又发现了几个金丝枣。好吧，就拿这些待客吧。反正比这么僵坐着强。他拿起酒杯，手有点颤。喝下半杯去，他的眼中湿了一点，湿得像小孩冬天下学来喝着热粥时那样。

“几时来到这里的？”我试着步说。

“我？有几天了吧？”他看着杯沿上一小片木塞的碎屑，好像是和这片小东西商议呢。

“不知道我在这里？”

“不知道。”他看了我一眼，似乎表示有许多话不便说，也不希望我再问。

我问定了。讨厌，但我俩是幼年的同学。“在哪儿住呢？”

他笑了，“还在哪儿住？凭我这个样？”还笑着，笑得极无聊。

“那好了，这儿就是你的家，不用走了。咱们一块儿听鼓书去。趵突泉有三四处唱大鼓的呢：《老残游记》，嗳？”我想把他哄喜欢了，“记得小时候一同去听《施公案》？”

我的话没得到预期的效果，他没言语。但是我不失望。劝他酒，酒会打开人的口。还好，他对酒倒不甚拒绝，他的俩脸渐渐有了红色。我的主意又来了：

“说，吃什么？面条？饺子？饼？说，我好去预备。”

“不吃，还得卖那几本书去呢！”

“不吃？你走不了！”

待了老大半天，他点了点头，“你还是这么活泼！”

“我？我也不是咱们梳着小辫时的样子了！光阴多么快，不知不觉地三十多了，想不到地事！”

“三十多也就该死了。一个狗才活十来年。”

“我还不那么悲观。”我知道已把他引上了路。

“人生还就不是个好玩艺！”他叹了口气。

随着这个往下说，一定越说越远：我要知道的是他的遭遇。我改变了战略，开始告诉他我这些年的经过，好歹地把人生与悲观扯在里面，好不显着生硬。费了许多周折，我才用上了这个公式——“我说完了，该听你的了。”

其实他早已明白我的意思，始终他就没留心听我的话。要不然，我在引用公式以前还得多绕几个弯儿呢。他的眼神把我的话删短了好多。我说完，他好似没法子了，问了句：

“你叫我说什么吧？”

这真使我有点难堪。律师不是常常逼得犯人这样问么？可是我扯长了脸，反正我俩是有交情的。爽性直说了吧，这或者倒合他的脾气：

“你怎么落到这样？”

他半天没回答出。不是难以出口，他是思索呢。生命是没有什么条理的，老朋友见面不是常常相对无言么？

“从哪里说起呢？”他好像是和生命中那些小岔路商议呢，“你记得咱们小的时候，我也不短挨打？”

“记得，都是你那点怪脾气。”

“还不都在乎脾气，”他微微摇着头，“那时候咱俩还都是小孩子，所以我没对你说过；说真的那时节我自己也还没觉出来是怎回事。后来我才明白了，是我这两只眼睛作怪。”

“不是一双好好的眼睛吗？”我说。

“平日是好好的一对眼；不过，有时候犯病。”

“怎样犯病？”我开始怀疑莫非他有点精神病。

“并不是害眼什么的那种肉体上的病，是种没法治的毛病。有时候忽然来了，我能看见些——我叫不出名儿来。”

“幻像？”我想帮他的忙。

“不是幻像，我并没看见什么绿脸红舌头的。是些形像。也还不是形像；是一股神气。举个例说，你就明白了，你记得咱们小时候那位老师？很好的一个人，是不是？可是我一犯病，他就非常的可恶，我所以跟他横着来了。过了一会儿，我的病犯过去，他还是他，我白挨一顿打。只是一股神气，可恶的神气。”

我没等他说完就问：“你有时候你也看见我有那股神气吧？”

他微笑了一下：“大概是，我记不甚清了。反正咱俩吵过架，总有一回是因为我看你可恶。万幸，我们一入中学就不在一处了。不然……你知道，我的病越来越深。小的时候，我还没觉出这个来，看见那股神气只闹一阵气就完了；后来，我管不住自己了，一旦看出谁可恶来，就是不打架，也不能再和他交往，连一句话也不肯过。现在，在我的记忆中只有幼年的一切是甜蜜的，因为那时病还不深。过了二十，凡是可恶的都记在心里！我的记忆是一堆丑恶相片！”他愣起来了。

“人人都可恶？”我问。

“在我犯病的时节，没有例外。父母兄弟全可恶。要是敷衍，得敷衍一切，生命那才难堪。要打算不敷衍，得见一个打一个，办不到。慢慢地，我成了个无家无小没有一个朋友的人。干吗再交朋友呢？怎能交朋友呢？明知有朝一日便看出他可恶！”

我插了一句：“你所谓的可恶或者应当改为软弱，人人有个弱点，不见得就可恶。”

“不是弱点。弱点足以使人生厌，可也能使人怜悯。譬如对一个爱喝醉了的人，我看见的不是这个。其实不用我这对眼也能看出点来，你不信这么试试，你也能看出一些，不过不如我的眼那么强就是了。你不用看人脸的全部，而单看他的眼，鼻子，或是嘴，你就看出点可恶来。特别是眼与嘴，有时一个人正和你讲道德说仁义，你能看见他的眼中有张活的春画正在动。那嘴，露着牙喷粪的时节单要笑一笑！越是上等人越可恶。没受过教育的好些，也可恶，可是可恶得明显一些；上等人会遮掩。假如我没有这么一对眼，生命岂不是个大骗局？还举个例说吧，有一回我去看戏，旁边来了个三十多岁的人，很体面，穿得也讲究。我的眼一斜，看出来，他可恶。我的心中冒了火。不干我的事，诚然；可是，为什么可恶的人单要一张体面的脸呢？这是人生的羞耻与错处。正在这么个当儿，查票了。这位先生没有票，瞪圆了眼向查票员说：'我姓王，没买过票，就是日本人查票，我姓王的还是不买！'我没法管束自己了。我并不是要惩罚他，是要把他的原形真面目打出来。我给了他一个顶有力的嘴巴。你猜他怎样？他嘴里嚷着，走了。要不怎说他可恶呢。这不是弱点，是故意地找打——只可惜没人常打他。他的原形是追着叫花子乱咬的母狗。幸而我那时节犯了病，不然，他在我眼中也是个体面的雄狗了。"

"那么你很愿意犯病！"我故意地问。

他似乎没听见，我又重了一句，他又微笑了笑。"我不能说我以这个为一种享受；不过，不犯病的时候更难堪——明知人们可恶而看不出，明知是梦而醒不了。病来了，无论怎样吧，我不至于无聊。你看，说打就打，多少有点意思。最有趣的是打完了人，人们还不敢当面说我什么，只在背后低声地说，这是个疯子。我没遇上一个可恶而硬正的人；都是些虚伪的软蛋。有一回我指着个军人的脸说他可恶，他急了，把枪掏出来，我很喜欢。我问他：你干什么？哼，他把枪收回去了，走出老远才敢回头看我一眼；可恶而没骨头的东西！"他又愣了一会儿。"当初，我是怕犯病。一犯病就吵架，事情怎会做得长远？久而久之，我怕不犯病了。不犯病就得找事去做，闲着是难堪的事。可是有事便有人，有人就可恶。一来二去，我立在了十字路口：长期地抵抗呢？还是敷衍一下？不能决定。病犯了不由地便惹是非，可是也有一月两月不犯的时候。我能专等着犯病，什么也不干？不能！刚要干点什么，病又来了。生命仿佛是拉锯玩呢。有一回，半年多没犯病。好了，我心里说，再找回人生的旧辙吧；既然不愿放火，烟还是由烟筒出去好。我回了家，老老实实去做孝子贤孙。脸也常刮一刮，表示出诚意的敷衍。既然看不见人中的狗脸，我假装看见狗中的人脸，对小猫小狗都很和气，闲着也给小猫梳梳毛，带着狗去溜个圈。我与世界复和了。人家世界本是热热闹闹地混，咱干吗非硬捞硬碰不可呢。这时候，我的文章做多了。第一，我想组织家庭，把油盐柴米的责任加在身上也许会治好了病。况且，我对妇人的印象比较的好。在我的病眼中经过的多数是男人。虽然这也许是机会不平的关系，可是我硬认定女子比男子好一些。做文章吗？人们大概都很会替生命做文章。我想，自要找到个理想的女子，大概能马马虎虎地混几十年。文章还不尽于此，原先我不是以眼的经验断定人人可恶吗，现在改了。我这么想了：人人可恶是个推论，我并没亲眼看见人人可恶呀。也许人人可恶，而我不永远是犯着病，所以看不出。可也许世上确有好人，完全人，就是立在我的病眼前面，我也看不出他可恶来。我并不晓得哪时犯病；看见面前的人变了样，我才晓得我是犯了病，焉知没有我已犯病而看不出人家可恶的时候呢？假如那是个根本不可恶的人。这么一做文章，我的希望更大了。我决定不再硬了，结婚，组织家庭，生胖小子；人家都快活地过日子，我干吗放着熟葡萄不吃，单捡酸的吃呢？文章做得不错。”

他休息了一会儿，我没敢催促他。给他满上了酒。

“还记得我的表妹？”他突然地问，“咱们小时候和她一块儿玩耍过。”

“小名叫招弟儿？”我想起来，那时候她耳上戴着俩小绿玉艾叶儿。

“就是。她比我小两岁，还没出嫁；等着我呢，好像是。想做文章就有材料，你看她等着我呢。我对她说了一切，她愿意跟我。我俩定了婚。”他又半天没言语，连喝了两三口酒，“有一天，我去找她，在路上我又犯了病。一个七八岁小女孩，拿着个粗碗，正在路中走。来了辆汽车。听见喇叭响，她本想往前跑，可是跑了一步，她又退回来了。车到了跟前，她蹲下了。车幸而猛地收住。在这个工夫，我看见车夫的脸，非常的可恶。在事实上他停住了车；心里很愿意把那个小女孩轧死，轧，来回地轧，轧碎了。做文章才无聊呢。我不能再找表妹去了。我的世界是个丑恶的，我不能把她也拉进来。我又跑了出来；给她一封极简短的信——不必再等我了。有过希望以后，我硬不起来了。我忽然地觉到，焉知我自己不可恶呢，不更可恶呢？这一疑虑，把硬气都跑了。以前，我见着可恶的便打，至少是瞪他那么一眼，使他哆嗦半天。我虽不因此得意，可是非常的自信——信我比别人强。及至一想结婚，与世界共同敷衍，坏了；我原来不比别人强，不过只多着双病眼罢了。我再没有勇气去打人了，只能消极地看谁可恶就躲开他。很希望别人指着脸子说我可恶，可是没人肯那么办。”他又愣了一会儿，“生命的真文章比人做得更周到？你看，我是刚从狱里出来。是这么回事，我和土匪们一块混来着。我既是也可恶，跟谁在一块不可以呢。我们的首领总算可恶得到家，接了赎款还把票儿撕了。绑来票砌在炕洞里。我没打他，我把他卖了，前几天他被枪毙了。在公堂上，我把他的罪恶都抖出来。他呢，一句也没扳我，反倒替我解脱。所以我只住了几天狱，没定罪。顶可恶的人原来也有点好心：撕票儿的恶魔不卖朋友！我以前没想到过这个。耶稣为仇人，为土匪祷告：他是个人物。他的眼或者就和我这对一样，可是他能始终是硬的，因为他始终是软的。普通人只能软，不能硬，所以世界没有骨气。我只能硬，不能软，现在没法安置我自己。人生真不是个好玩艺。”

他把酒喝净，立起来。

“饭就好。”我也立起来。

“不吃！”他很坚决。

“你走不了，仁禄！”我有点急了，“这儿就是你的家！”

“我改天再来，一定来！”他过去拿那几本书。

“一定得走？连饭也不吃？”我紧跟着问。

“一定得走！我的世界没有友谊。我既不认识自己，又好管教别人。我不能享受有秩序的一个家庭，像你这个样。只有瞎走乱撞还舒服一些。”

我知道，无须再留他了。愣了一会儿，我掏出点钱来。

“我不要！”他笑了笑，“饿不死。饿死也不坏。”

“送你件衣裳横是行了吧？”我真没法儿了。

他愣了会儿。“好吧，谁叫咱们是幼时同学呢。你准是以为我很奇怪，其实我已经不硬了。对别人不硬了。对自己是没法不硬的，你看那个最可恶的土匪也还有点骨气。好吧，给我件你自己身上穿着的吧。那件毛衣便好。有你身上的一些热气便不完全像礼物了。我太好做文章！”

我把毛衣脱给他。他穿在棉袍外边，没顾得扣上钮子。

空中飞着些雪片，天已遮满了黑云。我送他出去，谁也没说什么，一个阴惨的世界，好像只有我们俩的脚步声儿。到了门口，他连头也没回，探着点身在雪花中走去。

热包子

爱情自古时候就是好出轨的事。不过，古年间没有报纸和杂志，所以不像现在闹得这么血花。不用往很古远里说，就以我小时候说吧，人们闹恋爱便不轻易弄得满城风雨。我还记得老街坊小邱。那时候的“小”邱自然到现在已是“老”邱了。可是即使现在我再见着他，即使他已是白发老翁，我还得叫他“小”邱。他是不会老的。我们一想起花儿来，似乎便看见些红花绿叶，开得正盛；大概没有一人想花便想到落花如雨，色断香销的。小邱也是花儿似的，在人们脑中他永远是青春，虽然他长得离花还远得很呢。

小邱是从什么地方搬来的，和哪年搬来的，我似乎一点也不记得。我只记得他一搬来的时候就带着个年轻的媳妇。他们住我们的外院一间北小屋。从这小夫妇搬来之后，似乎常常听人说：他们俩在夜半里常打架。小夫妇打架也是自古有之，不足为奇；我所希望的是小邱头上破一块，或是小邱嫂手上有些伤痕……我那时候比现在天真得多多了；很欢迎人们打架，并且多少要挂点伤。可是，小邱夫妇永远是——在白天——那么快活和气，身上确是没伤。我说身上，一点不假，连小邱嫂的光脊梁我都看见过。我那时候常这么想：大概他们打架是一人手里拿着一块棉花打的。

小邱嫂的小屋真好。永远那么干净永远那么暖和，永远有种味儿——特别的味儿，没法形容，可是显然的与众不同。小俩口味儿，对，到现在我才想到一个适当的形容字。怪不得那时候街坊们，特别是中年男子，愿意上小邱嫂那里去谈天呢，谈天的时候，他们小夫妇永远是欢天喜地的，老好像是大年初一迎接贺年的客人那么欣喜。可是，客人散了以后，据说，他们就必定打一回架。有人指天起誓说，曾听见他们打得咚咚地响。

小邱，在街坊们眼中，是个毛腾厮火的小伙子。他走路好像永远脚不贴地，而且除了在家中，仿佛没人看见过他站住不动，哪怕是一会儿呢。就是他坐着的时候，他的手脚也没老实着的时候。他的手不是摸着衣缝，便是在凳子沿上打滑溜，要不然便在脸上搓。他的脚永远上下左右找事做，好像一边坐着说话，还一边在走路，想像地走着。街坊们并不因此而小看他，虽然这是他永远成不了“老邱”的主因。在另一方面，大家确是有点对他不敬，因为他的脖子老缩着。不知道怎么一来二去的“王八脖子”成了小邱的另一称呼。自从这个称呼成立以后，听说他们半夜里更打得欢了。可是，在白天他们比以前更显着欢喜和气。

小邱嫂的光脊梁不但是被我看见过，有些中年人也说看见过。古时候的妇女不许露着胸部，而她竟自被人参观了光脊梁，这连我——那时还是个小孩子——都觉着她太洒脱了。这又是我现在才想起的形容字——洒脱。她确是洒脱：自天子以至庶人好像没有和她说不来的。我知道门外卖香油的，卖菜的，永远给她比给旁人多些。她在我的孩子眼中是非常的美。她的牙顶美，到如今我还记得她的笑容，她一笑便会露出世界上最白的一点牙来。只是那么一点，可是这一点白色能在人的脑中延展开无穷的幻想，这些幻想是以她的笑为中心，以她的白牙为颜色。拿着落花生，或铁蚕豆，或大酸枣，在她的小屋里去吃，是我儿时生命里一个最美的事。剥了花生豆往小邱嫂嘴里送，那个报酬是永生的欣悦——能看看她的牙。把一口袋花生都送给她吃了也甘心，虽然在事实上没这么办过。

小邱嫂没生过小孩。有时候我听见她对小邱半笑半恼地说，凭你个软货也配有小孩？！小邱的脖子便缩得更厉害了，似乎十分伤心的样子；他能半天也不发一语，呆呆地用手擦脸，直等到她说："买洋火！"他才又笑一笑，脚不擦地飞了出去。

记得是一年冬天，我刚下学，在胡同口上遇见小邱。他的气色非常的难看，我以为他是生了病。他的眼睛往远处看，可是手摸着我的绒帽的红绳结子，问："你没看见邱嫂吗？"

"没有哇。"我说。

"你没有？"他问得极难听，就好像为儿子害病而占卦的妇人，又愿意听实话，又不愿意相信实话，要相信又愿反抗。

他只问了这么一句，就向街上跑了去。

那天晚上我又到邱嫂的小屋里去，门，锁着呢。我虽然已经到了上学的年纪，我不能不哭了。每天照例给邱嫂送去的落花生，那天晚上居然连一个也没剥开。

第二天早晨，一清早我便去看邱嫂，还是没有；小邱一个人在炕沿上坐着呢，手托着脑门。我叫了他两声，他没搭理我。

差不多有半年的工夫，我上学总在街上寻望，希望能遇见邱嫂，可是一回也没遇见。

她的小屋，虽然小邱还是天天晚上回来，我不再去了。还是那么干净，还是那么暖和，只是邱嫂把那点特别的味儿带走了。我常在墙上，空中看见她的白牙，可是只有那么一点白牙，别的已不存在：那点牙也不会轻轻嚼我的花生米。

小邱更毛腾厮火了，可是不大爱说话。有时候他回来得很早，不做饭，只呆呆地愣着。每遇到这种情形，我们总把他让过来，和我们一同吃饭。他和我们吃饭的时候，还是有说有笑，手脚不识闲。可是他的眼时时往门外或窗外瞭那么一下。我们谁也不提邱嫂；有时候我忘了，说了句：“邱嫂上哪儿了呢？”他便立刻搭讪着回到小屋里去，连灯也不点，在炕沿上坐着。有半年多，这么着。

忽然有一天晚上，不是五月节前，便是五月节后，我下学后同着学伴去玩，回来晚了。正走在胡同口，遇见了小邱。他手里拿着个碟子。

“干什么去？”我截住了他。

他似乎一时忘了怎样说话了，可是由他的眼神我看得出，他是很喜欢，喜欢得说不出话来。呆了半天，他似乎趴在我的耳边说的：

“邱嫂回来啦，我给她买几个热包子去！”他把个“热”字说得分外的真切。

我飞了家去。果然她回来了。还是那么好看，牙还是那么白，只是瘦了些。

我直到今日，还不知道她上哪儿去了那么半年。我和小邱，在那时候，一样地只盼望她回来，不问别的。到现在想起来，古时候的爱情出轨似乎也是神圣的，因为没有报纸和杂志们把邱嫂的相片登出来，也没使小邱的快乐得而复失。

爱的小鬼

我向来没有见过苓这么喜欢，她的神气几乎使人怀疑了，假如不是使人害怕。她哼唧着有腔无字的歌，随着口腔的方便继续地添凑，好像可以永远唱下去而且永远新颖，扶着椅子的扶手，似乎是要立起来，可是脚尖在地上轻轻地点动，似乎急于为她自造的歌曲敲出节拍，而暂时地忘了立起来。她的眼可是看着天花板，像有朵鲜玫瑰在那儿似的。她的耳似乎听着她自己脸上的红潮进退的微音。她确是快乐得有点忘形。她忽然地跳起来，自己笑着，三步加一跳地在屋中转了几个圈，故意地微喘，嘴更笑得张开些。头发盖住了右眼，用脖子的弹力给抛回头上，然后双手交叉撑住脑勺儿，又看天花板上那朵无形的鲜玫瑰。

"苓！"我叫了她一声。

她的眼光似乎由天上收回到人间来了，刚遇上我的便又微微地挪开一些，放在我的耳唇那一溜儿。

"什么事这么喜欢？"我用逗弄的口气"说"——实在不像是"问"。

"猜吧。"苓永远把两个字，特别是那半个"吧"，说得像音乐做的两颗珠子，一大一小。

“谁猜得着你个小狗肚子里又憋什么坏！”我的笑容把那个“！”减去一切应有的分量。

“你个臭东东！打你去！”苓欢喜的时候，“东西”便是“东东”。

“不用打岔，告诉我！”

“偏不告诉你，偏不，偏不！”她还是笑着，可是笑的声儿，恐怕只有我听得出来，微微有点不自然了。

设若我不再往下问，大概三分钟后她总得给我些眼泪看看。设若一定问，也无须等三分钟眼泪便过度地降生。我还是不敢耽误工夫太大了，一分钟冷静地过去，全世界便变成个冰海。迅速定计，可是，真又不容易。爱的生活里有无数的小毛毛虫，每个小毛毛虫都足以使你哭不得笑不得。一天至少有那么几次。

“好宝贝，告诉我吧！”说得有点欠火力，我知道。

她笑着走向我来，手扶在我的藤椅背沿上。

“告诉你吧？”

“好爱人！”

“我妹妹待一会儿来。”

我的心从云中落在胸里。

“英来也值得这么乐，上星期六她还来过呢。还有别的典故，一定。”爱的笑语里时常有个小鬼，名字叫“疑”。

苓的脸，设若，又红起来，我的罪过便只限于爱闹着玩；她的脸上红色退了，我知道还是要阴天！

“你老不许人交朋友！”头一个闪。

“英还同着个人来？”我的雷也响了。

“不理你，不理你啦！”是的，被我猜对了。

一个旧日的男朋友——看爱的情面，我没敢多往这点上想。但是，就假使是个旧日的——爽快地说出来吧——爱人，又有什么关系？没关系，一点关系没有！可是，她那么快乐？天阴得更沉了。

苓又坐在她的小黑椅子上了。又依着发音机关的方便创造着自然的歌，可是并不带分毫歌意。

她和我全不说话了，都心里制造着黑云；雷闪暂时休息，可是大雨快到了。谁也不肯再先放个休战的口号，两个人的战事，因为关系不大，所以更难调解。家庭里需要个小孩，其次是只小狗或小猫；不然，就是一对天使，老在一块儿，也得设法拌几句嘴，好给爱的音乐一点变化。决定去抱只小猫，我计划着；满可以不再生气了，但是“我”不能先投降；好吧，计划着抱只小猫：要全身雪白，短腿，长身，两个小耳朵就像两个小棉花阄儿。这个小白球一定会减少我们俩的小冲突。一定！可是，焉知不因这小白宝贝又发生新战事呢？离婚似乎比抱小白猫还简当，但这是发疯，就是离婚也不能由我提出！君子吗？君子似乎是没多大价值；看不起自己了；还是不能先向她投降；心中要笑；还是设计抱小猫吧！

英来了，暂时屈尊她做做小白猫吧。无论多么好的小姨子，遇到夫妻的冲突，哪怕小的冲突呢，她总是站在她们那边的。特别是定了婚的小姨，像英，因为正恋着自己的天字第一号的男性，不由地便挑剔出姐丈的毛病，以便给她那个人又增补上一些优点。可是我自有办法，我才不当着她们俩争论是非呢；我把苓交给英，便出去走走；她们背地里怎样谈论我，听不见心不烦，爱说什么说什么。这样，英便是小白猫了。

英刚到屋门，我的帽子已在手中，我不能不庆祝我的手急眼快，就是想做个大魔术家也不是全无希望的。况且，脸上那一堆笑纹，倒好像英是发笑药似的。

“出门吗，共产党？”英对我——从她有了固定的情人以后——是一点不带敬意的。

“看个朋友去，坐着啊，晚上等我一块吃饭啊。”声音随着我的脚一同出了屋门，显着异常的缠绵幽默。

出了街门，我的速度减缩了许多，似乎又想回去了。为什么英独自来，而没同着那个人呢？是不是应当在街门外等等，看个水落石出？未免太小气了？焉知苓不是从门缝中窥看我呢？走吧，别闹笑话！偏偏看见个邮差，他的制服的颜色给我些酸感。

本来是不要去看朋友的；上哪儿去呢？走着瞧吧。街上不少女子，似乎今天街上没有什么男的。而且今天遇见的女子都非常的美艳，虽然没拿她们和苓比较，可是苓似乎在我心中已经没有很分明的一个丽像，像往常那样。由她们的美好便想到，我在她们的眼中到底是怎样的人物呢？由这个设想，心思的路线又折回到苓，她到底是佩服我呢，还是真爱我呢？佩服的爱是牺牲，无头脑的爱是真爱，苓的是哪种？借着百货店的玻璃照了照自己，也还看不出十分不得女子的心的地方。英老管我叫共产党，也许我的胡子茬太重，也许因为我太好辩论？可是苓在结婚以前说过，她“就”是爱听我说话。也许现在她的耳朵与从前不同了？说不定。

该回去了，隔着铺户的窗子看看里面的钟，然后拿出自己的表，这样似乎既占了点便宜，又可以多消磨半分来的时间；不过只走了半点多钟。不好就回家，这么短的时间不像去看朋友；君子人总得把谎话做圆到了。

对面来了个人，好像特别挑选了我来问路；我脸上必定有点特别引人注意的地方，似乎值得自傲。

“到万字巷去是往那么走？”他向前指着。

“一点也不错。”笑着，总得把脸上那点特别引人注意的地方做足。

“凑巧您也许知道万字巷里可有一家姓李的，姊妹俩？”

脸上那点刚做足的特点又打了很大的折扣！“是这小子！”心里说。然后向他：“可就是，我也在那儿住家。姊妹俩，怪好看，摩登，男朋友很多？”

那小子的脸上似乎没了日光。“呕”了几声。我心里比吃酸辣汤还要痛快，手心上居然见了汗。

“您能不能替我给她们捎个信？”

“不费事，正顺手。”

“您大概常和她们见面？”

“岂敢，天天看见她们；好出风头，她们。”笑着我自己的那个“岂敢”。

“原先她们并不住在万字巷，记得我给她们一封信，写的不是万字巷，是什么街？”

“大佛寺街，谁都知道她们的历史，她们搬家都在报纸本地新闻栏里登三号字。”

“呕！”他这个“呕”有点像牛闭住了气，“那么，请您就给捎个口信吧，告诉她们我不再想见她们了——”

“正好！”我心里说。

“我不必告诉您我的姓名，您一提我的样子她们自会明白。谢谢！”

“好说！我一定把信带到！”我伸出手和他握了握。

那小子带着五百多斤的怒气向后转。我往家里走——不是走，是飞。

到了家中。胜利使我把嫉妒从心里铲净，只是快乐，乐得几乎错吻小姨。但是街上那一幕还在心中消化着，暂且闷她们一会儿。

“他怎还不来？”英低声问苓。

我假装没听见。心里说，“他不想再见你们！”

苓在屋中转开了磨，时时用眼偷着撩我一下；我假装写信。

“你告诉他是这里，不是——”苓低声地问。

“是这里，”英似乎也很关切，“我怕他去见伯母，所以写信说咱俩都住在这里。也没告诉他你已结了婚。”

我心中笑得起了泡。

“你始终也没看见他？”

“你知道他最怕妇女，尤其是怕见结过婚的妇女。”我的耳朵似乎要惊。

“他一晃儿走了八年了，一听说他来我直欢喜得像个小鸟。”苓说。

我憋不住了“谁？”

“我们舅舅家的大哥！由家里逃走八年了！他待一会儿也许就

来，他来的时候你可得藏起去，他最不喜欢见亲戚！”

“为什么早不告诉我？”我的声音有点发颤。

“你不是看朋友去了吗？谁知道你这么快就回来。我要明明白白地告诉你，你光景是不会相信么；臭男人们，脏心眼多着呢！”

她们的表哥始终没来。

老字号

钱掌柜走后，辛德治——三合祥的大徒弟，现在很拿点事——好几天没正经吃饭。钱掌柜是绸缎行公认的老手，正如三合祥是公认的老字号。辛德治是钱掌柜手下教练出来的人。可是他并不专因私人的感情而这样难过，也不是自己有什么野心。他说不上来为什么这样怕，好像钱掌柜带走了一些永难恢复的东西。

周掌柜到任。辛德治明白了，他的恐怖不是虚的；“难过”几乎要改成咒骂了。周掌柜是个“野鸡”，三合祥——多少年的老字号！——要满街拉客了！辛德治的嘴撇得像个煮破了的饺子。老手，老字号，老规矩——都随着钱掌柜的走了，或者永远不再回来。钱掌柜，那样正直，那样规矩，把买卖做赔了。东家不管别的，只求年底下多分红。

多少年了，三合祥是永远那么官样大气：金匾黑字，绿装修，黑柜蓝布围子，大杌凳（不带靠背的椅子）包着蓝呢子套，茶几上永远放着鲜花。多少年了，三合祥除了在灯节才挂上四只宫灯，垂着大红穗子没有任何不合规矩的胡闹八光。多少年了，三合祥没打过价钱，抹过零儿，或是贴张广告，或者减价半月；三合祥卖的是字号。多少年了，柜上没有吸烟卷的，没有大声说话的；有点响声只是老掌柜的咕噜水烟与咳嗽。

这些，还有许许多多可宝贵的老气度，老规矩，由周掌柜一进门，辛德治看出来，全要完！周掌柜的眼睛就不规矩，他不低着眼皮，而是满世界扫，好像找贼呢。人家钱掌柜，老坐在大杌凳上合着眼，可是哪个伙计出错了口气，他也晓得。

果然，周掌柜——来了还没有两天——要把三合祥改成蹦蹦戏[①]的棚子：门前扎起血丝胡拉的一座彩牌，“大减价”每个字有五尺见方，两盏煤气灯，把人们照得脸上发绿。这还不够，门口一档子洋鼓洋号，从天亮吹到三更；四个徒弟，都戴上红帽子，在门口，在马路上，见人就给传单。这还不够，他派定两个徒弟专管给客人送烟递茶，哪怕是买半尺白布，也往后柜让，也递香烟：大兵，清道夫，女招待，都烧着烟卷，把屋里烧得像个佛堂。这还不够，买一尺还饶上一尺，还赠送洋娃娃，伙计们还要和客人随便说笑；客人要买的，假如柜上没有，不告诉人家没有，而拿出别种东西硬叫人家看；买过十元钱的东西，还打发徒弟送了去，柜上买了两辆一走三歪的自行车！

辛德治要找个地方哭一大场去！在柜上十五六年了，没想到过——更不用说见过了——三合祥会落到这步天地！怎么见人呢？合街上有谁不敬重三合祥的？伙计们晚上出来，提着三合祥的大灯笼，连巡警们都另眼看待。那年兵变，三合祥虽然也被抢一空，可是没像左右的铺户那样连门板和“言无二价”的牌子都被摘了走——三合祥的金匾有种尊严！他到城里已经二十来年了，其中的十五六年是在三

①蹦蹦戏俗称评剧，是北方地区的一种传统戏曲艺术。

合祥，三合祥是他第二家庭，他的说话、咳嗽与蓝布大衫的样式，全是三合祥给他的。他因三合祥、也为三合祥而骄傲。他给铺子去索债，都被人请进去喝碗茶；三合祥虽是个买卖，可是和照顾主儿们似乎是朋友。钱掌柜是常给照顾主儿行红白人情的。三合祥是“君子之风”的买卖：门凳上常坐着附近最体面的人；遇到街上有热闹的时候，照顾主儿的女眷们到这里向老掌柜借个座儿。这个光荣的历史，是长在辛德治的心里的。可是现在？

辛德治也并不是不晓得，年头是变了。拿三合祥的左右铺户说，多少家已经把老规矩舍弃，而那些新开的更是提不得的，因为根本就没有过规矩。他知道这个。可是因此他更爱三合祥，更替它骄傲。假如三合祥也下了桥，世界就没了！哼，现在三合祥和别人家一样了，假如不是更坏！

他最恨的是对门那家正香村：掌柜的踏拉着鞋，叼着烟卷，镶着金门牙。老板娘背着抱着，好像兜儿里还带着，几个男女小孩，成天出来进去，进去出来，唧唧喳喳，不知喊些什么。老板和老板娘吵架也在柜上，打孩子，给孩子吃奶，也在柜上。摸不清他们是做买卖呢，还是干什么玩呢，只有老板娘的胸口老在柜前陈列着是件无可疑的事儿。那群伙计，不知是从哪儿找来的，全穿着破鞋，可是衣服多半是绸缎的。有的贴着太阳膏，有的头发梳得像漆勺，有的戴着金丝眼镜。再说那份儿厌气：一年到头老是大减价，老悬着煤气灯，老转动着留声机。买过两元钱的东西，老板便亲自让客人吃块酥糖；不吃，他能往人家嘴里送！什么东西也没有一定的价钱，洋钱也没有一定的行市。辛德治永远不正眼看“正香村”那三个字，也永不到那边买点东西。他想不到世上会有这样的买卖，而且和三合祥正对门！

更奇怪的，正香村发财，而三合祥一天比一天衰微。他不明白这是什么道理。难道买卖必定得不按着规矩做才行吗？果然如此，何必学徒呢？是个人就可以做生意了！不能是这样，不能；三合祥到底是不会那样的！谁知道竟自来了个周掌柜，三合祥的与正香村的煤气灯把街道照青了一大截，它们是一对儿！三合祥与正香村成了一对？！这莫非是做梦么？不是梦，辛德治也得按着周掌柜的办法走。他得和客人瞎扯，他得让人吸烟，他得把人诓到后柜，他得拿着假货当真货卖，他得等客人争竞才多放二寸，他得用手术量布——手指一捻就抽回来一块！他不能受这个！

可是多数的伙计似乎愿意这么做。有个女客进来，他们恨不能把她围上，恨不能把全铺子的东西都搬来给她瞧，等她买完——哪怕是买了二尺搪布——他们恨不能把她送回家去。周掌柜喜爱这个，他愿意伙计们折跟头、打把式，更好是能在空中飞。

周掌柜和正香村的老板成了好朋友。有时候还凑上天成的人们打打“麻将”。天成也是本街上的绸缎店，开张也有四五年了，可是钱掌柜就始终没招呼过他们。天成故意和三合祥打对仗，并且吹出风来，非把三合祥顶趴下不可。钱掌柜一声也不出，只偶尔说一句：咱们做的是字号。天成一年倒有三百六十五天是纪念日，大减价。现在天成的人们也过来打牌了。辛德治不能搭理他们。他有点空闲，便坐在柜里发愣，面对着货架子——原先架上的布匹都用白布包着，现在用整幅的通天扯地地做装饰，看着都眼晕，那么花红柳绿的！三合祥已经完了，他心里说。

但是，过了一节，他不能不佩服周掌柜了。节下报账，虽然没赚什么，可是没赔。周掌柜笑着给大家解释："你们得记住，这是我的头一节呀！我还有好些没施展出来的本事呢。还有一层，扎牌楼，赁煤气灯……哪个不花钱呢？所以呀！"他到说上劲来的时节总这么"所以呀"一下，"日后无须扎牌楼了，咱会用更新的，更省钱的办法，那可就有了赚头，所以呀！"辛德治看出来，钱掌柜是回不来了；世界的确是变了。周掌柜和天成、正香村的人们说得来，他们都是发财的。

过了节，检查日货嚷嚷动了。周掌柜疯了似地上东洋货。检查队已经出动，周掌柜把东洋货全摆在大面上，而且下了命令："进来买主，先拿日本布；别处不敢卖，咱们正好做一批生意。看见乡下人，明说这是东洋布，他们认这个；对城里的人，说德国货。"

检查队到了。周掌柜脸上要笑出几个蝴蝶儿来，让吸烟，让喝茶。"三合祥，冲这三个字，不是卖东洋货的地方，所以呀！诸位看吧！门口那些有德国布，也有土布；内柜都是国货绸缎，小号在南方有联号，自办自运。"

大家疑心那些花布。周掌柜笑了："张福来，把后边剩下的那匹东洋布拿来。"

布拿来了。他扯住检查队的队长："先生，不屈心，只剩下这么一匹东洋布，跟先生穿的这件大衫一样的材料，所以呀！"他回过头来，"福来，把这匹料子扔到街上去！"

队长看着自己的大衫，头也没抬，便走出去了。

这批随时可以变成德国货、国货、英国货的日本布赚了一大笔钱。有识货的人，当着周掌柜的面，把布扔在地上，周掌柜会笑着命令徒弟：“拿真正西洋货去，难道就看不出先生是懂眼的人吗？”然后对买主：“什么人要什么货，白给你这个，你也不要，所以呀！”于是又做了一号买卖。客人临走，好像怪舍不得周掌柜。辛德治看透了，做买卖打算要赚钱的话，得会变戏法、说相声。周掌柜是个人物。可是辛德治不想再在这儿干，他越佩服周掌柜，心里越难过。他的饭由脊梁骨下去。打算睡得安稳一些，他得离开这样的三合祥。

可是，没等到他在别处找好位置，周掌柜上天成领东去了。天成需要这样的人，而周掌柜也愿意去，因为三合祥的老规矩太深了，仿佛是长了根，他不能充分施展他的才能。

辛德治送出周掌柜去，好像是送走了一块心病。

对于东家们，辛德治以十五六年老伙计的资格，是可以说几句话的，虽然不一定发生什么效力。他知道哪些位东家是更老派一些，他知道怎样打动他们。他去给钱掌柜运动，也托出钱掌柜的老朋友们来帮忙。他不说钱掌柜的一切都好，而是说钱与周二位各有所长，应当折中一下，不能死守旧法，也别改变得太过火。老字号是值得保存的，新办法也得学着用。字号与利益两顾着——他知道这必能打动了东家们。

他心里，可是，另有个主意。钱掌柜回来，一切就都回来，三合祥必定是“老”三合祥，要不然便什么也不是。他想好了：减去煤气灯、洋鼓洋号、广告、传单、烟卷；至必不得已的时候，还可以减人，大概可以省去一大笔开销。况且，不出声而贱卖，尺大而货物地道。难道人们就都是傻子吗?

钱掌柜果然回来了。街上只剩了正香村的煤气灯，三合祥恢复了昔日的肃静，虽然因为欢迎钱掌柜而悬挂上那四个宫灯，垂着大红穗子。

三合祥挂上宫灯那天，天成号门口放了两只骆驼，骆驼身上披满了各色的缎条，驼峰上安着一明一灭的五彩电灯。骆驼的左右辟了抓彩部，一人一毛钱，凑足了十个人就开彩，一毛钱有得一匹摩登绸的希望。天成门外成了庙会，挤不动的人。真有笑嘻嘻夹走一匹摩登绸的嘛!

三合祥的门凳上又罩上蓝呢套，钱掌柜眼皮也不抬，在那里坐着。伙计们安静地坐在柜里，有的轻轻拨弄算盘珠儿，有的徐缓地打着哈欠，辛德治口里不说什么，心中可是着急。半天儿能不进来一个买主。偶尔有人在外边打一眼，似乎是要进来，可是看看金匾，往天成那边走去。有时候已经进来，看了货，因不打价钱，又空手走了。只有几位老主顾，时常来买点东西；可也有时候只和钱掌柜说会儿话，慨叹着年月这样穷，喝两碗茶就走，什么也不买。辛德治喜欢听他们说话，这使他想起昔年的光景，可是他也晓得，昔年的光景，大概不会回来了；这条街只有天成“是”个买卖!

过了一节，三合祥非减人不可了。辛德治含着泪和钱掌柜说：“我一人干五个人的活，咱们不怕！”老掌柜也说：“咱们不怕！”辛德治那晚睡得非常香甜，准备次日干五个人的活。

可是过了一年，三合祥倒给天成了。